彼方の光

シェリー・ピアソル 作
斎藤倫子 訳

彼方の光

Trouble Don't Last
by Shelley Pearsall

Japanese edition published by Kaisei-sha Publishing Co., Ltd., 2020
Japanese translation rights arranged with Writers House LLC
through Japan UNI Agency, Inc.

信じることを常に忘れなかったわたしの家族へ

彼方の光　もくじ

太陽から目を離すな
動きを見ていろ
仕事が終わるまで追いつかれるな
苦しみの種は、おれが黒人に生まれたこと
だが、苦しみもいつかは終わる

——バージニア州の奴隷《どれい》の歌

第一章　苦しみの種

実際、ぼくを苦しめるようなことが次から次へと起こり、どこまでも影《かげ》のように追いかけてきた。

それは、生まれた瞬間《しゅんかん》からはじまった。なにしろ、白人に生まれてくる人たちがいるのに、ぼくは黒人の奴隷《どれい》に生まれたのだから。母さんも、母さんの母さんも奴隷だった。そうきけば、ぼくたちが苦労を抱《かか》えた家族だということがわかるだろう。旦那様《だんなさま》が母さんを売りとばしたとき、ぼくはまだほんのちびだったから、母さんの顔もおぼえていない。母さんがいなくなり、奴隷のハリソンとリリーがぼくの世話をするしかなかった。ふたりともずいぶん年をとっていたが、ぼくを我が子のように育ててくれた。そして、ぼくが十一歳《さい》のとき、ハリソンは自らとんでもない困難に飛びこむと決めた。そう、逃亡《とうぼう》しようと考えたのだ。

問題は、ぼくもいっしょに逃《に》げるはめになったということだ。

第二章

割れた皿

すべては、一八五九年九月のあの日にはじまった。

その日、夕食の食器をさげているときに、ぼくは旦那様《だんなさま》の皿を割ってしまった。「旦那様が、料理から出た脂《あぶら》にパンをひたして食べたからだよ。脂がお皿じゅうに広がって、ぬるぬるになったんだ。そうじゃなかったら、落としたりしなかったよ」ぼくは、リリーにわかってもらおうとした。

けれど、リリーは口をぎゅっと結んだままなにもいわない。豚《ぶた》のえさにするために、皿に残った野菜のくずをかきあつめてバケツに入れている。

「それに、セス坊《ぼっ》ちゃんが足をあっちこっちつきだして、ぼくをつまずかせようとしたんだ」

リリーはこちらを見ようともしない。大きな茶色い手を動かして残りものをあつめている。

「幽霊《ゆうれい》かもしれない。まえの旦那様の亡霊《ぼうれい》が、あのとき、ぼくをつかんだせいで、お皿がぶっとんだのかもしれないよ」

リリーが顔をあげて、鼻を鳴らした。「亡霊だって？　亡くなった大旦那様《おおだんなさま》がこの家にとりつきたいと思ったら、おまえがもってるちっぽけな皿なんかにゃ目もくれずに、テーブルをひっくりかえすだろうよ」リリーは、残りものをこそげおとしていたへらをぼくに向けた。「サミュエル、もっと気をつけるんだ。さもないと、おまえはまちがいなく売りとばされるよ。そうなったら、あたしは助けてやれないんだからね。ほれ、わかってるのかい？」

「はい、リリーさん」ぼくは、うつむいて自分の足を見つめた。リリーからしょっちゅうこんなふうに叱《しか》られ、そのたびに同じことが頭にうかんだ。母さんのことだ。母さんは、ぼくがまだ、ちゃんと立つこともできないくらい小さいときに、売られていった。大旦那様が亡くなったすぐあとだ。母さんを売ったお金で、このハックラー家は、彫刻《ちょうこく》の入ったりっぱな墓石とナラ材の棺《ひつぎ》を買ったのだとリリーはいったが、ほんとうかどうかはわからない。

リリーが話してくれたから、母さんが連れていかれたときのことは、はっきり思いうかべられる。旦那様の馬車の荷台に乗せられていった母さん。ハナという名前で、背が高くて、背筋をぴんと伸《の》ばしている。肌《はだ》は、ぼくと同じように、ショウガ入りクッキーの色をしていた。連れていかれるとき、母さんは、青い縞模様《しまもよう》の布を巻いた頭を両手で抱《かか》えてうなだれていた。リリーにわかっているのは、母さんがケンタッキー州ワシントンに連れていかれて、裁判所の前庭の競売台で売られたということだけだ。

母さんがいなくなったあと、リリーがぼくの母親代わりになった。ぼくとは血のつながりもないうえ、実の息子《むすこ》ふたりと娘《むすめ》が四人もいたのに。といっても、みんな、売られたり死んだりして、ひとりも残っていなかった。リリーは、ぼくのことを、自分の六人の子どもをひとまとめにしたよりも世話のやける子だといった。「一日じゅう、おまえを追いかけまわさなくちゃならないからね」リリーはいつもいう。「そうやって目を離《はな》さないようにしてたって、おまえはろくでもないことを引きおこすんだから」

食べ残しをバケツに入れてしまうと、リリーはぼくのそばにきた。「あごをどうしたんだい？」リリーは、ぼくがあごに当てていた湿布《しっぷ》をもちあげて、のぞきこんだ。「奥様《おくさま》のねらいが正確だってことは、まちがいないね」

ぼくが皿を割ったとき、赤毛で口やかましいキャサリン奥様が、ぼくに向かってフォークを投げつけたのだ。「おまえは、その割れたお皿ほどの価値もないのよ、わかってる？」奥様はさけんで、銀のフォークをぼくに投げつけた。唯一《ゆいいつ》の救いは、ぼくがよけなかったことだ。よければ、奥様をますます怒《おこ》らせるとわかっていた。けれど、そのせいで、フォークは奥様のねらいどおりにぼくのあごに当たった。あごから耳までじんじん痛んだが、ぼくは顔をしかめなかった。そのことは、ちょっと自慢《じまん》できる。

「小さなかけらまで全部拾いなさい」奥様は床《ゆか》を指《ゆび》さして、がみがみいった。「その役に立たない黒い指で、小さなかけらまでひとつ残らず。そのあと、不注意なおまえをどうするか決めるから」

そこに、リリーがすごい勢いで入ってきて、ぼくを助けてくれた。かけらを拾っているぼくのそばにきて、あたり一面に散らばった白いかけらをほうきで集め、奥様に「お皿のお金は払《はら》います」といった。リリーは、毎年クリスマスに旦那様からもらう一ドルをためていたのだ。

「いくらですか？」リリーは掃《は》きながらきいた。

「おまえ、いくらもってるの？」奥様が、ふんと鼻を鳴らした。

「たぶん四ドルです」

「それじゃあ、そのお皿は四ドルでしょうよ」

こうして、赤毛の悪魔《あくま》は、ぼくが割ったたった一枚の皿のためにリリーがためたお金のほとんどを取りあげた。といっても、ほんとうは、リリーは六ドルためこんでいたのだが。そして、ぼくは、あごにけがをしたというわけだ。けれど、いつもリリーがいっているように、もっとひどい目にあっていたかもしれないのだ。

それからしばらくして、廊下《ろうか》を歩いてくる旦那様の重い足音がきこえてきた。のしのし歩くから、旦那様の足音はすぐにわかる。

「ひとつ言もしゃべるんじゃないよ」リリーがぼくにいった。「その布をこっちにおよこし」

そういうと、リリーはものすごい勢いでぼくのあごから布をひったくって、その布で皿を拭《ふ》きはじめた。

「リリー、まだ夕食の片づけをしてるのか？」旦那様は、戸口からのぞきこんだ。「サミュエルのせいで、今夜はずいぶん時間がかかったようだな」

「はい、そのとおりで」リリーはうつむいたまま、皿をすばやくくるくる拭《ふ》いている。「でも、旦那様、あたしはいつだって、仕事をちゃんとすませます。全部終わるまで、いねむりひとつしやしません」

「リリー、その不注意な坊主《ぼうず》をどうしたもんかな？」けわしい声だ。ぼくはのどがつまるような気がした。まるで、大きなヘビがのどに巻きついたみたいだ。

「サミュエルは、まだ子どもです」リリーは、いつものようにおだやかな声で静かに答えた。

「落ちついてふるまうってことを学んでいるところなんです」

「キャサリンは、罰《ばつ》を与《あた》えるべきだと考えている。そうすれば、次はもっと注意深くふるまうだろう。牛皮の鞭《むち》で二、三回たたけば、効果があるだろうといっている」

ヘビがますますのどをしめつけ、ぼくはぎゅっと手をにぎりしめた。

「旦那様、あたしは、いつも、あの子の不注意を叱《しか》ってます。ご存知でしょう」リリーは、パンにぬったジャムのようになめらかなやさしい口調で話しつづける。「今夜は、あの子の夕食を抜《ぬ》きます。豆のおいしいスープと桃《もも》のパイを作ったんですが、ひと口も食べさせやしません。あの年頃《としごろ》の男の子にとって、腹ぺこほどつらいことはありませんから」

旦那様は、台所の隅《すみ》に歩いていった。ぼくがいつも寝《ね》ている場所だ。「寒い思いをさせるのもいいだろう」ぼくの毛布二枚をさっと拾いあげる音がした。「今夜は、毛布はなしだ。たぶん、明日も。リリー、あの子が温まろうとして炉端《ろばた》で丸くなったりしないよう、ちゃんと目を光らせているんだぞ」

「はい、旦那様。しっかり見はっておきますから」

旦那様の大きな影《かげ》がぼくの上にのしかかってきた。「こいつは、女の子みたいに弱くていくじなしだ。年寄りの奴隷女《どれいおんな》にかばってもらわなきゃならんとはな」旦那様は吐《は》きすてるようにいった。足音がのしのしと遠ざかっていくと、首をしめつけていたヘビもいっしょにいなくなった。

旦那様がぼくたちの声の届かないところまで遠ざかると、リリーがぴしゃりといった。「サミュエル、立ちあがって、台所の扉《とびら》を開けとくれ」リリーはたらいをもちあげて、外に運んだ。なかには、食器を洗った水が入っていた。リリーがその水を旦那様の庭にぶちまけるあいだ、ぼくはそこに立っていた。水は、踏《ふ》み段《だん》や庭や菜園のひょろひょろした植物の上に、どしゃぶりの雨みたいに降った。

「怒ってるの？　旦那様が、あんなこと、いったから？」

リリーが振《ふ》りかえって、ぼくをにらみつけた。リリーの目が、茶色い顔のなかで光っている。まるで、くすぶっている石炭みたいだ。「いいや。だけど、まちがいなく、おまえには腹をたててるよ。おまえときたら、いつだって、よけいなやっかいごとを引きおこすんだから」リリーは、ブリキのたらいを踏み段の上に乱暴においた。「あたしはこの年になるまで、いやんなるくらいつらい目にあってきたんだ。ほれ、豚のえさを納屋《なや》のハリソンのところにもっておいき。今夜はもう、おまえの顔など見たくないからね」

熱い涙《なみだ》がこみあげてきた。リリーからいつも、「だれかが死にかけてるか死んだときにしか、泣いちゃいけない」といわれていた。それなのに、馬の水桶《みずおけ》のそばのポンプが水をくみあげるよりもはやく涙がこみあげてくる。ぼくは、そんな姿をリリーに見られないようにした。

うつむいたまま、豚のえさの入ったバケツを台所からもってきて、急いで戸口を抜けようとしたとき、リリーに腕《うで》をつかまれた。ぼくは、また小言をいわれるのだろうと思った。

ところが、リリーは低い声でいった。「ハリソンからなにか食べものをもらうんだよ、いいかい？　あたしは、おまえに食べものをやらないと旦那様に約束した。だけど、ほかのものからももらわせないなんて約束は、しなかったからね」リリーは、ぼくをそっと押《お》した。

「ほれ、さっさとあたしの前から消えとくれ」

第三章 ハリソンの言葉

納屋《なや》へ行くと、ハリソンが旦那様《だんなさま》の乗馬用ブーツに靴墨《くつずみ》を塗《ぬ》っていた。ハリソンは、旦那様の農場でいちばん年をとっているが、自分のほんとうの年を知らないらしい。「七十《しちじゅう》あたりだと思うがな」といっていた。

ぼくは、乳しぼり用の腰掛《こしか》けを引きよせてすわると、ハリソンを見つめた。つんとしたにおいの黒い靴墨を、革のブーツに円を描《か》くようにしてすりこんでいる。年のせいで、指が棒のようにこわばっていた。見るたびに、糸紡《いとつむ》ぎに使う木製の道具の〈錘《つむ》〉みたいだと思う。ぼくはハリソンの指から目を離《はな》せなかった。いつか、ぼくの指も、あんなふうにごつごつになるのだろうか。

「旦那様が、ブーツに水がしみこむっていいなさるんでな」ハリソンは顔をあげずに、ゆっくりといった。「だから、靴墨をしっかり塗りこむんだ」ブーツの上に唾《つば》を吹きかけて、靴墨をなめらかに伸《の》ばす。「サミュエル、おまえの上等な革のブーツにも塗ってやろうか?」うつむいたままのハリソンの顔にゆっくりと笑みが広がる。

「ブーツなんかもってないよ」ぼくは、急いでシャツの袖《そで》で涙《なみだ》をぬぐおうとした。「十一月になるまで、靴だってない」

「それじゃ、その柔《やわ》らかい茶色の足をどうやって雨から守るんだ?」

ハリソンが自分の脚《あし》をぴしゃりとたたいて大笑いしたので、歯が抜《ぬ》けているのが見えた。たくさん抜けている。ぼくも笑った。といっても、ハリソンのいったことがそれほどおもしろいのかどうか、よくわからなかったが。

ハリソンがまじめな顔になって、ぼくを見た。「おまえがまた、旦那様と奥様《おくさま》を怒《おこ》らせたってきいたぞ。ほんとか?」

ぼくは、バケツのなかの残飯を見つめた。茶色くなりかけたりんごの芯《しん》や、カブの葉や、ビーツの赤い茎《くき》がまざっている。豚《ぶた》のほうがましかもしれない、と思った。たとえ白人のお皿から直接食べたって、鞭《むち》で打たれたりはしない。

「上等な皿を割って、奥様がかんかんに怒った。んで、おまえは泣いてるってわけだな?」ハリソンが顔をあげた。「おい、サミュエル、答えたらどうだ?　ぐずぐずしてると、この世の終わりがきちまうぞ」ハリソンがぴしゃりといった。

ぼくはなにもいわなかった。

ハリソンは、大きなため息をつくと、乗馬用ブーツをおいて、立ちあがった。「つらい目にあってると思ってるんだろうが？　え？　だが、サミュエル、おまえはまだ、ほんとうのつらさを知らん。わしとリリーのつらい日々は終わりかけてるが、おまえのつらい日々はこれからはじまるんだ」

ハリソンがなにをしようとしているのか、わかった。うしろを向き、シャツの裾《すそ》をあげて、背中を見せようとしているのだ。もう百回くらい見てきた。見るたびに、ヘビにのどをしめつけられるような気がした。

「ほれ、ここを見ろ。目をそらすな」

いつものように、見るしかなかった。ハリソンの曲がった茶色い背中には、ひどい傷跡《きずあと》があった。ぎざぎざした筋が一面についている。雷《かみなり》に打たれて裂《さ》けた木の幹みたいだ。それを見ると、ぼくは気持ちがすっかりくじけて、吐《は》きそうになった。

「これが、〈つらい目〉ってやつだ。忘れるんじゃないぞ」ハリソンは静かにいって、シャツをおろすと、こちらを向いてぼくの肩《かた》をぎゅっとにぎった。

「これで、わしのいいたいことがよくわかったはずだ。さてと、豚にえさをやろう。でないと、あいつらに納屋の壁《かべ》まで食いつくされちまうからな」

外に、旦那様が飼っている大きな雌豚《めすぶた》が二匹と、それより小さい雄豚《おすぶた》が何匹《なんびき》かいた。ぼくは、いちばん太った背中の毛の赤いやつを〈キャサリン奥様〉、鼻が二色のみっともないちび豚を〈セス坊《ぼっ》ちゃん〉と呼んでいた。もちろん、近くにだれもいないときに。

十二月になったら、豚たちは肉になる運命だ。旦那様は、豚たちを丸々太らせたいといった。人間のほうも豚のほうも、セス坊ちゃんはもう丸々としていたし、キャサリン奥様ときたら納屋の戸口を半分ふさいでしまうくらい太っていた。

ぼくは、ハリソンがバケツの中身を豚のえさ箱に入れるのをてつだい、豚たちがキーキーいいながら先を争って残飯に向かっていくのをいっしょにながめた。それを見ていて、リリーが桃《もも》のパイを作ったことや、ハリソンが食べ物をくれなければ、今夜はなにも食べられないというこをまた思い出した。けれど、ほんとうは、わかっていた――リリーがこっそり夕食を少しとっておいて、翌朝、「だれにもいうんじゃないよ」といいながら、ぼくに食べさせてくれるつもりだと。

柵《さく》からのりだして豚をながめていたとき、ハリソンが大きな咳《せき》ばらいをして、いった。「今夜は、まぶたをあけて寝《ね》てろ、わかったか、サミュエル」

「え?」

ハリソンは、旦那様の家の真っ暗な窓を少しのあいだ見あげていた。まるで、だれかがぼくたちを見つめているかのように。「いいか、今夜はまわりに注意しろ」ハリソンが、また、小声でいった。「なにか起こる」

「どういうこと？」心臓がどきんと鳴った。「ぼくになにかが起きるの？」

「かもしれん」

「なにが？」

「さあな。とにかく気をつけてろ。いえるのは、それだけだ」

そのとき、旦那様のいちばん上の息子《むすこ》のキャシアスが、家から飛びだしてきた。黒いフロックコートを着ようとしているが、片方の袖がちがうほうを向いている。旦那様の馬に乗って、地元の町ブルーアッシュの〈イーグル〉という酒場に行き、ラム酒を飲んで夜中まで騒《さわ》ぐつもりなのだろう。あわてているせいで、酔《よ》っぱらうまえから、帽子《ぼうし》がひんまがっている。

「あちらさんのために、馬に鞍《くら》をつけなきゃならん」ハリソンが親指をキャシアスのほうに向けた。それから、「いいか、いったとおり、気をつけてろ」と、くりかえした。

キャシアスはもう、庭の端《はし》まできていた。

「なにかって、いいことなの？　悪いことなの？」ぼくは、離《はな》れていくハリソンにおしえてもらおうとした。

「いいから気をつけてろ。それだけだ」ハリソンは、落ちていたカブを豚の囲いに放りこんだ。

「さ、行け」そういって、ぼくに向かって手を振《ふ》った。「行け」

「そのことを知ってるの？」

「だれかが売られるの？　そのことを知ってるの？」


「おしえてよ」ぼくの声が高くなった。「だれかが売られるの？　そのことを知ってるの？」

「さっさとうせろ。わしをやっかいごとに巻きこむまえにな」ハリソンが声をひそめて、腹だたしそうにいった。「おまえには、しなけりゃならんことがあるだろう。わしにも、仕事がある」

ぼくは、背中の曲がったハリソンのうしろ姿が薄暗《うすぐら》い馬小屋のなかに消えていくのを見つめるしかなかった。

ぼくたちになにかが起こるんだ、と思いながら。

第四章 ハックラー大旦那様《おおだんなさま》の幽霊《ゆうれい》

その晩、台所はとても寒く、しんとしていた。いつもは棚《たな》をひっかいたり、ちょろちょろ走ったりするネズミたちまで、おとなしくしている。

まぶたをあけて寝《ね》てろ、とハリソンはいった。

リリーは夜、自分の小屋に帰るまえに、「あったかい炉端《ろばた》に近づくんじゃないよ」といった。旦那様《だんなさま》にそう命令されたからだ。

それで、ぼくは、台所においてある藁《わら》のマットレスの上で丸くなり、部屋の反対側にある調理用の炉《ろ》を見つめていた。まっ黒なレンジのなかで残り火が光っている。ほんとうは、こっそり炉のそばであたたまりたかったが、そんな勇気はなかった。だれかが見はっているかもしれないからだ。ハリソンが「気をつけろ」といったのはそのことだったのかもしれない。

ぼくは天井《てんじょう》を見あげた――旦那様の寝室《しんしつ》は、台所の真上だ。寝室の床板《ゆかいた》のすきまから下をのぞけるかな。もしかしたら、旦那様の灰色の目が、今このとき、ぼくを見おろしてるかもしれない。ぼくが、あったかい炉端《ろばた》に近づくのを待ってるのかもしれない。ぼくが近づいたとたん、どすどす足音をさせながらおりてくるかもしれない。そして、ぼくを鞭《むち》でたたいたあと、ケンタッキー州ワシントンの裁判所に連れてって、かわいそうな母さんと同じように売りとばすんだ。

家のなかが静かすぎる。台所で寝ているときはたいてい、炉の火がはじける音や、きっちりしまっていない二階のよろい戸が風にゆれてキーキーいうのがきこえる。旦那様の大きないびきや、奥様《おくさま》のヒューヒューいう寝息《ねいき》がきこえることもある。それなのに、まったく物音がしない。まるで、家じゅうが息をつめているみたいだ。リリーの作った豆のスープと桃《もも》のパイが食べたくてたまらなかったし、毛布をとりあげられたせいで猛烈《もうれつ》に寒くて震《ふる》えていたが、ぼくは目をつむって、なにかほかのことを考えようとした。

そのうち、なぜか、何年もまえに二階の寝室で亡くなった大旦那様《おおだんなさま》のことが頭にうかんできた。「神様がおつくりになった人間のなかで……っていうか、神様が命を取りあげた人間のなかで、いちばん意地悪で、ひどい人だったよ」と、リリーはいった。

ハリソンは、納屋《なや》の近くで、何度も大旦那様の幽霊《ゆうれい》を見ている。「大旦那様は、棺《ひつぎ》に入れられたときとおんなじ黒いスーツを着てた。ただ、皮も肉もない骸骨《がいこつ》だったけどな」

黒いスーツを着た大旦那様の骸骨がカタカタ骨の音をさせながら歩きまわっていると思った

ら、腕《うで》と脚《あし》に鳥肌《とりはだ》がたった。

そのときだ。台所の外で音がした。

勝手口の扉《とびら》がきしみながらゆっくりとひらき、夜の冷たい空気がすっと流れこんだ。ぼくは、台所の隅《すみ》の物陰《ものかげ》にそっとあとずさると、目を閉じた。すり足で入ってくる静かな足音がきこえる。足音は、食堂のほうに向かったかと思うと止まり、台所にもどってきた。足音が台所の床をゆっくりと横ぎり、なにかをさがしている。

ぼくが息をつめていると、足音は食器棚《しょっきだな》の前を通り、石を敷《し》いた炉端を過ぎ、だんだん近づいてくる。と、ぼくがかくれている隅に、すばやくそっと向かってきた。ぼくが動くより早く、埃《ほこり》と土のにおいがする年老いた手が上から伸《の》びてきて、ぼくの口を押《お》さえた。

大旦那様がぼくをつかまえにきたんだ！

暗闇《くらやみ》のなかで、ぼくは幽霊を振《ふ》りはらおうと両腕をばたばたさせ、旦那様と奥様を呼ぼうとした。霊がぼくを草におおわれた墓地にさらっていこうとしている、と気づいてもらいたかった。けれど、死んでいても、大旦那様はものすごく強かった。ぼくの口をしっかりとふさいで、骨ばった腕をぼくの体に巻きつけた。

まぶたをあけて寝ろ、とハリソンは納屋でいった。

たぶん、ハリソンは、その晩、大旦那様の幽霊がお墓から出てくるって、知ってたんだ。幽霊が人間の魂《たましい》をかっさらっていこうとするって、知ってたんだ――と思った。

にらみつけたら、幽霊がおびえて逃《に》げるかもしれない。ハリソンがいおうとしていたのは、そういうことだったんだろう。まぶたをしっかりあけてろ。こわくて死にそうだったが、片目をあけて、幽霊をまっすぐ見あげた。

目の前には、大旦那様の骸骨の顔があって、にやにや笑っているにちがいないと思った。ところが、見えたのは、ハリソンのぎらぎらした目だった。

「坊主《ぼうず》、静かにしろ」ハリソンが小声でいった。あまりにぎゅっと口を押さえられているせいで、ハリソンの手についた土埃《つちぼこり》の味がした。「おい、声を出すな」

ふいに、家のなかでさまざまな音がしはじめた。二階では、旦那様が咳《せき》をはじめ、だれかがおまるを引きずる音がした。それから、裏口がバタンと閉じた。酒場でトランプ遊びをしていたキャシアスが帰ってきたらしい。悪態をつきながらよろよろ入ってくる音がする。

ハリソンの手に力がこもり、腕全体がぶるぶる震えていた。

が、キャシアスは、ぼくたちがごそごそしている台所のほうへはこないで、階段をあがりはじめた。ぶつぶつひとりごとをいったかと思うと、ハミングをしている。まるで、頭がおかしくなったみたいに。そして、いつものように、最後の段を踏《ふ》みはずした。ひざが床に当たる大きな音と悪態をつく声がしたあと、足を引きずって、のそのそ自分の部屋に向かう音がした。

もちろん、ラム酒を飲みすぎていて、痛みなんか感じていないにちがいない。

そのすぐあと、外では、納屋にすみついている二匹《ひき》の猫《ねこ》がぞっとするような鳴き声を長々とあげ、突風《とっぷう》が二階のよろい戸をばたばたさせた。

暗闇のなかでそのまま待っているうちに、頭のなかでさまざまな疑問がぐるぐるまわりはじめた。どうしてハリソンは台所のぼくのところにきたんだろう？　だれかがハリソンをさがしてるのか？　それとも、ぼくをさがしてるのか？　それとも、リリーが病気になった？　納屋でなにかまずいことが起こったのか？

けれど、ハリソンは手でぼくの口をふさいだまま、石のようにじっとしている。ぼくは話すどころか、まともに息もできなかった。

「サミュエル、心配はいらん」ハリソンがようやく小声でいった。「いいか、わしのいうことをきけ。心配はいらん」ハリソンの手が少しずつゆるんでいく。

「じゃあ、なんできたの？」話せるようになると、すぐにきいた。けれど、ハリソンはなにも答えずに立ちあがり、ぼくの腕を引っぱって立たせた。そのとき、気がついた。納屋にあった古い麻袋《あさぶくろ》がハリソンの横においてある。ぱんぱんに物が入っていた。

「フライパンひとつとよく切れるナイフを一本とってくるんだ」ハリソンが指さした。炉の残り火の明かりのなかで、あちこちにおかれた調理道具がぼんやりと見える。「用心するんだぞ。

さあ、行け。いったとおりにするんだ」

フライパンとナイフを盗《ぬす》む？　ハリソンは、どうして、台所のものをとろうとしてるんだろう？　それとも、こんな真夜中に料理をしようとしてるのか？　ハリソンは、頭がちょっと混乱してるのかもしれない、とぼくは思いはじめた。ときどき、大旦那様がずっとまえにあの世にいってしまったことを忘れていたり、今年が何年かすぐに思い出せなかったり、ぼくに何度も同じ話をきかせたりすることがある。今も、そうなのかもしれない。

けれど、どうしたらいいのかわからなかった。旦那様や奥様を大声で呼んだら、ふたりは二階からおりてきて、ぼくたちが家のなかで盗みをはたらこうとしていたと思うだろう。そうしたら、ぼくたちはふたりとも、鞭で打たれる。だけど、明日になって、リリーが奥様に、夜のあいだにフライパンとナイフがなくなったといったら、どうなる？　奥様――赤毛の悪魔《あくま》――は、ぜったいにぼくが犯人だというだろう。だって、台所で寝てたのはぼくなんだから。そうしたら、頭がどうかしてしまったハリソンがフライパンとナイフをとったといわなきゃならないし、そうなったら、ハリソンはひどい目にあうだろう。

リリーからきいた、ウィリス・ジョンという名の奴隷《どれい》のことを思い出した。何年もまえに旦那様のトウモロコシ畑で働いていたウィリスは、二本の指の第一関節から先がなかった。少年のころに盗みを働いたせいだ。リリーはこういった。「白人のなかには、盗みを働いた黒人奴隷の指先を切りおとす人がいるんだよ、罰《ばつ》としてね。ただ、あたしゃ、ウィリスは、大旦那様の帽子《ぼうし》をためしにちょっとかぶってみただけだと思うがね」

鉄のフライパンのまだ温かい取っ手といちばんいいナイフに指をかけたとき、ウィリス・ジョンに起こったことや、旦那様と奥様に見つかったときのぼくの指のことを考えて、手がぶるぶる震えた。

「坊主、急げ」ハリソンが扉をおさえ、こっちに腕を振りながら、小声でいった。「おまえがぐずぐずしてると、つかまっちまう」どうしたらいいかわからないまま、ぼくはフライパンとナイフを抱《だ》きしめて、ハリソンのあとにつづいた。

外はインク壺《つぼ》に入ったみたいに真っ暗で、足元にあるはずの地面がまるで見えなかった。ぼくは、あやうく前のめりにころびそうになり、フライパンとナイフが音をたてて地面に落ちた。ハリソンがぼくの腕をつかんで、低い声でいった。「サミュエル、音をたてずに歩け」けれど、暗闇のなかで足の裏に感じる地面は、昼間見ているのとちがう。でこぼこしていたり、乾《かわ》いてぼろぼろくずれるところがあり、冷たくてちくちくする。

「どこに行くの？」ぼくはきいた。「外に出て、旦那さまや奥様にとっちめられるなんて、やだよ。夜は、台所にいなきゃなんないんだ。リリーは、このこと、知ってるの？」

「つべこべいうな。そんなもんに答えてる暇《ひま》なんぞない」ハリソンは低い声でいらだたしげにいいながら、ぼくの腕をぎゅっとにぎった。「これからは、わしのいうとおりにしろ。すべてちゃんと考えてある」

それまで、夜に旦那様の家から出たことなどなかった。出てはいけないといわれていたからだ。リリーとハリソンとぼくが使うトイレは外にあったが、そのトイレに行きたいと思うときでも、奥様は、夜、台所を離《はな》れてはいけないといった。もちろん、ぼくはたいして困らなかった。暗闇が大嫌《だいきら》いだったからだ。

リリーが、暗闇をこわがるぼくをときどきからかった。豆のさやをとったりジャガイモを切ったりする以外にすることがないとき、ちょっとしたかけあいを楽しもうとしたのだ。「おまえは、日の光より暗闇がこわいんだね」リリーがいう。

「たぶん」ぼくは答える。「でも、人間は、昼間に動くようにできてるんだよ。だから、夜は眠るんでしょ?」

そういうと、リリーは必ず、笑った。「それじゃ、おまえは、人間に生まれてよかったじゃないか。フクロウやコウモリに生まれてたら、ずいぶん困ったろうからね」

闇がこわくなかったとしても、夜うろついたりしたら、ろくなことにならない。それはわかっていた。旦那様の家の暗い窓の前を通るたびにハリソンはかがみ、ぼくは、旦那様の冷たい灰色の目と同じように、窓がぼくたちを見つめているような気がした。裏口の前を通るとき、ぼくは息をつめた。裏口の扉がほんの少し開いたままになっている。キャシアスのブーツが扉までの踏《ふ》み段《だん》のいちばん上にあった。ブーツが踏み段をのしのしおりてきて、ぼくたちを追いかけてくるんじゃないか、と半分本気で思った。けれど、ブーツは踏み段の上から動かなかった。からっぽのブーツはじっとしている。

そこを過ぎると、ハリソンは庭の端《はし》からりんごと桃の木立ちのあいだを急ぎ足で通りぬけた。暗闇のなかに、りんごと桃の木が黒々とうかんでいる。ぼくは、ハリソンがこれほどすばやく動くところを見たことがなかった。旦那様からぐずぐず仕事をするなと叱《しか》られたときでさえ、これほど速くは動かない。ハリソンはいつもこういっていた。「何年も何年も、夜明けから日が沈《しず》むまで働きつづけたせいで、足の骨がすっかりすりへっちまって、もうほとんど残っちゃいないんでな」けれど、このときのハリソンは、骨がすりへっているようには見えなかった。旦那様が毎年、春と秋によそから借りてくる黒人奴隷たちと同じくらいたくましく見える。

こんなに急いで、どこに行こうとしてるんだろう？

そのとき、茂《しげ》みのむこうで、犬の低いうなり声がした。ぼくとハリソンは、その場で、凍《こお》りついた。やっぱりな、とぼくは思った。災難はむこうからやってくる。いつもそうだ。

「そこでじっとしてろ」ハリソンがひそひそ声でいった。「ほんのちょっとでも音をたてるな」

ハリソンが麻袋《あさぶくろ》のなかにゆっくりゆっくり手をすべりこませ、なにか布でくるんだものを取りだした。においでわかった。燻製肉《くんせいにく》だ。ハリソンは、肉のかけらを茂みのほうに投げた。すると、肉をがっちりとくわえる音がきこえた。どうやら犬は肉をのみこんだようだ。あたりが、墓地のように静まりかえった。犬は、ぼくたちが動きだすのを待っているのか？　それとも、ぼくたちが一歩踏みだしたら、大声で吠《ほ》えたてようと身がまえているのか？

　ハリソンの息づかいがきこえる。とても速い。

　そのとき、ふらふらした影《かげ》がぼくたちのほうに近づいてきた。こっちへよろよろ、あっちへよろよろしながらくる。

「やれやれ」ハリソンが、茂みのむこうからやってくる犬を見て、ほっと息を吐《は》いた。犬の動きを見て、ぼくにもすぐにわかった。あんなふうに歩く犬は、旦那様のいちばん年とった猟犬《りょうけん》、ジェイクだ。

「ジェイク、家に帰るんだ」ハリソンは、薄茶色《うすちゃいろ》の肌《はだ》をした犬のあばら骨のあたりを軽くたたいた。「自分の家に帰るんだ。おまえにやるもんは、もうない」ところが、ジェイクはおかまいなしに、昔からかわらない人なつこさで麻袋をかぎまわり、ぼくとハリソンの体を上から下までかいだあと、ようやく家のほうへと離れていった。

　ハリソンは袋のなかに、また、手を入れた。「サミュエル、ちょうどいい頃合《ころあ》いだ。足にこれをつけよう」ハリソンがなにかを差しだし、とても低い声でいう。

「こうすりゃ、猟犬どもが近づいてこん」

けれど、ぼくは、ハリソンがもっている丸い玉ねぎを、地獄《じごく》の熱く焼けた石炭かなにかのように見つめていた。そのとき初めて、ハリソンがいろいろなものをつめこんだ麻袋をもっているわけに気がついた。それまで、ハリソンは頭が混乱しているのだと思っていた。ときどきそうなることがあるからだ。そうでなければ、畑でなにかがあったのだと思っていた。けれど、そのときにはもう、ハリソンが「まぶたをあけてろ」といったわけも、台所に入ってきたわけも、わかった。

幽霊を見たように、背筋がぞっとした。

ハリソンは、旦那様と奥様からぼくを盗んで、逃げようとしてる。実際、まっすぐ地獄に落ちるほうがまだましだと思った。農場から逃げだすほうがずっとおそろしい。

第五章　玉ねぎ

ハリソンがぼくの肩《かた》をぴしゃりとたたいた。

「わしをそんな目で見るな。幽霊《ゆうれい》でも見たような顔をしてるぞ。ナイフをよこせ。こういうふうにするんだ」

ぼくは、ハリソンのぎこちない指の動きを見つめた。ハリソンは、玉ねぎを分厚く切ったあと、手を伸《の》ばして自分の足にふれようとしているが、こわばった背中がじゅうぶんに曲がらない。「くそっ」ハリソンが大きな声を出した。「坊主《ぼうず》、てつだってくれ。さっさとしろ」

ぼくは、いわれたとおりにした。ハリソンのごつごつした黒い足にきついにおいのする玉ねぎをごしごしこすりつけたのだ。とても、逃《に》げだす準備とは思えない。客間にある奥様《おくさま》の椅子《いす》の脚《あし》をみがいているような気がした。指がひりひりして、目が痛くなり、涙《なみだ》があふれて、自分がしていることも見えなくなった。

「逃げたら、まずいよ」ぼくは声をひそめた。リリーがいつもいっていた。逃げだしたりしたら、まちがいなく思いっきりひどいめにあう、最悪のことがふりかかる、と。

ハリソンは腰《こし》を伸ばすと、家のほうに手を振《ふ》って、きつい声でいった。「じゃあ、旦那様《だんなさま》と奥様のところにもどれ。止めやせんぞ」遠くで、フクロウが鳴いた。ハリソンを見あげると、目を閉じた顔には、なんの表情もうかんでいなかった。

「どうして逃げるの？」ぼくはきいた。

「どのみち、じきに死んじまう」

「でも、犬に追っかけられるよ。セス坊《ぼっ》ちゃんが、まえにいってた。犬たちは、逃げだしたえものをどこまでも追っかけて、見つけだすって。逃げてから二日たっても、川のなかを逃げても、見つけられるって。犬に追っかけられたら、どうするの？　ずたずたにされちゃうよ」

「サミュエル、わしがどうして玉ねぎをもってきたと思う？　犬っころどもを近づけないためだ」ハリソンがぴしゃりといった。

ハリソンはぼくをじっと見て、唇《くちびる》をぎゅっと結んだ。「自分のしてることくらい、わかっとる。この世に生まれてから長いこと生きてきたんでな、なにかしようと決めるときにゃ、ちゃんとわかってやっとる。おい、わかったか？」ハリソンは、怒《おこ》りだした。「おまえも、どうするか決めろ。おまえが逃げようが残ろうが、わしは行くぞ。犬っころどもには、したいようにさせてやる。この老いぼれた体を引きずりもどすならそうするがいい。腕《うで》や脚を一本ずつ、引きちぎってでもな」ハリソンがぼくをにらみつけた。「サミュエル、わしと逃げるのか、残るのか？」

「なんでリリーやぼくをおいてまで、行こうとするのさ？」ぼくは必死にいった。

「そうしたいからだ」ハリソンが大きな声で答えた。

「行かないで、ハリソンのことが心配だよ」ぼくは、乱暴に涙をぬぐった。だれも死にかけてなどいないのに、涙があふれてきたのだ。こんなところを見られたら、また、リリーに情けないといわれるだろう。

頭のなかにおそろしい場面ばかりがうかんできた――旦那様はあの凶暴《きょうぼう》な猟犬《りょうけん》たちにハリソンを追わせ、ずたずたにさせるだろう。かわいそうなハリソン。それとも、旦那様は、つかまえたハリソンの背中に鞭《むち》をふるって、稲妻《いなづま》のような跡《あと》をつけ、その傷口に塩をかけるかもしれない。奴隷《どれい》の所有者は、逃げだした奴隷にそういうことをする。口にするのもおそろしいことだ、とリリーはいった。

「じゃあ、こうしよう。いいことを思いついた」ハリソンは麻袋《あさぶくろ》をひらいた。「サミュエル、おまえの恐怖《きょうふ》をこの袋のなかに入れたらどうだ？　北に着くまで、かついでもってってやる。で、ちゃんと無事に着いたら、袋から出す。そしたら、おまえの恐怖は、広々とひらけた自由な空にふわふわと舞《ま》いあがって、もう二度ともどってこん。どうだ？」

ハリソンは、ばかみたいににんまり笑い、両腕を夜空に向かって振った。「ひゅううう、かわいそうなサミュエルを死ぬほどこわがらせるもんが、みんな飛んでく……」

「こわがってなんかない」

「サミュエル、自由な空がどんなかわかるか？」ハリソンは話しつづける。

「大きな青い夏の空が、北の土地の端《はし》から端までつづいてる。思いうかべてみろ。そこで、黒人たちは解き放たれて、鳥のように自由にはばたく。見たくならんか？」

ぼくはうつむいて、足を見つめた。

ハリソンが麻袋を抱《かか》えあげた。

「北って、どのくらい遠いの？」ぼくは低い声でたずねた。

「話はおわりだ」ハリソンがきっぱりという。「いっしょに歩きはじめたら、そのうちわかる。サミュエル、わしはもう行くと決めたんだ」

それだけいうと、ハリソンは闇《やみ》のなかへと歩きだした。ハリソンのやせこけた長い脚が、小走りでよたよたと馬小屋の前を過ぎ、鶏小屋《にわとりごや》とトウモロコシの倉庫の陰《かげ》を通り、りんごの果樹園を抜《ぬ》け、奴隷たちの小屋の角を曲がり、旦那様のトウモロコシ畑のなかへと進んでいった。

ぼくはハリソンのあとを追った。セス坊ちゃんのおもちゃ——ひもで引っぱって遊ぶおもちゃ——になったみたいに、ただ引っぱられるようにしてついていった。リリーの怒る顔が頭にうかんだ。このことを知ったら、ぼくを力いっぱいゆすって、こういうだろう。「なんで、ハリソンが逃げだすのをほうっておいたんだい？　しかも、おまえまでいっしょに行くなんて。もう少し分別があるかと思ってたよ。まっとうに育てたつもりなんだがね。おまえには、がっかりした。おまえのかわいそうな母さんやあたしの恥《はじ》だよ」

けれど、ハリソンはほとんど止まらず歩いていくので、話しかけることができなかった。「こんなことをしたら、リリーがどう思うかな？」とか「引きかえそう」などといいたかったのだが。暗い畑のなか、ハリソンは急ぎ足でトウモロコシの畝《うね》を次々に越《こ》えてつきすすんだ。やがて、トウモロコシ畑をいくつ越えたのかかぞえきれなくなり、たとえ引きかえそうとしても、もどる道がわからなくなっていた。

実際、どこへ行くときにもこれほど遠く離《はな》れたことはなかった。旦那様のトウモロコシ畑より先に行ったことなどなかった。トウモロコシ畑の先へと、さらにその先になだらかにつづくケンタッキー州の低くて茶色い丘陵《きゅうりょう》の先へと行くことがあるとしたら、それは、馬車に乗せられて売られていくときだけだったろう。だから、旦那様の農場の外に出ると考えただけで、いつも震《ふる》えが走った。年老いたリリーでさえ、旦那様の農場を離れたことはない。リリーの六人の子どものうち三人もそうだ。三人とも、奴隷小屋の先にある、ぼくたち黒人専用の小さな墓地に埋葬《まいそう》されたからだ。

農場の外からきたのは、ハリソンと、旦那様が借りてきた奴隷たちだけだ。ハリソンは、子どものころに、バージニア州の農場主に売られて、ここにきた。「売られてきたのは、農場で働けるくらいの年になったときだな。たぶん、十か十一だったろう」ハリソンはぼくにいった。が、ハリソンがバージニアの農場のことでおぼえているのは、小さな池のことだけだ。ハリソンは、夜にそこで釣《つ》りをしたことがあった。だれも起きていないと思って、こっそり池に行ったのだ。ところが、農場主の息子に見つかった。「それから、二度と釣りはしとらん」ハリソンは何度も何度もいったものだ。「二度としとらん」


空の色が黒から灰色へと薄《うす》くなり、あたりが見えてくると、まわりじゅうのものがよそよそしく感じられた。夢のなかにいるみたいだ――トウモロコシ畑なら見なれているはずなのに、なにかちょっとしたことがちがっているせいで、妙《みょう》な感じがする。柵《さく》のせいだ。旦那様は、丸太を割って作った柵しか使わないが、目の前の畑の柵は板でできている。そのとき、この農場の猫《ねこ》がトウモロコシのあいだをそっと通りすぎていった。灰色で、足の二本の先が白い。旦那様の農場の猫は縞模様《しまもよう》だった。

「かくれ場所をさがさにゃならん。明るくなるまえにな」ハリソンが小声でいった。

ぼくは、空を見あげて、リリーのことを考えた。台所にやってきて、火をおこし、朝食のしたくをはじめるころだ。「サミュエル」リリーは小声で呼びかけながら、いつもと同じように、ゆっくりゆっくり扉《とびら》を開けて、台所に入ってくるだろう。「ほれ、あたしだよ。もう起きてるかい?」リリーはいつも、眠っている人を驚《おどろ》かせるのはよくないことだといっていた。驚かせて夢からさますようなことをしたら、よくないことが起こるというのだ。それで、いつも静かに入ってくる。けれど、ぼくたちふたりの物音で旦那様と奥様を起こしたくないというのが、ほんとうの理由だった。

ぼくはぎゅっと目をつぶって、リリーの姿を頭のなかから追いだそうとした――リリーは暗い台所で、いなくなったとも知らずにぼくを呼んでいるだろう。

「サミュエル!」ハリソンが声を強めて、森のほうへあごをしゃくった。「森んなかに入って、大きな木をさがせ。地面近くに枝が三本あって、幹のなかが腐《くさ》ってうろになってる木がないか、見てこい」

「どっちのほう?」

「あっちだろう」ハリソンが指さした。「ほれ、行け。そのあいだに、わしは、ひと息いれる」

ぼくは、暗い森に目をやった。「あの森には、行ったことないよ」

ハリソンがぼくをにらみつけた。「なんてこった。サミュエル、そんなこっちゃ、永遠に一人前になれんな」そういうと、ハリソンは麻袋を勢いよく肩にかけ、ぼくを追いこしてずんずん歩いていった。ところが、それから少し進んだところで――目と鼻の先といってもいいくらいのところで――ぼくは、鳥肌《とりはだ》がたった。

地面近くに枝が三本伸びたカエデの古木があったのだ。幹のなかには、アライグマの巣のような穴がある。幹の一方の側に稲妻が走ったような跡があった。

「行け」ハリソンはぼくを前に押《お》しだした。「これが、わしのいったかくれ場所だ」

ぼくは、古木を見つめた。

ハリソンは、ここにくるまえに、この木があると知ってた。どうしてだろう？

リリーがいったことがある。「世の中には、これから起こることが見える人間がいるんだよ。魔術《まじゅつ》や霊の力でね」リリーは、魔術や霊が悪いことを引きおこすのだと信じていた――牛のお乳が出なくなったり、ひょうが大量に降って実をつけたばかりのトウモロコシが倒《たお》れたりするのはそのせいだ、と。ハリソンは、魔術や霊の力を使って逃げようとしてるんだろうか？　そう考えたら、血が凍《こお》るような気がした。そんな木にかくれるもんか。

「なぜ動かん」ハリソンがいらいらした声でいった。「この木にかくれて、休まにゃならん。さっさとわしのいうとおりにしろ。赤《あか》ん坊《ぼう》みたいなまねはよせ」

けれど、ぼくはその場に立ったまま、ハリソンが足を引きずりながら古木に近づくのを見つめていた。ハリソンは、切った玉ねぎを取りだして、落ち葉のなかにまいた。

「なんでこの木があるって、知ってたの？」ぼくは近づきながら、思いきってきいてみた。「これから起こることが見えるの？」ハリソンがこちらをぎろりと見た。「サミュエル、どっからそんなばかなことを思いつくのかわからんが、そんなことはここにしまっとけ」ハリソンが、ぼくの頭のてっぺんを指でたたいた。「いいか、そして、そこから出すんじゃない。でないと、まちがいなく、わしもおまえも、やっかいなことになるからな。わかるか？」

ぼくは、しめった落ち葉のなかの足を見つめながら、リリーのところにもどれたらいいのに、リリーといっしょに朝食の用意をしていたらどんなにいいだろう、と思っていた。テーブルの上の料理が目にうかぶ。大きな皿の上には、ジュージュー音をたてる豚《ぶた》の背脂《せあぶら》の塩漬《しおづ》けと、温かいトウモロコシパンがのっている。

ハリソンは、黒く焼けこげた落雷《らくらい》の跡を指でなぞった。「先々自分の人生に起こることが見えたら、何十年も白人のために骨身をすりへらして働くと思うか？　いんや、生まれたその日に寝返《ねがえ》りをうって死ぬ。そうとも、そうする」

ハリソンがぼくのほうへ目を向けた。

「実はな」ハリソンがとてもおだやかな声でいった。「まえに一度、逃げたことがある。この木のところまでな。だから、知ってるんだ」

ぼくは目を丸くして、ハリソンを見つめた。ぼくの知るかぎり、旦那様の農場からこっそり逃げだした者なんかいなかった。とくに、ハリソンがそんなことをしたなんて、考えられない。

「逃げたの？　ハックラー旦那様から？」

「ずっとずっと昔のこった。大旦那様から逃げた。サミュエル、おまえが生まれるずっとまえのことだ」ハリソンがぼくをにらみつけた。「いいか、このことをこれ以上きくな。もうひと言だってしゃべる気はないからな。これは、わしと神様のあいだのことだ。それでしまいだ。ほれ、わしに手をかして、この枝にのぼらせてくれ」

ハリソンはだまったまま、さっさと木に手をかけると、「よつんばいになれ」といった。ぼくの背中を踏《ふ》み台《だい》にして、いちばん低い枝によじのぼろうというのだ。「わしは、骨と皮だけの老いぼれだ」とハリソンはいつもいっていたが、ハリソンがよじのぼっているあいだ、ぼくは、自分の体が柵の横木のようにまっぷたつに割れるのではないかと思っていた。ハリソンがのっしったりうめいたりしながらようやく枝の上にあがってから、ぼくはべつの枝によじのぼった。

ぼくたちは、木にとまった二羽の場ちがいな鳥だった。ハリソンを見ていて、灰色の頭をした鳥を思い出した。ハリソンはそれだ。そして、ぼくは、庭にやってくる小さな茶色い鳥。ただ、ぼくたちは飛びたつことができない。ぼくはそのことを考えつづけていた。だれかに見つかったときに、ぼくたちはどこにも逃げられない。この古木から離れられない、翼《つばさ》のない無力な二羽の鳥だ。

「旦那様たちがぼくたちを追っかけてくると思う?」

「たぶんな」ハリソンは、木の幹に頭をあずけた。

「犬を連れてくるかな?」

「たぶんな」

「玉ねぎのにおいがぼくたちのにおいを消してくれる?」

「サミュエル、さっきいったろう。玉ねぎと、たぶんどしゃぶりの雨だ」

ぼくは木の葉のあいだに見える、灰色をした朝の空を見あげた。雨が降りそうだったが、まだ降ってはいない。そのとき、思い出した――畑を横ぎるときに、柔《やわ》らかい土のなかに足がしずみこんだことを。

「この木の上にいたら、犬たちには見えないと思う?」ぼくは、ごつごつした枝に手をすべらせながら、きいた。

「わしらをさがしてぐるぐる歩きまわったら、見えんだろう」ハリソンが答えた。

「もし見つかったら?　そしたら、どうなるの?」

ハリソンは、目をぱっとひらいて、ものすごく意地の悪い目つきでぼくを見つめた。「おい、坊主、だまって、休め。この先、長い道のりだからな。もう、おまえのおしゃべりはたくさんだ」

それで、ぼくはだまった。が、ききたいことが次々にうかんで、頭のなかを駆《か》けめぐった。畑にぼくの足跡が残ってたら、どうなるんだろう？　旦那様がよその犬まで借りて、追っかけてきたら？　もし雨が降らなかったら？　こうして木の枝にすわってるところを見つかったら？　野生のちっぽけな鳥みたいに撃《う》ちおとされたら？

ぼくは空を見あげて、なんとか雨を降らそうとした。雨。雨。雨。強く強くねがった。神様、雨を降らせてください。

ところが、その最中に声がして、ぼくの願いごとは中断された。

「サミュエル」遠くで甲高《かんだか》い声がする。「サミュエル！」

心臓がどくんどくんいい、ぼくは目を閉じて、冷たい木の幹に背中を押しつけた。

だれの声かわかった。

もう、ぼくたちをさがしはじめてるんだ……。

第六章　木のようにじっと

「おい、じいさん、出てこい！」

キャシアスの声だった。森の端《はし》にそって馬で進みながら、木立ちのなかをのぞきこんでいるようだ。ハリソンのほうへ目をやると、目をぎゅっとつぶって、声をたてずに口を動かしていた。祈《いの》っているのだ。

「サミュエル！　どこだ？　サーミュエール！」ぼくをさがす旦那様《だんなさま》の声が、ヘビのようにするすると森のなかに入ってきた。のどにヘビが巻きついてくるような気がして、ぼくは木の幹にますますぎゅっと体を押《お》しつけた。

はっきりとはわからなかったが、人々の声は、森のはずれの畑の近くからきこえてくるようだった。近づいてくるにつれて、声が大きくなる。

そのとき、思いがけない声がきこえた。

「サミュエル！」ききなれたリリーの声がぼくを呼んだ。「さっさともどっておいで！」ぼくを見つけるために、旦那様たちは台所のリリーをわざわざここまで連れてきたのだ。

ぼくはごくりと唾《つば》をのみこんだ。まちがいなく、リリーをやっかいごとにまきこんでしまった。リリーは、どんなときにも猛《もう》スピードでやってきて、ぼくを助けてくれた。それなのに、ぼくは、もっとも恥《は》ずべきことをしてしまった。逃《に》げだしたのだ。

「サミュエル！　ハリソン！」

旦那様たちがこっちに向かっているのがわかった。旦那様の馬の茶色い脇腹《わきばら》とリリーを乗せた栗色《くりいろ》のラバがちらっと見えたからだ。ぼくは目を閉じた。旦那様たちが森のなかに入ってきたら、まちがいなく見つかる。これ以上やっかいなことにならないようにするには、リリーに返事をして、助けてもらうしかない。ぼくたちがしたことを考えると、リリーがどうやってぼくとハリソンを鞭打《むちう》ちから守ることができるのかわからなかったが、それ以外に方法はないと思った。

「あたしたちは三人とも、罰《ばつ》を受けなきゃならないよ」と、リリーはぼくにいうだろう。奥様《おくさま》は、リリーの残りのお金を全部、それに、大事にためていたほかのものも、罰として取りあげるかもしれない。それとも、旦那様がリリーの話に耳をかたむけるかもしれない。リリーはいつも「あたしは、旦那様のあつかいを心得てるからね」といっていた。

ぼくは深々と息を吸うと、両腕《りょううで》を振《ふ》って、リリーの名前をさけびはじめた。「リ――」

ところが、ぼくが口をひらいた瞬間《しゅんかん》、ライフルのすさまじい音が空気を切りさいた。

「神様、お助けください」ハリソンがつぶやいた。

銃声《じゅうせい》のあとの静けさのなかで、ぼくは、自分が木になったような気がした。両腕と両脚《りょうあし》が枝に変わり、茶色い肌は黒々とした冷たい皮になり、木のようにじっとしている。

さらに三回、ライフルの音が響《ひび》いた。

温かいしずくがひと粒《つぶ》落ちてきて、顔をつたった。

旦那様とキャシアスが下生えを踏《ふ》みつけながらやってくるのではないかと耳をすました。今にも足首をつかまれて、木から引きずりおろされるのではないか。

頭上では空がゴロゴロいい、ふいに風が木々のあいだを吹《ふ》きぬけた。ぼくの体の下で、枝がゆれた。

心臓がどきどきした。なにが起こってるんだろう?

さらにしずくがぽつぽつと腕に落ちてきた。空がまたゴロゴロいう。

「ああ、神様!」ハリソンがつぶやいた。「どうか雨を降らせてください!」

そのとき、雨が勢いよく降りだした。

雨はどんどん強くなった。まるで、旦那様がライフルで空にいくつも穴をあけたみたいだった。雨粒がまわりの木の葉に当たって、音をたてている。前がまっ白になるほどはげしく雨が降り、あたり一面、洗濯《せんたく》ひもにつるした服のようにぐっしょりとぬれている。

実際、この雨のおかげでぼくたちは助かった。目を細めて森のはずれを見ると、旦那様とリリーとキャシアスはいなくなっていた。「たぶん、わしらには気づかなかったろう」ハリソンはいった。

「おどそうとしただけだ」ハリソンは、雨の音にまけないよう大声でいった。「だが、ライフルをぶっぱなされて、寿命《じゅみょう》がすっかりなくなっちまった！」

ぼくがリリーに向かってさけんだというのに、ハリソンはなにもいわなかった。けれど、ぼくは、旦那様のラバに乗って、ぼくとハリソンの名前を呼んでいたリリーのことが頭から離《はな》れなかった。あのときのリリーを思いうかべると、おなかが痛くなった。旦那様は、ぼくたちの脱走を止められなかった罰として、家に連れてかえったリリーを鞭でたたくだろうか？

「リリーはどうなる？　ひどいめにあわない？」

「リリーなら、大丈夫だ」ハリソンは、縁《ふち》のたれた帽子《ぼうし》を引きさげて、雨が顔に当たらないようにした。「これまでにも、さんざんつらい思いをしてきた。自分でなんとかできる」

「リリーは、ハリソンがぼくを連れて逃げるって、知ってたの？」

「いつか逃げるってことは知ってたろうよ。そのときがきたら逃げるだろう、ってな。リリーのことは、心配するな」ハリソンは麻袋《あさぶくろ》から、帽子を引っぱりだした。セス坊《ぼっ》ちゃんの帽子だった。「納屋《なや》に忘れてったんだ、すごいだろ!」ハリソンはにやりとすると、帽子をぼくに差しだした。

ぼくは首を横に振って、話をつづけた。「どうしていっしょに逃げなかったの?」

「だれが?」

「リリー」

「わしゃリリーくらい年をとったら、わかるようになる」ハリソンはそれだけいうと、目を閉じて、木の幹にもたれかかった。もうこれ以上話す気はないということだ。

雨が降るなか、ぼくたちは一日じゅう、木の枝にすわっていた。ぼくの脚はなんどもなんども力がぬけてだらりとさがり、雨は川のように枝をつたい、ぼくはぐっしょりぬれた。

「寒い」ぼくは、もう、五十回くらいいっていた。

「生きてるだけありがたいと思え」帽子の下からハリソンがいった。

「いつ、下におりるの?」ぼくは、五十回くらいきいた。

「わしがおりるといったときだ。うるさくするな」

ぼくは、リリーのことを考えた。今ごろは、雨にぬれることもなく、炉《ろ》の火がパチパチ音をたてる暖かい台所で働いているだろう。山になった小麦粉をすばやくすくいながら、たくましい腕でテーブルいっぱいに生地を押しひろげているはずだ。その様子は、茶色い鳥たちが翼《つばさ》をはばたいて砂浴びをしているように見えるだろう。なにを作っているだろう？　たぶん、ミートパイをふたつくらい。それとも、日曜日の御馳走《ごちそう》――小麦粉をだんご状にしたダンプリングと鶏肉《とりにく》の煮《に》こみ料理――かもしれない。

空腹で、おなかが鳴った。

働く様子をいつまでもそばで見ていると、リリーはいつも唇《くちびる》をぎゅっと結んで、じろりとぼくを見る。「なまけぐせがついて、困ったもんだ。さっさと仕事をおし」

ぼくは、リリーとまったく似ていなかった。リリーは、ぼくよりも肌《はだ》の色が濃《こ》かったし、頬《ほお》骨《ぼね》が高くて、口と目のまわりに深いしわがあった。ぼくの肌は、ショウガ入りクッキーみたいな色をしている。「おまえの肌の色は、かわいそうな母さんとそっくりだ。あたしの肌は、古くて頑丈《がんじょう》な栗《くり》の木みたいな色だが、おまえは、焼きたてのおいしそうなショウガ入りクッキーみたいだからね」とリリーはいつもいっていた。リリーのことを考えると、悲しくなった。とても、とても悲しくて、胸が痛くなった。

「リリーをひどい目にあわせないで」ぼくは空に向かってつぶやいた。「リリーは、なにも悪いことをしてないんだから」

けれど、空はますますはげしく雨を降らせた。

第七章

夜の恐怖《きょうふ》

ようやく雨がやんだときには、ぼくたちの足跡《あしあと》は泥《どろ》といっしょにミシシッピ川まで流されて、たぶんすっかりなくなっていたと思う。日暮れが近かった。太陽が、最後の光を雲のあいだからしぼりだすと、ハリソンは上着のポケットからさや豆としめったスコーンを四個出した。

「ほれ」ハリソンが、半分をぼくによこした。夕食はそれだけだった。

実際、そのとき、ぼくは畑いっぱいのさや豆と皿いっぱいのスコーンだって、食べられただろう。そのくらい、猛烈《もうれつ》に腹ぺこだった。そのうえ、食べおえてすぐ、まだ食べ物のくずも、はらっていないうちに、ハリソンは出発する時間だといった。

「連中が、じきに追っかけてくる。雨がやんだからな」ハリソンは夜空を見あげた。「だが、まず、この木からおりるのをてつだってくれ、サミュエル。どうやら、両脚《りょうあし》とも、シゴーコーチョクがはじまってるようだからな」

そのときのぼくは、〈シゴーコーチョク〉が〈死後硬直《しごこうちょく》〉だということも、〈死後硬直〉がなにかも知らなかったが、地面におりたとき、こわばった足がまるでハチの巣を踏《ふ》んづけたみたいにじんじんして痛かった。ぼくがおりたあと、ハリソンもおりようとした。が、ひざがぐにゃりとして、ハリソンはぬれた木の葉のなかに倒《たお》れこんだ。「なんてこったい」ハリソンは、立ちあがろうとしながら、語気を荒《あら》らげた。「心は自由になりたがってるのに、体はそう思っとらん」

どうしたらいいのかわからないまま、ぼくはつったって、ハリソンを見つめていた。

「坊主《ぼうず》、見るな」ハリソンが吐《は》きだすようにいう。「ほっといてくれ」

それで、ぼくは、カエデの古木の銀白色の皮を見つめた。黒い甲虫《こうちゅう》がざらざらした木の上を行ったりきたりしていた。針のように細い脚が六本ある。ぼくは、つやつやした背中を押《お》さえて、虫が脚をばたばたさせるのを見つめた。

どのくらい遠くまで行ったら、自由はあるんだろう？　ハリソンがこれ以上逃《に》げられなくなったら、どうなるんだろう？

「さてと、神様、ちょいとわしの体を引っぱりあげてくださらんか」ハリソンの声がして、ぼくは目の端《はし》からこっそり見た。ハリソンは、カエデの曲がった枝を地面から拾いあげると、両手でにぎって寄りかかり、立ちあがった。「また、歩けるようになったぞ」ハリソンは息をきらしながらいうと、杖がわりの枝を森に向かって振《ふ》った。「サミュエル、さあ、出発だ、またシゴーコーチョクがはじまるまえにな」

けれど、暗くなるにつれて、森を抜《ぬ》ける道を探すのは大変なことだとわかった。散らかった部屋のなかを、ロウソクもつけずにつまずきながら歩くよりもやっかいだった。植物の根が足にからみついてくる。腕《うで》や顔に、鋭《するど》い小枝が当たる。泥《どろ》や落ち葉の上はすべりやすく、ぼくたちはつんのめって、何度もころんだ。

「森んなかの動物はみんな、わしらを見て、腹を抱《かか》えて笑ってるだろうよ」ハリソンはため息をつきながらまた立ちあがると、服の汚《よご》れをはらった。「わしとおまえは、この森で、ぶったおれつづけてる。まるで、よっぱらいみたいにな」

ハリソンがそういったとき、ぼくはなにかに見られているような気がした。ふと、思い出した。そういえば、大きなアライグマが夕方、旦那様《だんなさま》の庭をこそこそ歩いていたことがあった。しかも、一匹《ぴき》じゃなかった。それに、森のなかにはヘビがいる。セス坊《ぼっ》ちゃんが、まえに一度、大きな黒いヘビを棒の先につきさして、もってかえったことがあった。頭が切りおとされているというのに、セスが両腕を広げたのより長かった。ネズミを食べるヘビだとセスはいっていた。ということは、この森にはネズミもいるということだ。

そのとき、暗闇《くらやみ》のなかでなにかが動く気配がした。なにかが、ぼくの足の下からするすると動いた。

体のなかで、心臓が石のようにずしんと落ちた。ぼくはハリソンに向かって、「逃げろ」とさけんだ。

「サミュエル！」ハリソンが声をあげた。

けれど、ぼくは、くるりとむきを変えて走りだした。足もとで、枝がころがったり折れたりする。用心しながら進まなくてはいけないのに、そんなことはすっかり忘れていた。静かにしなくてはいけないのに、すっかり忘れていた。野生の動物がすぐうしろを追ってくる気配がする。ヘビか、大きなネズミか、なにかほかのものが。全速力で走っているうちに、ぼくは、暗闇のなかで木の根につまずいて、ころんだ。そこで、ハリソンが追いついてきた。

「おい、待て」ハリソンは押しころした声でいうと、枯れ葉《かは》のなかからぼくを起こした。ぼくたちは、はあはあいっていた。そのなかで、ぼくは必死に耳をそばだてて、ぼくたちに向かって闇のなかからゆっくりと出てくる動物はいないかとさがした。枯れ葉や枝が音をたてはしないかと、耳をすました。けれど、きこえてきたのは、ぼくたちの上でかすかにきしる木々の音だけだった。

「なにもきこえやせん」ハリソンがぼくの腕を強くゆすった。「サミュエル、おまえときたら、まるでおびえたウサギみたいにすっとんで逃げたじゃないか、え？　おまえは、森んなかで、なにも見ちゃいない、そうだろう？」

「見たんだ」心臓がどきどきいっていた。「なにか大きなものがぼくたちを追っかけてた」

けれど、ハリソンはぼくをののしると、のろのろとむきをかえ、頭上にそびえる黒い木々と木々のあいだの夜空を見あげて、低いうめきをあげた。それをきいて、ぼくの体に寒気が走った。

「サミュエル、やらかしてくれたな」ハリソンは小声でいうと、地面にすわりこみ、両手で顔をおおった。「どっちに向かってたか、わからなくなっちまったじゃないか」

そのあとずっと、ハリソンはだまったたまま、森のまんなかの冷たくてじめじめした地面にじっとすわっていた。

ぼくは、おびえて走りだしたことが恥《は》ずかしくなり、元の道を見つけるからと、いおうとした。「さっきいた場所を必ず見つけられるよ。ぼく、そういう感覚が鋭いから。そんなに遠くまで走ってこなかったし」

けれど、ハリソンは、ぼくのほうに目をあげようともしない。それどころか、目をつむったままだ。「鞭《むち》打《う》ち三十九回」ハリソンがつぶやいた。どこか遠くからきこえてくるような、震《ふる》え声だ。

ぼくは、顔を近づけた。「え？」

「逃亡《とうぼう》の罰《ばつ》は鞭打ち三十九回と法律で決まってる」

「ぼくたち、つかまってないよ」

「大旦那様《おおだんなさま》は、法律で決まってることはしなきゃならんという」ハリソンがつぶやく。「大旦那様はこういうんだ。『猟犬《りょうけん》や馬と同じで、おまえはおれのものなんだ。だから、逃げだしたら、犬や馬と同じように打つ。ほんとうは、そんなことはしたくない。だが、しなきゃならん。おれに従うってことを学ばせなきゃならないからな』」

「なにをぶつぶついってるの？　ちっともわからないよ、ハリソン」ぼくはハリソンの肩《かた》を引っぱって、こっちを向かせようとした。「なんで大旦那様のことなんかしゃべってるの？」けれど、ハリソンはむっとして、横を向いた。「このままここで死なせろ」ハリソンが鋭い口調でいった。「おまえの手当てなんかいらん。このままここで死なせろ」

頭のなかの声が口に出ているような感じだ。熱でも出たのか？　なにかうわごとでもいっているのかな？

「ねえ、空を見て」ぼくはまわりを指さしながら、つづけた。「まだ、道を見つけられると思う？」けれど、ハリソンは頭をあげることさえしない。

「ベルは、ここにかくれたくなかった」ハリソンがささやくような声でいう。「干し草置場は安全じゃない、とわしにいったんだ。それなのに、わしは耳をかそうとしなかった。そして、赤《あか》ん坊《ぼう》が泣《な》きだした。しーっ、いい子だ」ハリソンは唇《くちびる》に指を当てた。「しーっ……」

ハリソンの言葉をきいているうちに、ぼくは体が震えだした。ハリソンはだれにしゃべってるんだろう？　それに、なんで干し草置場のかくれ場所のことを心配してるんだろう？

「ハリソン、そんなふうにしゃべるのはやめて」ぼくは、たのんだ。

ぼくは、まえにリリーもこんなふうになったことがあったのを思い出した。あのとき、リリーは、自分で編んだヒッコリー製のかご――いちばん気に入っているかご――を手にとると、火のなかに投げこんだ。そして、だまったまま、かごが灰になるまで燃やした。ぼくには「どこかにお行き。あたしをひとりにしとくれ」といった。あとになっても、なにがそんなに悲しかったのか、いおうとしなかった。「あたしにはあたしの思いが、おまえにはおまえの思いがある。だれにも、心のなかにしまっておきたい思いってもんがある。神様があたしらにそういう思いをもたせるのは、なぜだと思う？」といっただけだ。

「ひとりにしてほしいの？」ぼくはハリソンにきいた。

あたりは静かだった。風が木々のあいだを吹きぬけるときに雨粒《あまつぶ》がぱらぱらと音をたてているだけだ。

「ぼく、どこかに行ってもいいけど」ぼくはまた、小声でいった。

ハリソンはなにも答えない。

「ひとりにしてほしいの？」ぼくは、声を少し大きくして、いった。

するとと、ふいに、ハリソンがぼくのほうを向いて、いつものような目でぼくを見た。

「どうしてそんなことをいう？」ハリソンがぴしゃりといった。「それに、いったいどこに行くつもりだ？」ハリソンがまわりの森に向かって両手を振った。「獣《けもの》がいるぞ。おまえのやせこけた足首につかみかかって、引きずりたおし、そのちっぽけな体をかみくだいて、粉々にしちまうぞ」

ハリソンが冗談《じょうだん》をいっているのか、意地悪をいっているのか、わからなかった。

「まったく、おまえときたら、おまえの母さんのハナがいつもいってたとおり、やっかいごとを引きおこすやつだ」ハリソンが首を振る。「わかってたはずなんだが」

ハリソンは、ポケットに手をつっこむと、ごろっとしたサツマイモを取りだした。「なにか食べたほうがいいだろう。ほかにすることもないしな」ハリソンはサツマイモを半分に切った。

「おまえの、そのぼんくら頭を使えば、こいつをリリーの作るうまいサツマイモのパイに変えられるんじゃないか。森の木が獣に見えるんなら、これだってパイに見えるだろうよ」ハリソンが、サツマイモを渡《わた》してくれた。「やれやれ、今のわしらをリリーに見せたいよ」

ぼくが獣から逃げようとしたせいで、ぼくたちふたりが、夜、森のなかで迷子になっていると知ったら、リリーはかんかんに怒《おこ》るだろう。リリーの声がきこえるようだ。「サミュエル、おまえときたら、よけいなやっかいごとを起こすんだから」

ぼくがサツマイモを食べおわろうとしているとき、ハリソンは麻袋《あさぶくろ》を開けて、毛布を二枚出した。ぼくは、毛布を見て、目を丸くした。というのも、旦那様が「寒い思いをさせてやらんとな」といいながらぼくから取りあげた毛布にそっくりだったからだ。

ハリソンはにやりとして、縞模様《しまもよう》の毛布とすりきれた緑色の毛布をかかげた。「もったいないと思わんか？　旦那様は、この二枚のあったかい毛布を庭に投げすてた。ぬれて、泥《どろ》まみれになっちまうってのにな。この毛布は、この広い世界のだれのものだと思う？」

毛布は、リリーの台所のにおいがした。薪《まき》の煙《けむり》とパンを焼くにおいだ。すぐそばにリリーがいるみたいだ。ハリソンは、毛布をぼくたちの肩《かた》にかけ、ぼくたちはさやのなかの二個のえんどう豆みたいに体を寄せあった。

すぐ横で、ハリソンが深々とため息をついた。

「道がわからなくなったから、心配してるの？」ぼくは、ハリソンのほうに目を向けた。

「いんや」

「明日、旦那様に見つかるって思ってる？」

ハリソンが黒々とした木々の奥《おく》を見つめた。「明日のことは、だれにもわからん」とても静かな声だった。「だが、わしらは、まだ二キロかそこらしか進んでない。ひょっとしたら、ぐるっとまわって、出発した木のそばにもどってるかもしれん。雲が多くて、星が見えん……」

ハリソンの声がしだいに小さくなった。

「逃げたりして、ごめんなさい。迷子になるつもりじゃなかったんだ」

「おい、もうそのことはいうな。ききたくない」ハリソンは毛布をぐいと引っぱると、横を向いた。「死んだラバに霊歌《れいか》をうたってやっても、なんの役にもたたん」ハリソンがきつい口調でいった。「ほれ、少し休め」

第八章

クモとロウソク

ところが、翌朝目をさますと、ハリソンはいなくなっていた。ぼくは、あわてた。

ぼくをおいてったんだ。

まるで、死んだラバをおいてくみたいに。

心臓がどきどきした――ぼくが眠《ねむ》ってるあいだに、自分の身を守るためにどこかに逃《に》げてったのか？　黒っぽい木々の幹のまわりで、白い霧《きり》が渦《うず》まいていた。早朝の光が木々のあいだからわずかに差しこんでいる。頭上では、カラスが鳴きかわしている。ハリソンの姿も、麻袋《あさぶくろ》も、見あたらない。

こんなところにいたら、つかまって、農場に連れもどされるかもしれない。ぼくをおいてったのは、やっかいごとばかりを引きおこすお荷物だから？　それとも、旦那様《だんなさま》がハリソンよりぼくを見つけたがってるって、知ってたから？　売りとばしたとしても、年をとってて、あんまりお金にならないハリソンより、ぼくのほうが高い値段がつくはずだから。

ぼくがハリソンのことをそんなふうに考えていると知ったら、リリーはぼくの頬《ほほ》をぴしゃりと打つだろう。

旦那様が男性の訪問客に得意げに話しているのを耳にしたことがあった。「七百ドルがころがってるようなものだ」ぼくが通りかかったとき、旦那様がいった。「健康に育った、頑丈《がんじょう》な黒人少年はな」

ぼくは、その日ずっと、自分の肌《はだ》が、四角い一ドル札――リリーがクリスマスにもらう一ドル札――を縫《ぬ》いあわせてできているような気がしていた。ところが、自分のような黒人少年が七百ドルになると話すと、リリーは手を伸《の》ばして、ぼくの口を思いきりたたいた。「サミュエル、恥《は》ずかしいと思わないのかい？　そんなことを自慢《じまん》げに話すなんて、あきれたもんだ。おまえの魂《たましい》とおまえのかわいそうな母さんの魂に、神様のお慈悲《じひ》がありますように」

おぼえているかぎり、リリーにそれ以上ひどく叱《しか》られたことはない。あとになって、リリーといっしょに大釜《おおがま》で洗濯物《せんたくもの》を煮洗《にあら》いし、洗った衣類を切り株の上でたたいて脱水《だっすい》していたときに、リリーがいった。「さっきは、すまなかったね。だが、高い値段がつくってことは、おまえが買われたり売られたりするってことだよ。サミュエル、わかるかい？」リリーは、衣類をたたいていた棒をぼくに向けた。「おまえの黒い肌が、この衣類やこの大釜と同じだってことが自慢かい？　服や釜みたいに値段がついてるってことが自慢なのかい？」

けれど、それでも、ときどき、自分が見たこともないような大金と同じ価値なのだということを考えた。自分にはそれほどの価値があるのだと思うと、偉《えら》くなったような気がしたからだ。なにしろ、七百ドルだ。

「起きたか？」ハリソンの声がして、ぼくは飛びあがった。

ハリソンがうしろから近づいてきて、杖《つえ》でぼくの背中をぽんとたたいた。「サミュエル、わしがおまえをおいて逃げたと思ってたのか？　それとも、森の動物がもっと出てきやしないかと警戒《けいかい》してたか？」

「ちがうよ」ぼくは目を伏《ふ》せたまま答えた。目をあわせたら、なにを考えていたか、ハリソンにぜったいわかってしまう。

「出発する時間だ」ハリソンはぼくの毛布を手にとると、麻袋のなかに詰《つ》めこんだ。「さあ、急げ。旦那様とキャシアスが起きて、わしらをさがしはじめるまえに行かないとな」

ぼくは、ハリソンをてつだって、木の葉をまきちらし、土の上の跡《あと》を消した。ぼくたちがここで寝《ね》たことがばれないようにするためだ。もちろん、猟犬《りょうけん》がかぎつけなければ、ということだが。

「犬はどうしようもない」ハリソンが木のほうへ腕《うで》を振《ふ》った。「連中がきたら、わしらがあそこで寝たことをかぎつける。ばかじゃないからな」ハリソンは、最後に落ち葉をひとつかみとって地面にまき、足で土をならした。「しばらくじっとかくれていよう。昼のあいだ、静かにしてるんだ。それに、旦那様たちはわしらをさがしにこないかもしれん」そういって、ハリソンは森を指さした。「さっき、かくれる場所を見つけた。あっちだ」ハリソンは、木々のあいだを歩きはじめた。

ところが、ハリソンが見つけたかくれ場所は、ただの小さな茂《しげ》みだとわかった。シカやウサギがかくれるような茂みだ。ぼくたちは、シカでもウサギでもない。ハリソンが、アキノキリンソウとチョウセンアサガオがからまりあったちくちくする茂みに杖をつっこむと、コナジラミの大群がわっと舞《ま》いあがった。「ここなら、そうとうさがしまわらんと、わしらを見つけられん」ハリソンがにやりと笑った。「もぐりこめ」

ぼくはゆっくりと茂みのなかに入り、地面から舞いあがるコナジラミを手ではらいのけた。クモの巣が顔にはりつく。頬をこすると、こんどは両手にクモの糸がはりついた。ぼくはズボンやシャツや地面に指をこすりつけて、なんとかぬぐおうとした。クモの糸は、ぼくのいたるところにくっついてくるような気がした。まるで、クモとクモの巣だらけの茂みにつかまってしまったみたいだ。

「そこにすわれ」ハリソンが杖でぼくをつついた。「そんなに動くな。今いるところにじっとしてろ」

「クモだらけの茂みになんか、いたくない」ぼくは小声でいった。

「犬と白人だらけじゃないだけ、ありがたいと思え」

ぼくはひざを抱《かか》えてすわり、シャツをひっぱって脚《あし》にかぶせた。肌の上をクモにはいずりまわられたくなかったからだ。ぜったいに。

じっとすわったまま、旦那様の農場に帰ったときのことを思いうかべた。奥様《おくさま》がさっそうと台所に入ってくる。絹のドレスの裾《すそ》が床《ゆか》をかすめる。奥様はぼくを見つけて、目を見ひらく。

「サミュエル！」それから、クリスマスプレゼントを開けたときのように、びっくりした顔でいう。「帰ってきたのね、リリーがいったとおりだわ」

けれど、実際は、こうなるはずだ。奥様はとても太っているから、さっそうと入ってくることなんかできない。ほほえむなんてことも、ほとんどない。たいていいつも、口をぎゅっと結んでいる。唇《くちびる》が縫いつけられているのかもしれない。リリーにいうことはほとんどいつも、意地悪だ。朝食が遅《おそ》すぎるとか早すぎるとか、熱すぎるとか冷たすぎるとか、焼きすぎだとか生焼けだとか、甘《あま》すぎるとかボリュームがありすぎるとか。

それに、奥様は、意地悪をするのも好きだ。あるとき、セス坊《ぼっ》ちゃんがぼくの指をロウソクの炎《ほのお》に入れたことがあった。指が白くなるか見たいといったセスに、奥様がそうさせたのだ。朝食のとき、「たぶん黒い肌の下は白いんだよ。確かめてみたいな」とセスが奥様にいった。

「もちろん、白くなんかありません」奥様は鼻を鳴らした。「でも、自分の目で確かめたいのなら、あの子の指をロウソクの火につっこんでごらん」

そういうわけで、セスはぼくの指をむりやりロウソクの炎のなかにつっこんで、見ていた。そのうち、ぼくの皮膚《ひふ》に水ぶくれができて、やけどになった。ぼくは、ぎゃあぎゃあ泣きわめき、その大声は納屋《なや》にいたハリソンのところまで届いた。

「白くならないや」セスはいって、ようやくぼくの手を放した。

「もちろん、そうだわ」奥様は平然と答えた。「どこまでも黒いといったでしょ。さあ、リリーのところにいって、指に当てる布をもってくるようにいいなさい」

不思議なことに、そのときのやけどの跡を今でも見つけることができる。茶色い肌の上の跡が、白いといってもいいくらい薄《うす》い色をしているからだ。結局のところ、奥様はまちがっていたということになる。やけどをしたところが白っぽくなったのだから。

指をあっちに向けたりこっちに向けたりしながら、白っぽい灰色の小さな楕円形《だえんけい》の跡をながめた。やけどのことを考えると、決心がつかなかった――おなかをすかせ、道に迷い、クモだらけになりながらハリソンと逃げるか、この先一生、赤毛の悪魔《あくま》とその息子のところで過ごすか……。どっちのほうがひどいめにあうことになるんだろう。

「ハリソン、眠ってるの？」ぼくは、肩越《かたご》しに小声できいた。

「いんや」

「じゃあ、なにしてるの？」

「祈《いの》ってる。わしとおまえの無事を、一日じゅう祈りつづけてる。おまえも祈るんだ。ひとりよりふたりで祈るほうがいい」

ぼくは、シャツを顔の上まで引っぱりあげて、ぎゅっと目を閉じた。実際は、短いお祈りをひとつしただけだ。リリーがいつも、「神様は、延々と自分のことを話しつづける人間に耳をかす時間はないんだよ」といっていたからだ。

「ぼくとハリソンは、おぼえてるかぎり、ずっといい人間でした」ぼくは小声で唱え、シャツのなかで自分の熱い息を吸った。「だれも傷つけてません。ぼくたちのしでかしたことで、犬につかまって鞭《むち》で打たれたりしませんように。ぼくたち、悪いことをするつもりなんかなかったんです」

ところが、お祈りの途中《とちゅう》、遠くでなにかの音がした。

「ほんの少しも動くな」ハリソンが小声でいった。

そのあと、たくさんの音がきこえはじめた。四方八方からきこえてくるような気がする。ひとつひとつの音をききわけることができない。百もの遠い声が大きなやかんのなかで響《ひび》いているような感じだ。旦那様たちが追っかけてきたのか？

一時間が過ぎた。もっと長かったかもしれない。

脚の長いクモが何匹もぼくの上を動きまわっていたが、ぼくは動かずに、周囲の茂みと同じくらいじっとしていた。たくさんの声が、煮《に》えたつお湯のようにぼくたちのまわりで渦《うず》まき、大きく、小さく、大きく、小さくなった。なにもかもがちくちくして、泣きさけびたくなった。けれど、不思議なことに、だれも茂みに入ってこなかったし、ぼくたちを見つけなかった。

ぼくたちは、朝から晩まで、茂みのなかで草のベッドに横たわっていた。犬たちに見つかることもなかった。たぶん、旦那様たちは、どこかほかの場所をさがしていたのだろう。あるいは、どしゃぶりの雨のせいで、犬がぼくたちの跡をたどれなかったのかもしれない。それとも、お祈りのおかげかもしれない――ハリソンでさえ、そんなことは信じられなかったと思うが。

「助かった」日没《にちぼつ》まえの最後の光が草のなかにとけていくとき、ハリソンがいった。「どうしてかは、わからん。だが、この老いぼれとおまえは助かった。今回はな」

そのとき、脚の長いクモもいなくなっていることに気づいた。

第九章 指をなくす罪

あたりがすっかり暗くなると、ぼくたちは茂《しげ》みから出て、また、北に向かって歩きはじめた。空が晴れて星が見えるようになったし、ハリソンの頭がまた元のようにしっかりしていたからだ。ぼくたちは、ひと晩じゅう、森やトウモロコシ畑のなかを進んだり、さえぎるもののない道に沿って歩いたりした。道を横ぎるときには、心臓がどきどきした。歩くのに充分《じゅうぶん》な明かりはあった。四分の一くらい欠けた月がほとんどずっと空にかかっていたからだ。

朝になると、だれかのトウモロコシ畑のまんなかにもぐりこんで、かくれた。ハックラー旦《だん》那《な》様《さま》のトウモロコシ畑はまっすぐにつづいている。畑のなかの畝《うね》まで、まっすぐだ。けれど、ぼくたちがもぐりこんだトウモロコシ畑はでこぼこと広がり、畝も、広がったりせばまったり、またものすごく広がったりしていた。「この畑を耕した馬はウィスキーを飲んでたとみえる」ハリソンが畝を見ながら、くすくす笑った。「こんなに曲がった畑は見たことがない」

しかも、熟れたトウモロコシが茎《くき》についたままになっていた。

ハリソンがにやりと笑って、若くて柔《やわ》らかいトウモロコシを何本かもぎとった。「おまえとわしは、ここで永遠に食べていけるな。ああ、そうとも」そういうと、ハリソンは、麻袋《あさぶくろ》から水の入った小さな石のつぼとりんごを二個取りだした。「朝食だ」

「ほかに、なにが入ってるの？」ぼくは好奇心《こうきしん》をそそられて、きいた。なにしろ、袋が、出発したときと同じくらいぱんぱんだったからだ。

ハリソンが目をすがめて、ぼくを見た。「どうして、そう知りたがる？」

「知りたいから」

「わしの見てないときに、この袋のなかをのぞいたんじゃないだろうな？」ハリソンは、てのひらで麻袋の横をたたいた。

「いいえ、ハリソンさん」

「よし、中身をひと目見せてやる。だが、見たことをだまってるんだぞ」ハリソンがぼくに指をつきだした。「だれにきかれても、ぜったいにおしえたりするんじゃない、いいか？」

「はい、ハリソンさん」

「その、ばかっていねいないい方はやめろ。でないと、袋んなかに入れたまま、自由の地までずっと運んでくぞ。やれやれ、おまえのせいでふたりともつかまっちまうにちがいない」

ハリソンは、ぶつぶついいながら袋を開けると、中身を出しはじめた。それを見て、ぼくは目玉が飛びだしそうになった。

ハリソンが最初に袋から出したのは、旦那様の乗馬用ブーツだった。ブーツの革に、まだ、旦那様《だんなさま》の大きな足跡《あしあと》がひとつついている。

見たとたん、肺のなかの空気が一気になくなった。旦那様のブーツは、夜の闇《やみ》と同じくらい黒くて、悪意に満ちているように見えた。

「わしがはこうと思って、旦那様のブーツをとってきた。どうしてかといわれても、説明できん。ただ、とってきたんだ」ハリソンは、上等な黒いブーツを畑の土の上においた。

ハリソンはまた、袋に手を入れた。「それから、旦那様のいちばんいいビーバー革の帽子《ぼうし》ももってきた。これはおまえのだ」ハリソンが帽子をぼくのほうへ差しだした。「ほれ」

ぼくは、足まで血の気が引くような気がしたが、ハリソンは少し口元をゆるめると、帽子のてっぺんをなでつけた。「そうさな」そういって言葉をきってから、つづけた。「とにかく、すばらしく上等な帽子だ」

ハリソンは帽子をぼくの横におくと、また袋に手をつっこんだ。「古いおもがい*ももってきた。いつか馬を手に入れたときのためにな……それから、キャシアスの銀の懐中時計《かいちゅうどけい》もだ。そこいらにいいかげんにおいてあったからな。売って金にできるだろう……」

袋の中身をすっかり出したときには、キャサリン奥様《おくさま》の緑色の絹の古いボンネット*、キャシ

＊おもがい……手綱《たづな》をつける金具を固定するために馬の頭にかけるひも

アスの乗馬用手袋、セスの使い古した狩猟《しゅりょう》用帽子、毛布が二枚、フライパンとナイフ、納屋《なや》のランタンと硫黄《いおう》マッチ、それに、灰色の毛糸玉まであった。

ぼくは、ハリソンが旦那様から盗《ぬす》んできた物の山を見ながら、ヘビにのどをしめつけられているような気がした。つかまったときにこんな物をもっていたら、思っていたよりももっとやっかいなことになるだろう。銀の懐中時計や上等な靴《くつ》がぼくやハリソンの物だなんて、だれも信じやしない。まちがいなく、ぼくたちが盗みをして逃げてきたと思うだろう。

「サミュエル、具合が悪いのか？」ハリソンがぼくの顔をのぞきこんだ。「顔色がひどく悪いぞ」

「どうして、こんなにいろいろとってきたの？」ぼくは小声でいいながら、急いで肩越《かたご》しにうしろを見た。その瞬間《しゅんかん》にも、旦那様がぼくたちにしのびよっているような気がしたのだ。「ぼくたちの物じゃないのに」

ハリソンが鼻を大きく鳴らした。「なんてこった！　サミュエル、わしらのもんなんぞなにもない。この世界のどこにもな。だから、ひっくりかえって死ぬまえに、なにかいいもんをもたんと。ちがうか？」

ハリソンは、キャシアスの白い乗馬手袋に手をつっこんで引っぱると、ぼくに向かって指を振《ふ》ってみせた。「サミュエル、わしの手を見ろ。どうだ？　これだけのものをとってきたが、指は一本もなくさなかったぞ。だが、指先が白くなっちまったな――白人の手みたいに真っ白

＊ボンネット……婦人用の帽子《ぼうし》

だ！　さて、この老いぼれハリソンはこれからどうする？」

まちがったことだとわかってはいたが、ハリソンのふしくれだった指がキャシアスの上等な白い手袋に半分つっこまれたところを見て、ぼくは思わずにやりとすると、声をあげて笑った。ぼくが笑いつづけていると、ハリソンはセスの狩猟用帽子をぼくの頭にのせ、ぐいと目まで引きさげた。

「おやおや、セス坊《ぼっ》ちゃんじゃないですか！」ハリソンはくすくす笑う。「兄さんのキャシアスとおなじようにおばかで、帽子のなかから出てくることもできん」

それで、ぼくは、奥様のボンネットを手にとって、ハリソンの頭にかぶせ、白髪《しらが》まじりの無《ぶ》精《しょう》ひげが生えたあごの下で緑色のリボンを結んだ。「こんなとんでもないご婦人を見るのは初めてだよ」

ハリソンはほっぺたをひっこめて、口をとがらした。「キャサリン奥様とお呼び」ハリソンが奥様のまねをした。

その瞬間、ぼくとハリソンは、畑の土の上につっぷして、脇腹《わきばら》が痛くなるまで笑った。もしリリーが見ていたら、首を横に振って、文句をいっただろう。「トウモロコシ畑で旦那様と奥様を笑いものにして騒《さわ》ぐなんて、まるで黒人のばか者どもみたいじゃないか」と。けれど、ぼくたちは、ちっともかまわなかった。

ぼくたちは、昼のあいだずっと、畑のなかにいた。眠《ねむ》っていないときには、あおむけに寝《ね》ころんでふざけるだけで、ほかにすることはなかった。トウモロコシの緑色の葉の上に広がる空は、見たこともないほどよく晴れて青く、太陽で温められたトウモロコシの茎のにおいがあたりにたちこめていた。土の上に寝て、トウモロコシの香りを深々と吸いこみながら、ぼくは自分たちが世界から忘れさられたような気がしていた。

ハックラー旦那様と奥様の農場からこれほど長いあいだ離《はな》れていることが、とても奇妙《きみょう》に感じられた。とくに、おまるを屋外トイレに運んだり、熊手で納屋の前庭を掃除《そうじ》したり、卵を集めたり、豚《ぶた》にえさをやったり、バケツに水をくんだり、リリーが夕食に調理する鶏《にわとり》の羽根をむしったりしているはずの時間には。ぼくの計算では、農場を離れてから、丸三日近くたっていた。農場では、だれがぼくの仕事をしてるんだろう？

そのうち、ぼくは、自分たちがどういうわけか、死んだ人がいくという〈約束の地〉にきてしまったのではないか、とさえ考えはじめた。だれにも見つからないのは、そのせいではないか、と。

「ねえ、ぼくたち、死んじゃって、〈約束の地〉にきたの？」トウモロコシをかじっているとき、ハリソンにきいてみた。夕方近くのことで、ぼくたちは、また歩きだすために暗くなるのを待っていた。「だから、だれもぼくたちをさがしにこないの？」

ハリソンが低い声でくすくす笑い、こちらを見た。「サミュエル、〈約束の地〉に旅立つときに、この老いぼれて、がたのきた体をわしがもっていくと思うか？」

ぼくは目を細めて、ハリソンのしわだらけの肌《はだ》ともじゃもじゃの白髪頭を見つめた。「ううん、もってかないと思う」ぼくはにやりとした。

「だが、今夜、おまえとわしは、この地上の〈約束の地〉にいくらか近づくだろうよ」ハリソンはまじめくさった顔をして、かじっていたトウモロコシで遠くを指した。「いいか、ケンタッキー州の北側の州境でヨルダン川を見つけたら、〈約束の地〉カナデイまであと半分の道のりだそうだ」

「だれがいったの？」

「いつだったか、そんな話を耳にしたんだ。わしには、耳がふたつあるんでな」ハリソンが目をぐるりと動かした。「で、今夜、その川が見つかる。そんな気がする」

リリーがヨルダン川のことを話してくれたことがあった。リリーの話をきいていると、聖書に出てくる川は、ほとんどぜんぶヨルダン川だ。川ならヨルダン、海なら紅海《こうかい》。リリーは日曜日にいつも、自分の小さな聖書を読んでくれた。「家族にも同じようにしてきたからね」といいながら。ただ、実のところ、リリーはまったく文字が読めなかった――ぼくたちみんなと同じように。リリーはあるページを見て、頭のなかに蓄《たくわ》えてあった物語をきかせてくれたのだ。

「だけど、あたしには、ここになにが書いてあるかちゃんとわかってるんだよ」そのページを指でたたきながら、リリーはいうのだった。「字を見なくても、読めるんだ」

「ヨルダン川って、ほんとうにあるの？」ぼくは、ハリソンにきいた。

ハリソンはぼくをにらみつけてから、目を閉じた。「わしの話してる川が、ほんとうはないっていうのか？」

ぼくはうつむいて、トウモロコシをかじった。ハリソンには、好きなように思わせておこう。

ハリソンは、畑の土のなかに、指でくねくねした線を描《か》いた。「いいか、これはオハイオ川だ」ハリソンが指で土をたたいた。「黒人は、この川をヨルダン川と呼ぶ。白人は、オハイオ川と呼ぶ」

ハリソンが顔をあげた。「わしにいわせりゃ、黒人が、この世のすべてのものに名前をつけるべきだ。白人がどうしてああいう名前をつけるのかわからん。聖書に出てくるノアを見てみろ」ハリソンは、つづける。「ノアの箱舟《はこぶね》の話は知ってるか？　神様は、大洪水《だいこうずい》を起こしたときに、ノアと家族を救った。ノアたちは、大洪水がつづいた四十日四十夜、箱舟に乗って水の上で過ごし、生きのびた。それなのに、白人がどこかの川にノアって名をつけたときいたことがあるか？　気の毒なことに、ほんの小さな川にさえ、ノアの名前はついとらん」

ぼくはうなずいた。

「ほらな。どう考えてもおかしいじゃないか。わしにいわせりゃ……」

ハリソンが話しつづけているあいだ、ぼくはヨルダン川のことを考えた。緑色の葉の茂《しげ》ったトウモロコシ畑のあいだをくねくねと流れて、ノアと家族の乗った大きな箱舟を運んでいく。ただ、ぼくの頭のなかでは、大きな箱舟に乗っているのは、ぼくとハリソンとリリーだったけれど……。

第十章

死の川

その日の夕方、日が沈《しず》むとすぐ、ぼくとハリソンはヨルダン川をさがしはじめた。曲がりくねった畝《うね》のあいだを、トウモロコシをかきわけて進み、畑の端《はし》にたどりつくと、雑草のなかにすわって、さらに暗くなるのを待った。ぼくたちの頭上には、ハックルベリー色の濃紺《のうこん》の空が広がっていた。

「ヨルダン川って、どんな川なの？」ぼくたちは並んで、畑の土の上にすわっていた。ハリソンは、ひざの上に腕《うで》をのせ、目を閉じていた。

「さあな」ハリソンがゆっくりと答えた。「着いたら、わかるだろうよ」

「見たことがないのに、川に着いたときにヨルダン川だってわかるの？」

ハリソンがまわりの畑に向かって腕を振《ふ》った。「とにかく、むこう岸にごちゃごちゃと明かりが見える、幅《はば》の広い大きな川をさがすんだ。そういう川を見つけたら、それがヨルダン川だ」

「もし、そういう川がたくさんあったら」ぼくは、奥歯《おくば》にはさまったトウモロコシの粒《つぶ》をほじりながら、いった。「どの川がどれか、どうやって見わけるの？」

ハリソンは、なにもいわずに立ちあがり、麻袋《あさぶくろ》を背負った。

「もし、ヨルダン川じゃなくて、ミシシッピ川を見つけたら？」ぼくはつづける。「見たこともないのに、どうしてヨルダン川だって、ちゃんとわかるの？」

「歯をほじるな」ハリソンがぼくを指さし、くいしばった歯のあいだから声を出した。「それに、生意気な口をきくな。サミュエル、おまえの話はたくさんだ。ここでは、わしが命令し、おまえが従う」ハリソンは、トウモロコシの茎《くき》や雑草を踏《ふ》みつぶしながら、ぼくの前をどすどす通りすぎた。「おまえは、だまってろ」ハリソンは振りかえって、ぼくを見た。「口を閉じて、二度とわしにミシシッピ川のことなんぞ話すんじゃない、わかったか？」

そのあと、口をきく勇気はなかった。ぼくは、ハリソンにかんしゃくを起こさせないよう、できるだけ静かにあとをついていった。実は、ぼくたちは、そのあとすぐに川を見つけることになる。ハリソンにはさがしている川がわかっていたということなんだろう。

かくれていたトウモロコシ畑を出たところに並木があり、その先から地面が下り坂になっていた。ハリソンといっしょに急な斜面《しゃめん》をゆっくりと進んでいるとき、暗闇《くらやみ》のどこかで静かに水の流れる音がした。

けれど、川の土手までいったときに下に見えたのは、ただの小さな川だった。むこう岸には、ひとつも明かりがなかった。あるのは、茂《しげ》みと生い茂った木々だけだ。岩と、折れた枝が、川の浅瀬《あさせ》のあちこちにつきでている。これが、ぼくたちのさがしてたヨルダン川なのか？

「サミュエル、おまえがまず、川までおりてくんだ。そろそろと行け」ハリソンが土手の縁《ふち》を指さした。「おまえが先に行けば、くだる道がよくわかるから、ありがたい」

けれど、小さな土手をそっとおりはじめると、川からなにかひどくいやなにおいがたちのぼってきて、胸いっぱいに広がった。腐《くさ》った魚か動物の死骸《しがい》のようなにおいだ。川のそばに立ったぼくは、腕で顔全体をぎゅっとおおい、シャツの袖《そで》をとおして息をした。静かな足音がして、ハリソンがぼくの横に立った。

「ハリソン、なんかいやなにおいがしない？」ぼくは、足を踏みかえた。「こんなところにずっといたりしないよね？」

ハリソンはなにも答えずに、ぼくの肩《かた》に手をかけて体を支えた。

「この川、ひどくにおわない？　近くでなにかが死んでるようなにおいじゃない？　なにかが死んでると思う？」川の上流と下流に目をこらしながら、いった。ひそひそ声が大きくなる。

「しーっ」ハリソンがぼくの腕をたたいた。「おまえのせいで、自分の頭のなかの声もきこえん」

それで、ぼくは口を閉じて、川のなかでなにが死んでいるのか考えないようにしたのだが……いろいろなことが頭にうかんできた。銃《じゅう》で撃《う》たれたシカ？　年とった馬？　人間？　死体がごろごろころがってる？　ふいに、のどがぎゅっとしめつけられて、今にも吐《は》きそうな気がした。

「ハリソン、どこかよそに行こうよ」ぼくはハリソンの腕をぐいと引っぱった。「ここはやだ」

「どうしたらいいか考えてるところだ。うるさくするな」ハリソンはかがんで、川の石をひとつ手にとった。「サミュエル、これはちがう川だと思うのか？」ハリソンは、手のなかで何度も石をひっくりかえした。まるで、石がぼくたちに今いる場所をおしえてくれるとでもいうように。

「べつの川をさがすってわけにはいかないの？」ぼくはきいた。

目の前の川が、ヨルダン川だろうとそうでなかろうと、ぼくにはどうでもよかった。はっきりわかっているのは、この暗い川に一歩だって踏みこみたくないということだけだ。たとえ、ヨルダン川だったとしても。たとえ、人々を導いて紅海を渡《わた》ったモーセがむこう岸で待っていたとしても。

「どうしてだ？」

「だって、ぼくにはこれがヨルダン川には見えないもん。むこう岸に明かりがたくさん見えるって、いってたじゃない。明かりなんて、ひとつも見えないよ」

「わかった」ハリソンが、心を決めたようにいった。「それじゃあ、この小さな川を渡って、北へ歩きつづけることにしよう。これはちがう川かもしれんな。そのうち、べつの川が現れて、そっちが連中のいってた川かもしれん」

ぼくは、黒々とした水を見つめたまま腕を組み、根がはえたように頑《がん》として動かなかった。

「あの川には入らない。ぜったいに。あんなにおいがする川には。なにかの死体がうかんでる川には」

「だだっ子みたいなことをいうな」ハリソンがけわしい口調でいった。「おい、肩につかまらせろ」年老いてごつごつしたハリソンの指がぼくの肩にくいこむ。「川を渡るのに、手をかすんだ。かんたんなことだ。この川を渡って、北に進みつづけるんだ」ハリソンは、ぼくを黒々とした川へと押《お》しはじめた。まるで、ぼくがハリソンの古い杖《つえ》になったかのように。「さあ、行け。進め。歩きだせ。歩け――」

うしろにハリソンがぴたりとついていては、どうしようもなかった。押しだされて川のなかに入ると、平らな石の上で足がつるつるすべった。「ぐずぐずするな」ハリソンが押しころした声でいいながら、ぼくの肩をぎゅっとにぎる。ぼくは、暗闇のように黒い水を見つめながら、川底についた足を、一歩ずつそろそろと動かした。なにかの死体を踏《ふ》んづけたくなかったからだ。けれど、足をおろすたびに、泥《どろ》だらけのつるつるすべる石にぎょっとして、心臓が足まで落ちるかと思った。

川のまんなかまでくると、水がひざのあたりを渦《うず》まいて流れ、ぼくは息をのんだ。

「やれやれ、なんてこった……」ハリソンがつぶやき、肩にかけた指にますます力をこめた。

「サミュエル、止まらずに進め」ハリソンがぼくを押した。

暗闇とすべる石とハリソンのせいで、足元に気をつけながら川を渡りきるのに何時間もかかったような気がした。なにが死んでいたのかは見えなかったが、川のいちばん深いところでいちばんひどいにおいがした。暗い川は、その水中になにかおそろしいものをかくしていたにちがいない。

むこう岸にようやく着くと、ぼくはハリソンに肩をかすのをやめ、ハリソンは急な土手を自力でのぼった。川を渡るあいだぼくを押していたのだから、自分を土手の上まで引っぱりあげることだってできるだろう、ぼくはそう考えたのだ。土手の上までいくと、丸太にすわって、ハリソンを待った。

ところが、やっとのことでぼくのすわっているところまできたハリソンは、「死ぬのは一度きりだ」と、とがった声でひと言いうと、そのまま歩きつづけた。ぼくの前を通りこして。振りかえりもせずに。

そのとき、ハリソンを追いかけずに、このまますわっていたいという気がした。暗闇のなかで、勝手によろよろ歩かせておけばいい、と思った。

死ぬのは一度きりだ――ハリソンは、なにがいいたかったんだろう？　そして、ハリソンはどこに行こうとしてるんだろう？　ヨルダン川なんかない――ぼくの頭のなかで声がした。ぼくたちは、けっして見つからない川をさがして、木々がからまりあった暗い森のなかをただひたすらさまよっているだけだ。実際、見たこともないものをどうやって見つけるというんだろう？

キャサリン奥様《おくさま》が、母親の形見のブローチをなくしたときのことを思い出した。奥様は、ぼくたちに、家じゅうの床《ゆか》をはってさがすようにといった――リリーにまで、はってさがすように命じた。そうやってぼくたちがはいずりまわっているあいだ、奥様はぼくたちにのしかかるようにして立ち、靴《くつ》のつま先でぼくたちをぐいっとつついた。

「わたしがいないときに、おまえたちがわたしの装飾品《そうしょくひん》をいじりまわしてることは、わかってるんだから」意地悪な声がどんどん高くなった。「どんなブローチか、わかってるでしょ。見たことがないなんて、いわせないから」けれど、ぼくたちには、自分たちがどんなものをさがしているのか、まるでわからなかった。金、銀、それとも、真珠《しんじゅ》？　どんなブローチも見つからなかった。それで、奥様は、「おまえたちがわたしのものをとったら、わたしもおまえたちからとるからね」といって、ぼくたちから物をとりあげた――リリーからよそゆきのボンネット、ハリソンから冬用の手袋《てぶくろ》、ぼくから粘土《ねんど》のビー玉ひと組。「けれど、見たことのないものをさがすことなんて、できません」あのとき、リリーは、奥様に何度もいおうとした。

そして、ぼくは同じことをハリソンにいいたかった。見たことのないものなんか見つけられない。すじが通った考えなのに、ハリソンは耳をかそうとしなかった。あるといわれているヨルダン川さがしをやめようとしない。ハリソンは、ぼくにはひと言も声をかけずに、足を引きずりながら川を離《はな》れ、丘《おか》の斜面をのぼっていった。杖を力いっぱい地面につきさして進んでいく。まるで、畑に豆を植えようとして、棒で穴をあけているような勢いだ。


ぼくたちは、ぬかるんだ細い道を横ぎり、小さなタバコ畑を抜け、荒れはててからっぽに見える納屋《なや》の前を過ぎ、石塀《いしべい》のむこうへまわり、また生い茂った森に入った。森に入っても、のぼり坂はつづいた。

永遠につづくような気がした。

ところが、突然《とつぜん》、のぼり坂が終わった。

「ヨルダン川だ」ハリソンが小声でいった。「サミュエル、あそこだ。みんながいってたとおりだ」

そこからは、下り坂になっていた。坂の先を見ると、深い闇のなかに針の穴くらいの明かりがちらばっていた。暗闇のなかに小さなホタルをひとつかみ投げこんだようにしか見えない。

ハリソンは、麻袋をおろすと、夜空に祈《いの》るかのように両手をあげた。「ああ、神様、感謝します」ハリソンの声が震《ふる》えていた。おびえているような、それでいて同時に、喜んでいるような声だった。「この老いぼれハリソンが、ついにヨルダン川にたどりついた」

「川なんて見えないよ」ぼくは、暗闇に目をこらした。

「耳をすませろ」ハリソンがささやくような声でいった。

ぼくは蚊《か》をたたき、しんと静まりかえった空気に耳をかたむけた。どこか遠くで犬が吠《ほ》えた。近くで、夜鳥が声をあげた。けれど、川が流れる音はきこえない。どんな小さな水音もきこえない。ぼくは、「なにもきこえない」といおうとした。

「大きな川は、リリーの台所のポンプみたいな音はたてん」ハリソンが怒《おこ》ったような声でささやいた。「地面から水をくみあげるような音じゃない。耳を使って、よくきくんだ」風が畑をかすめていくような静かな音か、遠くの雷雲《らいうん》がゴロゴロいってるような音だ、とハリソンはいう。「なにか大きなものの上を動いていく小さな音がきこえないか、耳をすましてみろ。なにもいわずに、きくんだ」

けれど、川の音はきこえなかった。

ハリソンが、ぼくたちのすぐ下の、ひときわ暗い闇のほうを指さした。「サミュエル、地面が下にむかってるだろ？　この坂は、ヨルダン川の川岸の低い土地までつづいてる。あそこは、わしの手やテーブル板と同じくらい平らだ。トウモロコシ畑低地と呼ばれてる。ほかにはないようなとびきり黒くて平らな土地からたくさんのトウモロコシが育つからだ」

そのあと、ハリソンは長いあいだだまったまま、見えない川のほうを見つめていた。ハリソンは今自分がどこにいるのか忘れちゃったんだ、とぼくは思った。

「このまま進みつづけるの？」ぼくはうんと低い声できいた。

ハリソンは首を横に振った。「サミュエル、あの低地でなにが待ってるかわからん」ハリソンが杖で暗闇を指した。「あのトウモロコシ畑には、パトロールの連中がうじゃうじゃいる。あそこで白人連中が、所有者から逃げだした奴隷《どれい》を――生身の人間を――さがしだしてつかまえてる。銃や犬やなんであれ役に立ちそうだと思ったものを使って、黒人をつかまえる。連中にとっちゃ、おまえとわしをつかまえるのも、動物を罠《わな》にかけるのも同じことだ」

ぞくぞくっと寒気がした。そして、セス坊《ぼっ》ちゃんが、まえにいったことを思い出した。そのとき、ぼくは、鶏小屋《にわとりごや》で卵を集めていた。すると、セスがドアのむこうから顔をのぞかせた。

「兄さんは、ケンタッキーの州境で逃亡《とうぼう》奴隷をつかまえてる男を知ってるんだぞ。パ、タ、ロ、ー、ル隊員って、呼ばれてる。その男は、一週間で、黒人奴隷を二十二人つかまえたんだってさ。パ、タ、ー、ロ、ー、ル隊員のことをきいたことあるか？」

「いいえ。さあ、仕事があるので、どこかよそに行ってください」ぼくはいった。

けれど、セスは、偉《えら》そうに、木でできたおもちゃの鉄砲《てっぽう》をぼくに向かって振った。「州境では、逃亡者をひとり捕《つか》まえると、百ドルくれるんだって。もし黒人をたくさんつかまえたら、ぼくは王様みたいにお金持ちになれるんだぞ。もし、いつかおまえが逃げだしたら」セスは、鉄砲をぼくに向けた。「ぼくがさがしだすからな」

「逃げません」ぼくはいった。「もう、そんな作り話はよして」

セスは、おもちゃの鉄砲でサクランボの硬《かた》い種をぼくの背中に当てた。「バーン。おまえは死んだ」セスは声をあげて笑うと、駆《か》けていった。

あとになって、パトロールのことをきくと、リリーはくるりと振りむいて、ぼくに指をつきつけた。「セスには近づかないようにして、自分の仕事をするんだよ。セスのばかげた話なんぞ、きくんじゃない。セスの髪《かみ》の毛の一本一本からうそが伸《の》びてくるんだから」

けれど、たぶん、セスがいったことはほんとうのことだ。

麻袋のなかをさぐっていたハリソンが、リリーの使っていたよく切れるナイフを出した。ぼくが台所からとってきたナイフだ。「だから、こいつをもってきたんだ」ハリソンがいった。のどがつまって、声がかすれた。「どうして？」

ハリソンは、ぼくに向かってナイフを振った。「なにかが起きて、あそこでつかまったとしても、ハックラー旦那様《だんなさま》のところにもどる気はないからだ。連中に連れもどされることになったら、自分ののどをかききる」ハリソンの目が、また、森のなかのときのようなぎらぎらした目になった。

「わしは、まえにつかまったことがある。だが、もう、二度とつかまったりはせん」ハリソンがささやくような声でいった。「この老いぼれハリソンは、死ぬまで戦うぞ」

第十一章 トウモロコシ畑低地

〈白人連中が、所有者から逃《に》げだした奴隷《どれい》を——生身の人間を——さがしだしてつかまえてる……連中にとっちゃ、おまえとわしをつかまえるのも、動物を罠《わな》にかけるのも同じことだ……この老いぼれハリソンは、死ぬまで戦うぞ……〉

ぼくの頭のなかで、ハリソンの言葉がかけめぐる。ぼくたちは、ハリソンがいうところのヨルダン川に向かって——トウモロコシ畑低地と、その先に点々としている明かりに向かって——暗い斜面《しゃめん》をおりていた。森のなかを音もなく進むシカのように注意深くそっと、一歩ずつ踏《ふ》みだす。小枝が折れたり、石がころがったり、枯れ葉がかさかさいったりするかすかな音にも凍《こお》りついた。

ぼくは下り坂のまんなかあたりで立ちどまった。前方に影《かげ》が見える——パトロールの人かもしれない。その人影は、低い茂《しげ》みのむこう側で、ライフルをひざにおいてしゃがんでいた。足元で犬が丸くなっている。胸がどきどきした。

「なにか見えるか?」ハリソンは、ぼくの腕《うで》にぎゅっとつかまっていた。息をきらしている。

「あそこ」ぼくは、人影のほうにあごをしゃくった。

雲にかくれた月が現れると、ハリソンが首を振《ふ》って、小声でいった。「なにもない。ただの木だ」

けれど、暗闇《くらやみ》のなかでは、なにもかもが見なれない、たちの悪いものに見えた。まるで、丘《おか》の斜面全体がぼくたちをつかまえようとしている気がする。まばらに生えた小さな木立ちをびくつきながらそろそろと抜けるあいだ、かすかな物音にも熱いフライパンに飛んだ唾《つば》みたいにはねあがった。月は、青白い雲の切れまから顔を出したりかくしたりしている。そのせいで、つきでた枝がライフルのように見えたり、丈《たけ》の低い茂みが今にも飛びかかろうとしている猟犬《りょうけん》に見えたりした。

「気にくわん」ハリソンの声が震《ふる》えていた。「ぜんぜん気にくわん」

そのとき、ぼくたちは、たき火の灰をあやうく踏《ふ》んづけそうになった。まだ煙《けむり》が出ている。

「伏《ふ》せろ」ハリソンが押《お》しころした声でいい、ぼくたちは地面につっぷした。

目の前の、赤く輝《かがや》く残り火のなかに、壊《こわ》れた陶製《とうせい》パイプと、まだ焦《こ》げていない鶏《にわとり》の骨が数本、ちらばっている。そばには、たきつけ用の枝と木の葉の山があり、いつでもたき火に足せるようになっていた。温まった石のひとつには、男物の手袋《てぶくろ》の片方があり――。

それだけ見れば、充分《じゅうぶん》だった。ぼくとハリソンは、すぐさまその場を離《はな》れた。

ぼくたちはだまったまま、前方の暗いトウモロコシ畑に向かってゆっくりとはって進んだ。やがて、トウモロコシの茎《くき》のあいだに体がすっかりかくれると、ようやく息をついた。息をきらし、心臓がどきどきいうのをききながら、ぼくたちは、からまりあったトウモロコシの茎のあいだにうつぶせになっていた。

だれがあのたき火をおこしたんだろう？　パトロールの連中が逃亡奴隷《とうぼうどれい》を待ちぶせしてるのか？　それとも、猟師《りょうし》がトウモロコシ畑のどこかにかくれて、えものを待ってるのか？

ハリソンは、ついてこいというように手で合図をして、立ちあがると、忍び足でたき火からさらに遠ざかった。ちくちくする茎を両手でそっと押《お》しのけながら、トウモロコシの畝《うね》をひとつまたひとつと通りこしていく。まるで、深い川のなかを歩いているみたいだ。

はらいのけられたトウモロコシのかさかさいう音にまじって、遠くの物音がきこえてきた——響《ひび》きわたる銃声《じゅうせい》、女のさけび声、犬の吠《ほ》える声、牛の首につけた鈴《すず》の音——けれど、ぼくたちの近くは、しんと静まりかえり、がらんとしていて、人がいないように見えた。

ハリソンがいっていたとおり、地面がテーブル板みたいに平らになっていた。暗闇のなかを歩いたりはったりして進むと、しめったにおいのする柔《やわ》らかい土に足がめりこんだ。耳元で蚊《か》がぶんぶんいう。白人や犬の物音がしないかと必死に耳をそばだてていたせいで、すぐ近くにくるまで、ぼくは川に気づかなかった。川の音もきこえない。ただ、トウモロコシの茎がなくなったとき、ふいに、広々とした黒い水面《みなも》と銀色のさざなみが現れた。

「おお」ハリソンは静かにいうと、草におおわれた川岸にひざをついた。「ヨルダン川を見つけたぞ」

目の前の川は、リリーがきかせてくれた聖書のなかの川とはまったくちがった。ぼくは川を見つめながら、自分の目が信じられなかった。川は、夜空のように暗く、とても深そうだ。むこう岸の針のあとのような明かりは、空にかかっている三日月と同じくらいはるかかなたに見えた。

そのとき、ぼくは気がついた。旦那様《だんなさま》から逃げるのもここまでだ、と。ヨルダン川に沿ってどこまで行こうと、この広い川を渡《わた》れそうな場所はないとわかったからだ。

けれど、ハリソンは、いきどまりだということに気づいていないようだった。麻袋《あさぶくろ》のなかをさぐって、納屋《なや》にあったブリキ製のランタンを引っぱりだした。

「これからどこに行くの?」

「どこだと思う?」ハリソンがおだやかな声で答えた。「あの川のなかだ」

ぼくはどきどきしながら、ハリソンがマッチでランタンに火をともし、川に向かってゆっくりと土手をおりていくのを見つめた。なんとハリソンは、振りむきもしなければひと言もいわずに、ランタンをかかげて、まっすぐに川に入った！

恥《は》ずかしいが、正直にいうと、そのあと、ぼくはぎゅっと目をつぶった。ハリソンがそのまま歩きつづけて、やがて、暗い川の下にゆっくり沈んでいくにちがいないと思ったのだ。最初に脚《あし》、次に胸、それから肩《かた》と頭、最後に輝いているランタンが、ヨルダン川にのみこまれるにちがいないと思った。

「サミュエル」ハリソンが、押しころしたような声で呼びかけてきた。「サミュエル！」目をあけると、ハリソンが黒い水のなかに腰《こし》までつかって、立っていた。「ぼうっとつったってるんじゃない。どうしたっていうんだ？　石にでもなったか。わしのところまでこい」

「ハリソン、こんな川、渡れないよ」ぼくは、わかってもらおうとした。

「だれがいった？」ハリソンが、水の上で両腕を翼《つばさ》のようにばたばたさせると、ランタンが暗闇のなかで上下にはげしくゆれた。「おまえとわしはフクロウになって、飛ぶんだ」片手でランタンを高くかかげ、もう一方の手を口の前でラッパのように丸めて、ハリソンはホーと大きな声を出した。そのフクロウのような声が、水の上をわたっていく。「ホー、ホー、ホー、ホー……」

ぼくの両腕に鳥肌《とりはだ》がたった――ハリソンはまた、正気を失ってしまった……広くて渡れない川を目にして、きっとなにかの発作《ほっさ》を起こしたんだ。すっかり混乱してる。このままじゃ、ぼくたちはつかまっちゃう……。

「ホー、ホー、ホー、ホー」ハリソンはむきをかえると、またさけんだ。よっぱらいみたいに大きな声で。

「ハリソン」ぼくは、静かに呼びかけようとした。「ねえ、もどってきて」今にもトウモロコシ畑から白人たちが飛びだしてきて、ぼくたちのほうに駆《か》けおりてくるだろう。ぼくは息をつめて、待った。

「ホー、ホー、ホー、ホー……」ハリソンは、ぼくを無視してつづける。「サミュエル、わしにこたえるフクロウの声はきこえんか？」ハリソンは、岸に近い浅瀬《あさせ》に移動した。「必死にきいてるんだが、まだなにもきこえん。おまえはどうだ？」

「フクロウなんて、どこにもいないよ。ハリソンが勝手に思いこんでるだけだよ」ぼくは首を横に振りながら、今にも吐《は》きそうな気がした。こっちにやってきて、ぼくたちを川のむこうまで連れていってくれるフクロウなんかいない。ハリソンの混乱した頭のなかにしかいない。「さけぶのをやめて、もう川から出てよ」ぼくはたのんだ。

「しーっ。坊主《ぼうず》、今、フクロウの声がしたと思う」ハリソンが唇《くちびる》に指を当て、夜空を見あげると、頭を四方に向けた。まるで、フクロウが今にも飛んでくるにちがいない、と思っているみたいに。

ぼくは、川岸のからまりあった草のなかにへなへなとすわりこむと、ひざを抱《かか》えて、胸を押しあてた。こんなことが起こったときに、リリーならぼくにどうしろというだろう？　ハリソンの頭がおかしくなり、トウモロコシ畑にはパトロールの連中がうじゃうじゃいて、川は広すぎて渡れない。こんなとき、リリーなら、なんていうだろう？

風が出て、川の水が岸に静かに当たった。

その音をきいて、リリーが洗濯物《せんたくもの》をたたいて水気を切っている様子が頭にうかんだ。髪《かみ》を結んで黄色い布をかぶっている。まくりあげた袖《そで》は、腕に巻きつけた分厚いパン生地《きじ》に見える。リリーの声がきこえるようだ。リリーは、ため息をつきながら、こういう。「サミュエル、今度は、ほんとうにやっかいなことを引きおこしたね。たらいいっぱいの水を使っても、まちがいなく、おまえがしでかしたことは消せないよ……」

そのとき、なにか音がきこえた。

近くで、フクロウの静かな低い声がした。

ハリソンの声ではなかった。

第十二章　川の男

「ああ、神様！」ハリソンは小声でいうと、暗い川のなかでランタンを高くかかげて振《ふ》った。「川のフクロウがわしらのためにきてくれた。サミュエル、麻袋《あさぶくろ》をもってこい」ハリソンは水をはねとばして川から出ると、ぼくのほうに向かってきた。

　ぼくは暗闇《くらやみ》に目をこらして、どんな不思議な鳥がぼくたちを助けにくるのか見ようとした。どうしようもなくばかげたことだとわかっていたが、銀色の大きなフクロウがヨルダン川のむこうから飛んでくるところを思いうかべた。銃《じゅう》をもち、犬を連れたパトロールの白人たちがトウモロコシ畑から飛びだしてきた瞬間《しゅんかん》、フクロウがぼくたちを川岸からひったくるようにして連れさってくれるところを思いうかべた。

　けれど、闇のなかから現れたのは、もちろん、フクロウなんかじゃなかった。ぼくたちが川岸に立っていると、古い手こぎ舟《ぶね》が暗がりからすべるように現れた。月あかりのなかで、水のなかのオールがたてる銀色のさざなみと、舟のまんなかにすわっている黒い人影《ひとかげ》が見えた。舟に乗っているのがだれかはわからなかったが、体が大きいということはわかった。ものすごく大きい。

「サミュエル、ほれ、行って、手をかせ。舟を岸にあげるんだ」ハリソンは声をひそめていうと、ランタンで照らしながら、水際を指さした。「わしがさっき立ってたところだ」

舟がこちらに近づいてくると、オールを必死に動かしている腕《うで》が見えた。黒人の腕だ。けれど、舟がぬかるんだ岸にあがってくると、その腕になにか奇妙《きみょう》なところがあることに気がついた。腕一面に白い斑点《はんてん》や筋があり、オールをにぎる大きな手には、ぼくのやけどの跡《あと》みたいな白いところがいくつもあった。

川の男は振りかえりもせずに、オールを勢いよく舟のなかに引きあげ、ゆっくりと立ちあがった。立ちあがったというより、幽霊《ゆうれい》みたいにぬっと現れたという感じだ。舟のなかに縮こまっていた影が広がり、どんどん大きくなっていく。

ぼくは、思わず息を吸いこんだ。

男は、さざなみをたてながら片方の足を水面に踏《ふ》みだしたかと思うと、もう一方の足も水に入れて立つ。それから、舟のへりをつかんで、振りかえり、ぼくたちと向きあった。

その瞬間、ぼくの心臓が止まった。

男の顔全体に白い筋が何本もある――白い傷跡だった。まるで皮膚《ひふ》の切《き》れ端《はし》をつなぎあわせたような、傷だらけの顔だ——口から右目までつづく傷、下唇《したくちびる》からあごまでつづく傷、眉毛《まゆげ》から茶色の広い額へと伸《の》びる傷。ぼくは目をこらして、男の顔を見つめた。ハリソンのランタンの明かりがちらちらゆれると、闇につつまれた男の顔もゆれうごく。白い歯が目になり、片方の頬《ほお》がへこみ、鼻がふたつになり、ひび割れた唇が上下いっしょに動き、傷のひとつがゆがんで奇妙な薄笑《うすわら》いになった——ように見えた。

と、男がしゃべった。雷《かみなり》のとどろきのような低くて太い声だ。

「黒人のガキがオハイオ川のあたりをうろつくような晩じゃねえ」男がぼくをじっと見た。「とくに、川を渡《わた》る方法がない場合にはな」

自分の舌が灰になったような気がした。

男の黒い目がハリソンのほうへ動いた。ハリソンはずっと同じ場所につったったまま、まだランタンをかかげていた。男がハリソンにいった。「じいさん、あんたもこの川を渡ろうとしてるのか？」

「わからん」ささやくような声だ。ハリソンは、男の顔を見つめたまま、よろよろと一歩さがった。息が荒《あら》い。

「わからん、だと？」男がおうむ返しにいった。「大地のように黒い肌《はだ》をして、生まれてからずっと白人のために働きづめで背中が曲がってるってのに、自分がなにから逃《に》げようとしてるのかわからんっていうのか？」

うなるような低い声で笑うと、男は舟の底に手を伸ばして、暗がりにかくしてあったものを手にとった。男がすばやくかかげて構えるまえに、ぼくにはもう、それがなにかわかった。耳のなかで血がどくどくいった。

ピストルだ。

「いいか、おれのいうことをきけ。でないと、あんたらを今いるところに残して、自分の身を守る。わかったか？」男の声が雷のように響《ひび》く。「おれには、ぼんやりしたじいさんやいくじなしのガキとしゃべってる時間はねえ。じいさん、おれとこの川を渡りたいのか、そうじゃないのか？」男がピストルでハリソンをねらった。

ハリソンが震《ふる》える声で、渡りたい、と答えた。

「で、おまえは？」男が傷だらけの顔でぼくを見つめた。

ぼくはうなずいた。口をひらくことも、息をすることさえ、できなかった。

「よし」男は、ぼくとハリソンに向かってピストルを振った。「こいつは、おれのいうとおりにしない連中、さっさと動かない連中、おとなしくしない連中に使う。わかったか？　おれの首には賞金がかかってる。あんたらの十倍の賞金がな。あんたらが死んだって、なんとも思わねえ。おれは、自分の命が大事なだけだ。わかったか？」

「じゃあ、乗りな」男がハリソンにピストルを向けた。「あんたが先だ」

まるで木のおもちゃになったみたいに、ハリソンはぎこちない動きで水のなかを歩き、舟の前のほうに乗りこんだ。それから、座席にすわり、お祈《いの》りをするようなかっこうで手を組んだ。

「サミュエル、麻袋をもって、乗りこめ」ハリソンがうつむいて、いった。「なにもこわがることはない」

けれど、そういったハリソンも、自分の言葉をまったく信じていないのがわかった。

舟に乗りこんで、そのわけがわかった。男の座席に、ぼくの腕くらいの長さの抜《ぬ》き身《み》の短剣《たんけん》があり、舟の底には黒い柄《え》のついた棍棒《こんぼう》があったからだ。不安にならないほうがおかしい。おそろしくてたまらなかった。ところが、それではまだ足りないとでもいうように、今度は、女のかなきり声が空気を切りさいた——まだ舟に乗りこんだばかりだというのに。

第十三章 ヘティー・スコット

さけび声はトウモロコシ畑のほうからきこえてきた。そのあと、こもったような銃声《じゅうせい》が何発か響《ひび》き、猟犬《りょうけん》のもの悲しい声がした。猟犬は、畑のなかでなにかを追いかけているようだ。舟の男は悪態をつくと、体重をかけてぐいとオールを引いた。ぼくとハリソンに見えるのは、目の前に立ちはだかる黒い壁《かべ》のような男の背中だけだ。肩《かた》を前後にゆらして、オールを力一杯《ちからいっぱい》動かしている——大急ぎで岸から離《はな》れ、舟を水にうかせようとして。

ぼくは、ひざを抱《かか》えた腕《うで》を体にぴったり押《お》しつけて、うずくまっていた。古い舟はきしみをあげ、ゆれながら浅瀬《あさせ》にこぎだした。木造りの舟の横腹を水がたたく。なかに入ってこようとして、百もの恐《おそ》ろしい手が舟をたたいているような音だ。

畑の奥からまた、悲鳴がきこえてきた。まえよりも近い。

「ランタンを消せ」男が肩越《かたご》しに押しころした声でいった。男が水面からオールを引きあげるたびに、ぼくたちに水がかかる。ハリソンは、ランタンの留め金を手さぐりでさがし、風よけのおおいを開けようとした。

「ランタンを消せといっただろ」男は乱暴にいうと、ふいに振《ふ》りむいて、ハリソンの手からランタンをたたきおとした。ランタンがぬれた床《ゆか》の上に音をたててころがり、パチパチ、シューシューいっている。ハリソンははげしくあえいだかと思うと、静かになり、うなだれたまま小声でいった。「サミュエル、心配はいらん。なにもかもうまくいく」

けれど、ぼくには、なにひとつうまくいかないだろうとわかっていた。

トウモロコシ畑からおそろしい音がきこえていた。だれかを追いかける音だ――銃声、猟犬が吠《ほ》えながらはげしく動きまわる音、男たちが「ここだ、こっちだ……」とさけぶ声。川岸に向かってだれかを追いつめているようだ。アライグマを木に追いあげるときのような、キツネを追いつめるときのような騒《さわ》ぎがきこえてくる。

そのとき、声がした。川岸の水際からはっきりときこえる。「そこのだれか、助けて」黒人の女のようだった。「助けて！」

「なにもいうな」男が肩越しにぼくたちにいった。「じっとすわってろ。あの女のことはほっとけ」

ぼくたちを乗せた舟は、水にうかんだ木の葉のように漂《ただよ》った。ぼくは、目の前で静かにじっとうずくまっている男の背中を見あげた。おそろしくて、震《ふる》えが走った。男は、ぼくとハリソンをあわせたよりも体が大きい。ぼくたちは、どうなるんだろう？　男は、「あんたらが死んだって、なんとも思わねえ。おれは、自分の命が大事なだけだ」といわなかったっけ？

女がまた、さけんだ。心をかきみだすような、追いつめられた悲しげな声だった。トウモロコシ畑からきこえてくる男たちの声が、大きくなってきた。すぐに女に追いつくだろう。

「助けて！　だれか、助けて。たすけてえええええええ……」

男が小声で悪態をついたかと思うと、オールが水面を打って水をかく音がした。男は、体重をかけて必死にオールを動かし、舟のむきを変えた。舟を川の暗がりへ進めるものと思ったが、男はまっすぐ岸に向かった。

舟は、乗りこんだときと同じ川岸にどすんとぶつかった。男がすごい勢いで舟から飛びだしたせいで、ぼくとハリソンは川に投げだされそうになった。

「そこの女、こっちだ」男は声をかけると、闇《やみ》に向かっていまいましげになにやら悪態をついた。

次に見えたのは、男の腕のなかでふんわりとなびく上等な服だった。その服が、ぼくらの反対側の先にころがりこんだ――何枚も重ね着した服から茶色い両手と女性用の上等な室内ばきがつきでて、ばたばたしている。花の香りの香水がぷんぷんしていた。

「このきれいなドレスに気をつけてよ」服の奥《おく》のほうから、女がどなる。けれど、男は、泥《どろ》や水をはねあげながら勢いよく舟に乗りこみ、中央にすわると、泥だらけの靴《くつ》で、もりあがった上等な服を踏《ふ》みつけた。もっとも、ほかに足をおろす場所などなかった。舟の一方にはぼくとハリソンがいたし、もう一方には服にうもれた女がいる。

「なんてこった、体が木の葉みたいに震えてるよ」声がきこえるだけで、顔は見えない。「あたしは、ヘティー・スコット」茶色い両手が空中でひらひら動いた。「奥様んとこから逃《に》げだして、あの連中に追われてるんだ。エマ奥様のこの上等な服で、どこまで逃げられたか――」けれど、ヘティー・スコットの言葉はそこで凍《こお》りついた。四つの黒い影《かげ》がころがるように土手をおりてきて、川に入ったからだ。

猟犬だ。

その直後、トウモロコシ畑から、突然《とつぜん》、ランタンやたいまつの明かりが現れた。明かりが目のように輝《かがや》いている。男たちがぼくたちを指さしながらさけび、土手に向かってきた。

「神様、お助けください」ヘティー・スコットが悲しげな声をあげた。

男が、オールの上にかがみこみながら、とどろくような声でいった。「ふせろ、ふせろ」岸から何発もの銃声が響《ひび》いた。水切りの石が川をさくような音だ。ただ、ぼくには、石の音じゃないと、わかっていた。

「サミュエル、頭を下げろ」ハリソンがさけんで、ぼくの頭をぐっと押した。あごがひざにぶつかる。さらに水切りのような音が川を渡《わた》ってきて、ぼくは「リリー、助けて」とつぶやいた。

水のなかにゆっくり沈《しず》んでいくような心地がした。ズボンのひざに冷たい水がしみこみ、舟の脇腹《わきばら》を打つ水の音が響く。頭上では、こもったような音がしている。ハリソンと男がなにかさけんでいた。犬の一匹《ぴき》がきゃんきゃんいっている。ハリソンと男がオールで猟犬の頭をたたいたようだ。ライフルの音がさらに響いたが、その音は遠くなっていた。さまざまな音がだんだんに薄《うす》れていき、あたりが静かになった。

「サミュエル、おまえ、まだうずくまってるのか？」ハリソンがぼくの上にかがみこむのがわかった。

「サミュエル」ハリソンがぼくの腕をつかんで、ぐいっと振った。

ぼくは、片方ずつ目をあけた。夜空がまだ上にあり、舟べりもまだちゃんとある。ぼくたちは逃げきったのか？

「追っかけてきた人たちは、あきらめたの？」ぼくは、あたりを見まわした。舟をこいでいた男も、オールを水から引きあげ、耳をすましている。ヘティー・スコットは、舟のむこう端《はし》で、大声で泣いていた。ぼくは、リリーの言葉を思い出した。〈だれかが死にかけてるか死んだときにしか、泣いちゃいけない〉いつまでも泣きつづけているヘティー・スコットを見て、思った——あれを見た人は、ぼくたち全員が死にかけてるか死んじゃったと思うだろうな。

「あの女の人、どこかけがしてるの？」ぼくはきいた。

「いんや……」ハリソンはにやっとすると、頭を左右に振った。「どこも悪くない――」それから、声をひそめていった。「だが、におうと思わないか？」ハリソンは、ヘティー・スコットのほうに向かって手を振った。「やれやれ、あきれたもんだ。あの高級な香水をどこから盗《ぬす》んできたんだ？」

ふいに、ぼくの口から大きな笑い声が飛びだした。

「坊主《ぼうず》、命がけで逃げるってことが、そんなにおかしいか？」男がぱっと振りむいた。「いいさ、そうやって笑っていろ」男がオールで水面をばしっとたたき、ぼくとハリソンは思いっきり水をかぶった。まるで平手打ちをくらったみたいな衝撃《しょうげき》だった。

ぼくとハリソンは、息を吸おうとあえいだ。そのあいだ、男の声は低くて、いやなうなりのようにつづいていた。「あんたらのちっぽけな命にゃ、なんの価値もねえ。白人にとっちゃ、なにもないのと同じだ」男がぼくの腕をぎゅっとつかみ、暗闇《くらやみ》のほうへ向けた。「坊主、おまえはこれから念願のむこう岸に着く。そして、手をひらく。てのひらになにがあると思う？なにもない。それでも、笑ってられるか見てみようじゃねえか。そのとき、おまえが笑ってられるか」

ぼくは、涙《なみだ》で目がひりひりした。男はぼくに背を向けると、また舟をこぎはじめた。ヘビみたいにいやなやつだ。たぶん、ヘビよりももっといやなやつだ。そんな男が、どうしてわざわざぼくたちをパトロールの連中から助けて、川を渡してくれようとしているのか、わからなかった。ぼくたちのことなんか、少しも気にかけていないのに。ほんの少しも。

ハリソンはうつむいたまま、ひと言も口をきかなかった。けれど、ヘティー・スコットはまだ、ぶつぶつとひとり言をいいながら泣いていた。

男が、服の山の上にかがみこんだ。「もうこれ以上おまえの泣き声は、ききたくねえ。うんざりだ。だまらないと、おまえとその服を川に放りこむぞ。いいか？」男のきつい口調に、ヘティー・スコットの涙は、あっというまに乾《かわ》いた。

男は息をきらしながら、舟をこいで川をさかのぼっていく。さざなみをたてる水の上を、遠くの声がわたってくる。夜の空気のなか、薪《まき》が燃えるにおいと鼻をつく鉄のにおいがして、旦《だん》那様《なさま》の馬の蹄鉄《ていてつ》を打つ鍛冶屋《かじや》を思い出した。

川岸の白人たちはまだぼくたちを追っているのだろうか。

流木が舟にぶつかった。川の中央まで進んだとき、ちらちらゆれるランタンがそばを通りすぎていった。舟のランタンだ。舟に乗っている男ふたりが暗闇のなかでうたっていた。ラム酒を飲んでよっぱらっているようだ。ということは、ぼくたちには気づいていないのだろう。

ぼくたちの舟は、むこう岸に向かってゆっくりと進んでいった。ほどなくして、男が「じっとしてろ」といい、舟は底をこすりながら川岸に半分乗りあげた。

ぼくたちは、川を渡りきったのか？

男は、ざらざらした手をぼくの腕にからめて立たせた。「おりろ。坊主、急げ。ここにおりるんだ。さあ、早く。深くない」男は、すぐ下の水を指さした。

ぼくはどきどきしながら、川底の泥のなかに片足ずつおりた。ぼくのあとから、ハリソンがおりてきた。ハリソンは、舟べりにつかまって体を支え、麻袋《あさぶくろ》をつかむと、岸にあがっていった。

けれど、オハイオ側の岸に立って、川むこうを――ぼくたちが舟に乗りこんだケンタッキー側の岸を――見ると、不思議な感じがした。オハイオ側の岸とケンタッキー側の暗い岸が、ちっとも変わらないように見えたからだ。

ぼくは、キャサリン奥様の鏡をこっそりのぞいたときのことを思い出した。あのとき、銀色のガラスのむこうから自分が見つめかえしているのを見て、ぎょっとして飛びあがった。ヨルダン川のむこう岸を見るのは、鏡を見るような感じだ。一方が、もう一方と同じように見える。

「脱《ぬ》ぐんだろ？」男が振りかえって、ヘティー・スコットを見た。ヘティー・スコットは舟のなかにすわったまま、何枚も重ね着した服のなかからまん丸な目であたりを見つめていた。丸い顔のまわりにボンネットが三つ重なっている。上等なドレスとペティコートはあまりに何枚も重なっているので、どこまでが服でどこからがヘティー・スコットなのかわからなかった。

ヘティー・スコットは手をひらひらと振った。「脱ぐなんて、できない」

男が川岸に唾《つば》を吐《は》いた。「ここに着いたら、どうするつもりだったんだ？」男が大きな声を出す。「白人の服を着て、白人の靴をはいて、きどって歩きまわるつもりか？　それとも、奥様から盗んだ上等な服を着たまま逃げられるとでも思ってたのか？」

「ああ、わかんない」ヘティー・スコットは、巣穴に逃げこむかのように服のなかでちぢこまった。「ただ、きれいなものがほしかっただけ。きれいなものなんて、もったことがなかったから」ヘティー・スコットは、いちばん上にかぶった縞模様《しまもよう》の大きなボンネットを両手でなでつづけていた。まるで、この世界に残した最後のひと品だとでもいうようだ。

ぼくは、ヘティー・スコットがかわいそうになった。男の話し方が意地悪だったし、自分たちも袋一杯、ものを盗んできたからだ。そのとき、目にもとまらぬ速さで、男が舟のなかに手を伸ばし、ピストルをとると、ヘティー・スコットの顔の前につきだした。もう一方の手には、座席においてあった短剣《たんけん》をもっている。ヘティー・スコットはぐっと息を吸い、両手が二本のリボンみたいに動いたかと思うと口をおおった。

「連中がむこう岸からあんたを追ってくる音がきこえるか？」男が、意地悪な低い声でいった。

「その上等な服をおいてかないなら、川にもどすぞ」男が、川のほうへピストルを振った。

「どっち か選べ。ばか者をいっしょに連れてく気はねえ」

するると、ヘティー・スコットが泣きさけんだ。死者を起こしてしまいそうな声で。

「このきれいな服をもってかせて」ヘティー・スコットが声をあげる。「このきれいな服をカナデイまでもってく。おいてくなんてできない……」

ぼくとハリソンが口をひらくより早く、男はピストルをポケットにつっこむと、舟の前のほうをつかんで、ぐっと水のなかへ押しだした。ひざの深さまで水につかり、舟べりをつかんだまま、男がまたいった。「おれたちといっしょにくるのかこないのか？　三十秒以内に答えろ。くるのか、こないのか？」

「あたしのきれいな服を取りあげないで」ヘティー・スコットは泣いていた。「このきれいな服をもってかせて。きれいな服なんて、もったことが――」

男が力強くひと押しすると、舟は川の中央へと向かった。

ぼくとハリソンは、あっけにとられた二羽の鳥のように、見つめていた。気の毒なヘティー・スコットを乗せた舟がふらふらとむきを変えて、川の流れにのっていく。ヘティー・スコットは舟べりから身をのりだして、両腕を振り、「助けて」とさけんだ。いくつも重なったボンネットがあちこちを向いているのが、そして、オールが一本水のなかを引きずられていくのが、見えた。舟の黒い影が見えなくなったときにも、まだヘティー・スコットの悲しげなさけび声が川から響《ひび》いていた。

恐怖《きょうふ》が背筋をはいあがってきた。

ヘティー・スコットにあんなことをしたというのに、男はなにもいわぬまま川からあがり、ぼくとハリソンの前を通りすぎた。男がずんずん森に入っていき、小枝や下生えがぼきぼき折れる音がきこえた。

「サミュエル」ハリソンが指さした。「進め。あの男についていかんと」けれど、木々のあいだに消えていく男のよそよそしい影を追いかけたくはなかった。きっとぼくたちのことも、気の毒なヘティー・スコットと同じようにどこかにおきざりにするつもりだ、とぼくは思った。

第十四章

沈黙《ちんもく》の森

「ほかのだれについてくんだ？」ハリソンが怒《おこ》った声でひそひそといった。「川岸につったって、パトロールの連中が川むこうからさがしにくるのを待ってるわけにはいかん」ハリソンは、麻袋《あさぶくろ》をもち、杖《つえ》で体を支えながら、森のなかへと入っていった。早くこいというように、片腕《かたうで》を振《ふ》っている。

川を渡《わた》してくれた男は、足早に進んだ。片手にピストル、もう一方の手に短剣《たんけん》をもち、倒木《とうぼく》をよけながら、森の木々のあいだを縫《ぬ》うように進んでいく。必死についていくのだが、だれかが両脚《りょうあし》に火をつけたのではないかと思うほど疲《つか》れていた。男の意地悪そうな背中を追いながら、ありとあらゆる疑問が頭のなかで渦《うず》まく。

気の毒なヘティー・スコットはなにも悪いことをしてないのに、どうしてこいつは、あんなひどいことをしたんだろう？　だいたい、どうしてぼくたちを川のこっち側に渡してくれたんだ？　自分のうしろでぼくたちが必死に歩いてるのがわからないのかな？　ぼくとハリソンをどこに連れていくつもりだろう？

男が急に立ちどまったものだから、ぼくはぎょっとして飛びあがった。

男がぼくをじっと見つめる。

ぼくの思っていることが、きこえたのか？

「坊主《ぼうず》、いくつだ？」

「十一」下を向いたまま、小声で答えた。

「あのじいさんの名前は？」

「ハリソン。だけど、ハリソンは、そんなに年とってないよ」ぼくはうそをついた。「若いときにずっと畑で働いてたから、骨がシゴーコーチョクしてるんだ」

「シゴーコーチョク⁉」男が、とどろくように笑った。いやな響《ひび》きがした。夏に、トウモロコシ畑のむこうから雷《かみなり》が近づいてくるような感じだ。

男が振りかえって、ハリソンを見た。ハリソンは足を引きずって歩いていたから、ぼくたちよりずっとうしろにいた。暗い森のなかでは、白い麻袋がぽつんと見えるだけだ。男はいう。

「老人と旅をしたことがある。八歳《さい》のとき、年寄りの黒人と鎖《くさり》でつながれた。そうやって、バージニア州のノーフォークからリッチモンドまで、百五十キロくらいの道のりを歩いた。あのときのことは、ようくおぼえてる。その腰《こし》の曲がった老人は、おれたちをつないでる鉄の鎖をもちあげて、その重さができるだけおれにかからないようにしてくれた」

男が言葉をきって、ぼくを見た。「坊主、鉄のかせを知ってるか？」

「知りません」

男はぱっと手を伸《の》ばすと、片手でぼくののどをつかんだ。「連中がここに……のどのまわりに、つける首輪だ。おれたちの首輪と首輪を鎖でつないで歩かせるのさ」

男が手に力をこめ、ぼくは恐怖《きょうふ》でのどがつまった。声がうわずったり震《ふる》えたりしないよう気をつけて、できるだけおだやかな声できいた。「どんな悪いことをして、首にかせをはめられたの？」

「悪いこと？」男がぼくののどをしめつけた。ぼくはあわててのどに手をやり、男の手を引きはがそうとした。男が手を放したあとも、首のまわりにしっかりとなにかが巻きついているような気がした。

「おれは、少年奴隷《どれい》だった。おまえと同じようにな」男の声がとどろいた。「八歳のときに初めて売られ、そのあと、六回売られた」男がぼくをにらんだ。「かせをはめられた黒人が売られるのを見たことがないのか？」

ぼくは、母さんの姿を思いうかべた。頭のなかで思いえがく母さんはいつも、白人のように馬車で去っていく。けれど、ほんとうは、この男がいうように鎖につながれていたのかもしれない。犬みたいに首輪をつけられて、ケンタッキー州のワシントンまでずっと歩かされて、売られたのかもしれない。

「これが見えるか?」男が黒い顔のぎざぎざの傷跡《きずあと》を指でなぞった。「おまえは旦那様《だんなさま》から、こんなふうになぐられたことがあるか?」

「ありません」ぼくは小さな声で答えた。

「どうしてこんな傷ができたと思う?」男は両腕を伸ばして、腕についているたくさんの傷跡を指さした。ぎざぎざした筋もあれば、天然痘《てんねんとう》の跡のような丸いのもある。「この丸い傷がなにかわかるか?」

「天然痘?」

「見ろ」男が片腕をぼくに近づけた。「釘《くぎ》の跡みたいに見えないか?」

ぼくは、のどがしめつけられた。

「釘がつきでた板でなぐられたんだ」男は、怒《いか》りのこもった低い声でつづけた。「おまえとたいしてちがわない年のときにな。ある晩、旦那様がひどくよっぱらって帰ってきて、壁《かべ》の板をはがして、おれをなぐった。あっちからもこっちからも川のように血が流れた」

男は顔をそむけた。「なにが起こるかわからないってことを忘れるな」男が肩越《かたご》しにいった。「用心しないと、おまえの黒い肌《はだ》もひどい目にあうぞ」男は、骨でも折るようにぼきぼき枝を踏《ふ》みつけてずんずん先に行った。

男の言葉のあと、森の静けさが深まった。男がいったことをきいて、夜が息をつめたような感じだ。ぼくも、息ができなくなったような気がした。

「おい、サミュエル！」

ハリソンのささやき声が耳元で響いて、ぼくは飛びあがった。「もう追いつけんと思った」ハリソンがぼくの肩にどさっと寄りかかってくる。「足の骨がすりへってなくなっちまったような気分だ。おまえはどうだ？」

「うん」ぼくは、奇妙《きみょう》な震え声で答えた。

「あの男がなにかいったのか？」

ぼくは、リリーのパイ――三角形に折り返したパイ――に入れる具や、ハックラー旦那様の納屋《なや》にいる豚《ぶた》たちの名前を思い出しながら、男の傷や男がいったことを考えないようにした。

「あの気の毒な女を川に押しだしたわけを話したか？」

ぼくは首を横に振った。

「まったくわけがわからん。どうしてあんなことができるんだ？　あのかわいそうな女の奴隷を川に押しだしたら、つかまるってのに。こわくて取りみだしてるからって、上等な服のことで頭が混乱してるからって、あんなことをしていいわけがない。まったくわけがわからん……」

ハリソンはため息をつくと、肩に背負った麻袋をもう一方の肩に移した。

男は、ぼくたちを振りかえりもせず、森のなかの小川をたどっていった。小川は、ロープのように曲がりくねり、むきを変えている。男は、小川の一方の側に沿って進み、地面に苔《こけ》がびっしりと生えたやわらかいところを通っていった。

「あの男には、行き先がわかってるらしい。見ればわかる」ハリソンは歩きながら、小声でいった。「わしらをどこかに連れていこうとしてる。そこに着くまでわしの脚はもたんかもしれんが、あの男はわしらをどこかに連れてこうとしてる――」

夜明け近くなってから、ぼくたちは森のなかのひらけた場所に着いた。そこには、小さな家と納屋がひっそりとたっていた。家はこぎれいな茶色のレンガ造りで、ぼくはリリーのパンを思い出した。そのうしろに、ハックラー旦那様のと同じような灰色の納屋があった。といっても、この納屋は、旦那様のとちがって、まっすぐにたっている。旦那様の納屋は、長いあいだ強風のなかにたっていたとでもいうように、片側に傾《かたむ》いていた。

家の近くの丈《たけ》の高い草のなかに、黄色いペンキを塗《ぬ》った椅子《いす》がおいてあることに気づいた。もしだれかがキャサリン奥様《おくさま》の椅子を外におきっぱなしにしたら、奥様は想像もつかないほど怒りくるうだろう。ぼくは、だれかがひどいめにあわないように椅子を家のなかにもどしたくて、指がむずむずした。

男は、家に近づくまえに止まった。男も黄色い椅子に気がついたようだが、椅子のことはなにもいわなかった。

「いいか、静かにして、ようくきけ」男が家に目を向けたまま、けわしい声でいった。「すっかり準備ができてるようだ。だが、おれのいうとおりにしろ、わかったか？」男がぼくたちをにらんだ。「一度しかいわないからな。そのあと、おれは帰る」

早朝の薄暗《うすぐら》い光のなかで、男がへとへとに疲れているのが見てとれた。広い肩がとけてしまったかのように前かがみになっている。シャツが胸にはりつき、丸い汗染《あせじ》みができたところが濃《こ》くなっている。服のいたるところに川の泥《どろ》がはねていた。

「あの家の裏側を通ってまわりこむと、白く塗《ぬ》った扉《とびら》が開いてる。なかには地下室におりる階段がある」男は家を指さした。「階段をおりて、地下室にかくれろ。一日かもしれん。二、三日かくれることになるかもしれん。だが、地下室には、あんたらのために、もう食べ物と毛布が用意してある。だから、じっと静かに待ってるんだ。そうしたら、そのうち、あの家に住んでる白人の未亡人があんたらをべつの——」男がハリソンをにらんだ。

「じいさん、おれの話をきいてるか？」

けれど、ハリソンは杖にもたれて、頭を垂れ、目を閉じていた。見たことがないほど疲れきっている。まるで別人のように見える。

男はぼくのほうを見ると、とげのある押しころした声で、ゆっくりと話しかけてきた。「おれの話がわかるか？」

ぼくは顔をあげられず、うつむいたままうなずいた。

「じゃあ、おれがじいさんに話したことはきいてたな――おまえとじいさんは地下室にかくれて、静かにじっとしてろ。そのうち、白人の未亡人がきて、べつの安全な場所に連れてってくれる」

黒人をわざわざ助けようとするなんて、どんな白人だろう？　ぼくは、必死に思いうかべようとしたが、できなかった。リリーはいつも、「キャサリン奥様は、あたしらを助けるためになにかするくらいなら、自分の右腕を切りおとして、左腕を売りとばすだろうよ――たとえ、あたしらが倒《たお》れて死にかかってるときでもね」といっていた。

男がピストルでぼくの胸をこづいた。「ここにくる途中《とちゅう》でいったことを忘れやしねえな？おれの傷跡がどうしてできたのか？」

ぼくは男の赤いシャツの胸を見たまま、うなずいた。

「おまえみたいに脱走《だっそう》して、旦那様から逃《に》げたとき、おれはふたつのことを学んだ」男はピストルをポケットにつっこんで、「顔をあげろ」といった。ぼくは、傷だらけの顔をゆっくりと見あげた。男の目が、ふたつの底なし穴みたいに、ぼくを見つめていた。「ひとつめ」男がいった。「歩くときは、いつも、当然の権利があって歩いてるように、白人みてえに歩くこと。さあ、あの木まで歩いてけ――」

男がぼくを前に押《お》しだした。押されてよろめいたが、ぼくは、いつものような歩き方で、ひらけた場所を横ぎりはじめた。男が、すぐうしろをついてくる。「堂々としろ」男がまた、ぼくをぐいと押した。「旦那様の使いはしりをする、腰の曲がったみじめな黒い虫けらみたいにあわてて走るな。おまえは奴隷か、それとも、自由黒人か？　自由黒人らしく歩くんだ。歩け！」

十回、二十回――男は、木のあいだを行ったり来たりさせた。ぼくの足をもちあげる。ぼくの背中をしゃんとさせる。ぼくの腕を振る。風のにおいをかいでいるかのようなかっこうで、ぼくに鼻をつきださせる。

ハリソンは、杖に寄りかかって立ったまま、なにもいわずにながめていた。

「待て」男が腕をつかんで、歩いているぼくを止めた。「もしおれが白人で――そう、パトロールの白人かもしれんな――、おまえをつかまえたとする。坊主、そうしたら、どうする？」

心臓が胸のなかでどきんと音をたてた。男のざらざらした手がぼくの腕をしぼりあげる。

「走って逃げたいか？」

「うん」ぼくの口からささやくような声が出た。

「だめだ」男がうなるような声でいう。「逃げたら、まちがいなくおまえが何者かわかっちまう。あわてたら、まちがいなく一巻の終わりだ。そのまま待って、相手の弱点をさがすんだ。それから、逃げだす方法を考えろ。これが、ふたつめに学んだことだ。走って逃げたりするんじゃねえ、わかったか？」男がぼくをにらみつけた。「坊主、今いったことを頭にきざみつけたか、どうだ？」

ぼくはうなずいた。〈堂々と歩け〉〈あわてて逃げるな〉。

男がハリソンのほうへ目を向けて、にらんだ。「行って、あのじいさんを連れてこい。背負ってきた荷物をもってくるようにいえ」

ハリソンは盗《ぬす》んだものの入った袋をもって、足を引きずりながらゆっくりときた。「わしらの食べ物と服のほかにたいしたもんは入っとらん」ハリソンはうつむいたままいった。「自分たちのもんをもって、逃げてきただけだ」

けれど、男は、まるで自分のもののように麻袋をあけた。もちろん、キャサリン奥様のボンネットや、ハックラー旦那様の靴《くつ》や、そのほかのすべてのものが見えた。男は無表情なまま、麻袋を閉じた。

「あんたの袋をもらってく」男が袋を肩にかついだ。

ぼくは、袋の中身のことを考えた……ハリソンが売ってお金にしようとした銀の懐中時計《かいちゅうどけい》、いつか馬を手に入れたときのためにもってきたおもがい、ぼくが使っていた毛布、台所のフライパン……。

「待て」ハリソンがいった。

「なにか問題でもあるか？」男が横目でハリソンを見た。ハリソンが小さな染みか泥はねにすぎないというように。ちっぽけなものだというように。

ハリソンが咳《せき》ばらいをした。「袋の底に灰色の毛糸玉がある。それは残してもらえんか？それは――」ハリソンが言葉をきって、ぼくをちらりと見た。「サミュエルのものでな」

灰色の毛糸が？

ぼくはハリソンを見つめた。なにをいってるんだろう？　なんで、毛糸を返してほしいなんていうんだ？　なんで、ぼくのものなんだ？

男は少しおどろいたように見えた。最初にハリソンを見て、次にぼくを見た。男は、やれやれというように首を振ると、袋を地面におろし、袋をしばっていたひもをほどいて、毛糸玉をさがした。

「ほら」男はなにかを引っぱりだすと、ぼくに投げてよこした。

ぼくは、手のなかにあるもつれた小さな毛糸玉を見おろした。ただの毛糸をにぎっているぼくがおかしいとでもいうように、男はにやっとした。

「この袋に金を入れて逃げることは、考えなかったのか？」男は袋をもちあげて、力いっぱい振った。「それとも、灰色の小さな毛糸玉で、必要なもんはなんでも買えると思ってたか、じいさん？」

ハリソンはなにもいわない。

「あんたら、運がよかったな。今日は、少しばかり分けてやれる金がある」男は、結《ゆ》わえつけていた小さな革の袋をベルトからはずすと、茶色い家のほうへあごをしゃくった。「地下室にかくまってもらう代わりに、白人の未亡人にこの金を払うんだ。ほかにも、金を要求する連中にな」男が革袋をハリソンに投げた。「じいさん、しまっとけ。どこにしまったか忘れるなよ」けれど、革袋は、ハリソンのこわばった指のあいだを抜《ぬ》けて、ジャラジャラ音をたてながら地面に落ちてしまった。

「もうひとつ」男が、麻袋を肩に背負いながら、いった。「奴隷をつかまえる賞金稼《かせ》ぎや、パトロールの連中には、好きなところで奴隷をさがす権利がある。川を渡って、このオハイオ州であんたらをつかまえることもできる。ケンタッキーにいるのと同じようにな。おれのいってることがわかるか？」

ハリソンがうなずいた。

「このアメリカ合衆国のどこにも、逃亡奴隷にとって安全な場所なんかねえ」男は肩越しにいった。「そのことを忘れるな」

それだけいうと、男はむきを変えて、木立ちのなかに入っていった。男の足が地面を踏みつけていく様子は、まるで大きなのこぎりの刃《は》が木に刻み目を入れていくようだ。ぼくが最後に見たのは、男の赤いフランネルのシャツの背中だ。ぼくたちのものをすべて背負って、木々のあいだに消えていった。

ぼくとハリソンが家に向かって急いでいるとき、雄鶏《おんどり》が朝を知らせた。

第十五章　灰色の毛糸

地下室へ通じる白い扉《とびら》は、ぼくたちを待っていたかのようにひらいていた。おりていく階段に、焼き物の古い甕《かめ》が四つ、おいてある。雨水とクモの巣以外なにも入っていないように見えた。ところが、横を通るとき、茶色い野ネズミが突然《とつぜん》、なかの暗がりから飛びだしてきて、ぼくたちは飛びあがりそうになった。

ハリソンは「先に様子を見てくるから、待ってろ」というと、頭をひょいとかがめて、地下室にそっと入っていった。すぐに、暗闇《くらやみ》のなかからハリソンの手がつきでて、ついてこいと合図した。

少しして暗がりに目がなれると、天井《てんじょう》の低い四角い部屋だとわかった。頭のすぐ上の天井は、皮のついたままの丸太を縦に割った木材でできている。床は、ハックラー旦那様《だんなさま》のところと同じように、かちかちに固められた土だ。

ぼくの横で、ハリソンがささやいた。「サミュエル、なにか見えるか？　ごちゃごちゃ物があって、見えん。わしらのために用意してあるっていう物が、なにかあるか？」

ものすごくたくさんの物が地下室につめこまれ、ちらばっていた。そこらじゅう物だらけだ。リリーが見たら、かんかんに怒《おこ》るだろう。階段をおりたところに、大工道具、造りかけの箪笥《たんす》、赤いペンキを塗《ぬ》った小さな戸棚《とだな》がふたつ、あった。まるで、箪笥や戸棚を造った人が、そこにおいたとたんむきを変えて、逃《に》げだしたようなおき方だ。もう少し奥《おく》に目を向けると、大きな木の樽《たる》がいくつか、馬車の車輪——車輪の半分が、半月みたいに見えている——、ジャガイモかカブの入ったいくつもの袋《ふくろ》、壊《こわ》れた椅子《いす》の山、そのほかのさまざまなものの山が、壁際《かべぎわ》にあった。

「あっちへ行ってみろ」ハリソンが小声でいい、地下室のいちばん奥を指さした。「少しさがしてみろ」

奥へ行ってみると、なにかが目に入った。樽が天井の梁《はり》近くまで壁のように積み重ねられていて、そのうしろの隅《すみ》にでこぼこした青色と白色のものがある。樽のむこうへまわると、藁《わら》の古いマットレスと上掛《うわが》けの山があった。バターミルクの入った甕《かめ》とりんごジュースの入った茶色い水差し、その横に食べ物がぎっしり入ったかごも。

「ハリソン！」ぼくは声をあげた。「ここを見て」

「なんだ？」ハリソンが、暗がりのなかを苦労しながらよろよろやってきた。ぼくが立っているところまできて、樽の奥をのぞきこんだハリソンは、目をぎゅっと閉じ、両手を天井に向けた。

「おおお、なーんと、なんと」小声でいいながら、ハリソンは手を振《ふ》った。「たしかに、あの男のいったことはほんとだった」

そのあと、ぼくとハリソンは、鳥の背中に襲《おそ》いかかる飢《う》え死《じ》にしかけた猫《ねこ》よりもすばやく、食べ物に飛びついた。なにしろ、前の日にトウモロコシ畑を出てから、なにも食べていない。パンをバターミルクにひたして食べ、カップ入りゼリーや、かごの底にあったベーコンの薄切《うすぎ》りや、芯《しん》をくりぬいた焼りんごを我先にと食べた。ぼくはひどくのどがかわいていて、りんごジュースを半分以上もごくごく飲んだ。ハリソンは、とうとう、ぼくの手から水差しを引きはがした。

「サミュエル、おまえときたら、根性がくさっとる」ハリソンはにやりと笑うと、首を振った。

「ほれ、わしにもりんごジュースをくれ」

ところが、かごの底のぱさぱさになったパンくずまで食べつくしても、ぼくはまだひもじくてしかたがなかった。それで、もっと食べ物とりんごジュースをさがしてみようと思った。けれど、ハリソンは、「食べ物をさがそう」というぼくの話をきこうとしなかった。

「盗《ぬす》むのはよくないことだ」ハリソンは壁に寄りかかり、毛布をあごまで引きあげながら、いった。「おまえは充分食《じゅうぶん》べた。サミュエル、おとなしくしろ」

「でも、ハリソンは、ハックラー旦那様のものを盗んだじゃないか」声が大きくなった。「靴《くつ》と、手袋《てぶくろ》と、奥様の上等なボンネッ――」

「だまれ」ハリソンがぼくをにらんだ。「あれは盗みじゃない」ハリソンは、天井を見あげた。「さあ、静かにしろ。上には人が住んでるんだぞ、わかるか？」

けれど、ぼくはさらにつづけた。

「ぼくが食べ物をもっととろうとするのが悪くて、ハリソンがしたことは悪くないの？」

ハリソンが、怒った顔で、唇《くちびる》をぎゅっと結んだ。「自分のものじゃないものをとるのが盗みで、わしは自分のものじゃないものはなにひとつとっちゃいない」

ハリソンは、てのひらを上にして、両手を差しだした。「この老いぼれた手を見ろ」こわばった指が震《ふる》えている。「この手はだれのものだ？」

「ハリソンの」

「サミュエル」ハリソンが目を細めて、ぼくをにらんだ。「おまえのその両肩《りょうかた》の上にのっかってるものはなんだ？　おまえの頭は、ちゃんと考えられるのか、なにも考えられんのか？」ハリソンは、自分の左手をぴしゃりとたたいた。「これはだれの手だ？　だれがこの手を買ったんだ？」

「ハックラー旦那様？」

「じゃあ、この脚《あし》はだれのものだ？」

「ハックラー旦那様」

ハリソンは、自分の体のいろいろなところを次々に指さした——腕《うで》、背中、足。それから、ぼくの足、腕。そして、そのたびに、ぼくに「ハックラー旦那様」といわせた。そのうち、ぼくは、ハリソンに口答えなんかしなければよかったと思った。

「じゃあ、わしのものじゃないこの手が、わしのものじゃないものをとったら、それは盗みになるのか？」

「たぶん、ちがうと思う」ぼくは、不安に思いながら答えた。ハリソンのいっていることがさっぱりわからなかったからだ。

「それで、よし」ハリソンは壁に寄りかかると、目を閉じた。「だから、わしのしたことはまちがっとらん」

ぼくは少し考えてから、低い声でそっときいてみた。「それじゃあ、ぼくの手はぼくのものじゃないから、ここの食べ物や飲み物をもっともらっても、悪いことじゃないってことだよね？」

ハリソンがぱっと目をひらいて、がみがみいった。「サミュエル、わしの話をきいてなかったのか？　逃げだしたときから、わしらの手はもうハックラー旦那様のものじゃない。わしらのものだ。だから、わしらのものじゃない地下室でわしらがものをとったら、それは盗みだ」

ハリソンは、毛布をもう一枚広げると、体に巻きつけた。「やれやれ、おまえときたら、ときどきどうしようもなくばかになるな」

ぼくは、ますます腹がたってきた。なにが盗みでなにが盗みじゃないのか、なにがぼくたちのものでなにがそうじゃないのか――ハリソンのいっていることは、わけがわからなかった。ぼくはおなかがすいていた。ハックラー旦那様やキャサリン奥様がぼくの夕食を抜《ぬ》きにしたときよりももっとおなかがすいていたし、まわりには、たぶんおいしい食べ物がたっぷりとあるはずだ。

ふと、からになったかごの脇《わき》においてあった灰色の毛糸に目がいった。

「この毛糸はぼくのものなの？」ぼくは毛糸をもちあげて、ハリソンの目の前で振った。「さっき、そういったよね」

「ああ」ハリソンが自分の手を見おろした。

「それじゃあ、もうちょっと食べ物をもらうかわりに、この灰色の毛糸をあげることにする。ね、ここに毛糸をおいとくよ――」ぼくは立ちあがって、樽の上に注意深くおいた。「そうしたら、ここにきた人は、毛糸に気がつくから。毛糸をあげたんだから、食べ物をもらっても悪くないよ」

ハリソンがため息をついた。「サミュエル、その灰色の毛糸をだれかにやることはできん」

「おなかがすいてるんだ」ぼくはハリソンをにらみつけた。息が速く、荒《あら》くなっていた。「つまらない古い毛糸なんかほしくない」

「つまらないもんじゃない」ハリソンが静かにいった。

「ぼくにはそう見えるけど」ぼくは毛糸玉を手にとって、からまった毛糸を引っぱった。

「ふむ、おまえは、なにもかも知ってるわけじゃなかろう?」ハリソンはきつい口調でいい、マットレスの頭の部分をたたいてへこませて横になると、顔を壁に向けた。

「知ってる」

ハリソンはなにもいわない。

「知ってる」ぼくは声を大きくした。

「それじゃあ、その灰色の毛糸がだれのものだったのか、知ってるはずだ」毛布をかぶったハリソンの声はくぐもっている。

「だれ?」ぼくは腹をたてて、とげとげした声できいた。「だれのもの?」

ハリソンは顔をこちらに向けて、ぼくを見た。

「おまえの母さんのだ」ハリソンがぴしゃりといった。

ぼくはハリソンを見つめた。ハリソンの言葉をきいて、手のなかの毛糸が温かくなったような気がした。まるで、母さんがぼくの手に毛糸をのせてくれたような感じがした。

ぼくはよくリリーに「母さんはこののし棒を使った？」とか「あのこてを使った？」ときいた。思い出の品がなにもなかったから、母さんがさわったものに手をふれたかったのだ。けれど、ぼくを育ててくれたあいだ、リリーもハリソンも、母さんのものだった灰色の毛糸のことなど、ひと言もいわなかった。母さんが売られていったときに残していったもののことなど、きいたことがなかった。

「あれこれ山ほどきこうとしてるなら、やめておけ」ハリソンがけわしい声でいった。「これ以上なにもいうつもりはない」ハリソンがマットレスをたたいた。「おい、ここに横になって、少し眠《ねむ》れ。でないと、わしの手で、おまえを猟犬《りょうけん》にくれてやるぞ。おまえには、ほとほと愛想《あいそ》が尽《つ》きた」

ぼくは大きなため息をついて、マットレスの隅っこに横になり、できるだけハリソンから離《はな》れた。毛糸は、目の前の見えるところにおいた。毛糸を見ていたら、母さんのことをなにか思い出すかもしれないと思ったのだ。目をこらしてながめ、毛糸を巻きとっていく母さんの手を思いうかべようとした。ぼくの指みたいに、きゃしゃな細い指だったのかな？　この毛糸でなにかを編もうとしてたのかな？　ぼくのものをなにか？

そのとき、おそろしいことが頭にうかんだ。

母さんは、編み物をしてる途中《とちゅう》で連れてかれたのかな？　ハリソンがぼくにくれたこの毛糸を巻きとってるときに？

そう考えたら、口のなかがからからになった。

「ハリソン」ぼくはむきを変えて、とても小さな声できいた。「ハリソン、起きてる？」

けれど、ハリソンは、ぐっすり眠《ねむ》っているような、ゆっくりとした規則正しい寝息《ねいき》をたてていた。起こしたら、キャサリン奥様よりひどいかんしゃくを起こすだろうとわかっていた。それで、またマットレスに頭をつけて、目を閉じ、毛糸を巻きとっている母さんとはべつのことを考えようとした。

そのあと、眠りこんでしまったにちがいない。気がつくと、ハリソンがぼくをゆすぶっていた。足音がきこえる。急ぎ足だ。足音が階段をおり、地下室の床《ゆか》を横ぎってくる。

第十六章 テイラー未亡人

樽《たる》のむこう側で足音が止まり、早口でしゃべる女の声がした。白人のようだ。息をきらしながら、大きな声で話しかけてくる。

「わたしは、ルーシー・テイラー夫人です。ここに夫のライフルをもっています。夫から教わって、撃《う》ち方《かた》も知っているし、撃つことを恐《おそ》れもしません。相手が黒人だろうと。だから……」話し方がゆっくりになり、そのままとぎれた。なにをいおうかと考えているようだ。「だから……」そこで、長いあいだだまりこんだ。「だから、わたしに迷惑《めいわく》がかかるようなやっかいなことは引きおこさないことです」テイラー夫人はそういって、話をさっさと終わらせた。

ぼくの横で、ハリソンが体を起こして、まっすぐに背筋を伸《の》ばしていた。

ハリソンの手が、上着を、毛布を、かごを引っぱって、なにかをさがしていた。「奥様《おくさま》、わしらは、金を払《はら》えます」ハリソンが呼びかけた。「川にいた男があなたに払うようにと金をくれたんです。ああ、どうかお慈悲《じひ》を。わしらを撃たんでください。わしとサミュエルは、よそへ行きますから。もってる金もぜんぶあげます」

ハリソンは革袋《かわぶくろ》を振《ふ》って、震《ふる》える手に硬貨《こうか》を落とした。そのうちのひとつが、毛布のなかに音もなくころがった。「サミュエル、ほれ、その金を拾え」ハリソンがぼくに小声でいった。

「そこにかくれている黒人は何人？　ふたりいるようにきこえるけど、もっといるの？」

「ふたりだけです。老人ひとりと少年がひとりだけです」ハリソンが答えた。

「わたしに見えるように、出てらっしゃい」

心臓が大きな音を響《ひび》かせる。ぼくはハリソンといっしょにかくれ場所から出た。ぼくたちは、まるで、つかまった二匹《ひき》のネズミみたいだった。

そこに立っていたルーシー・テイラーは、声から想像したより小柄《こがら》で、頭から足まで黒ずくめだった。黒いボンネット。黒いドレス。黒い靴《くつ》。狩猟用《しゅりょうよう》の古いライフルが絹の黒いドレスのひだの上に押《お》しつけられている。顔は、つばの大きな黒いボンネットの奥にかくれていて、見えない。

川の男がいってた未亡人だ、とぼくは思った。この人がそうなんだ。

けれど、手にちらりと目をやって、奇妙《きみょう》に思った。ライフルをにぎっている白い手は、しわがなく、ふっくらとしていて、老人の手には見えない。それどころか、すべすべとして、若々しい。「近づかなくていいの。そこに立ってなさい」テイラー夫人がいった。

ぼくとハリソンは、だまったまま、歩みを止めた。

「遠くからきたの？」気まずい沈黙《ちんもく》がしばらくつづいたあと、テイラー夫人がきいた。暗灰色《あんかいしょく》のライフルをしっかりとにぎって、ぼくたちを見つめる。

「はい、奥様」ハリソンがうつむいたまま答えた。「遠くです」

「その子もだれかの奴隷《どれい》なの？」

ぼくの腕《うで》にかけていたハリソンの手に力がこもった。「はい、奥様」

テイラー夫人は、衣擦《きぬず》れの音をたてながら近づいてくると、黒いボンネットの奥からぼくを見つめた。ボンネットのなかの青白い丸顔を見て、ぼくは、土に埋《う》まっている春植えの球根を思い出した。「ケンタッキーにいるわたしの家族は、奴隷を所有しています。黒人の女がわたしの世話をして、育ててくれたんです。レティーという名だったわ」テイラー夫人はハリソンのほうを向いた。「レティーという名の黒人女を知っている？」

「いいえ、奥様」ハリソンが咳《せき》ばらいをした。「けれど、わしらを先へ行かせてくれるなら、金を払います。これ以上迷惑をかけるつもりはありません」ハリソンは、ひとにぎりの銀貨を差しだした。「わしとサミュエルをほかに行かせてください」

テイラー夫人はなにも答えない。銀貨を見ようともしない。それから、突然《とつぜん》、とても静かな声でいった。「夫のジェイコブは死にました」

ハリソンがうつむいた。「それはお気の毒なことで」

「夫は、あの暑さがつづいたあと、八月に熱病にかかったんです」テイラー未亡人は、こわばった声でいった。「町の医者は、最高の治療法《ちりょうほう》をあれこれためしてくれました。そして、ジェイコブは馬のようにたくましいといいました。けれど、ある朝、ジェイコブの寝室《しんしつ》に入ると、ジェイコブが目をひらき、自分はもう旅立つといいました。そして、その日の夕方、亡くなったのです」

「それはお気の毒なことで」ハリソンがまた、いった。

再び沈黙がつづいたあと、テイラー未亡人が静かにいった。「けれど、わたしはジェイコブを見たんです」未亡人は目を見ひらいて、ハリソンを見つめた。「黒人の人たちは、亡くなった人が見える？」

ぼくの体に震えが走った。けれど、ハリソンは咳ばらいをすると、ゆっくりと答えた。「そう、そう思います、奥様」

テイラー未亡人は、ボンネットのつばをさげた。「ときどき、台所にジェイコブがいます」未亡人が急いでいう。「生きていたときと同じ姿でテーブルの前にすわって、わたしが泣きそうになっているときに、なにをどうしたらいいかおしえてくれます……農場の帳簿《ちょうぼ》のつけかたや、家畜《かちく》の飼料用のトウモロコシのもぎかたや、井戸のポンプに呼び水をさす方法を。ジェイコブがいうには――」

テイラー未亡人の声が震えて、とぎれた。未亡人は自分のうしろに手を伸ばして、なにかをとった。「ええと、そろそろ日が暮れるので、夕食をもってきました」それから、急いでつけくわえた。「あなたたちは、この地下室で、食べるものもなしに一日じゅう寝《ね》ていたわけですからね」

未亡人は自分の目の前の床《ゆか》に、食べ物の入ったかごをおいた。「昨日の煮《に》こみ料理に入っていた豚《ぶた》の腿《もも》の骨肉と、トウモロコシパンを六つ、それに、さや豆がひとにぎり入っています」未亡人は、片方の足でかごをつついた。「明日の夕方、ジェイコブの馬車を地下室の扉《とびら》の前へもってきて、あなたたちをプライ牧師の教会まで連れていきます。明日は、婦人部の祈禱会《きとうかい》に出席する予定なのでね。プライ牧師の教会は、ジェイコブがいつも、黒人をうちから次に連れていく場所でした」

ぼくとハリソンを見つめる未亡人はまた、おびえるような目をした。「明日まで、わたしに迷惑をかけないでしょうね？　この地下室からジェイコブの物をとって逃《に》げたりしないでしょうね？」

ハリソンがまた、銀貨を差しだした。「テイラー奥様、わしとサミュエルは、たんと金をもってるんで、いただいた食べ物の代金を払います」

「ええと、そうね……」未亡人の声が震えた。「それでは……」

未亡人が黒い縁《ふち》どりのあるハンカチをひらいて、自分とぼくたちのあいだの床の上に注意深くおいた。「そこに、銀貨を五枚おいて」未亡人は、ぼくたちを見つめたままいった。

ハリソンが手を伸ばして、ハンカチのまんなかに銀貨を五枚落とした。

「離《はな》れて」未亡人は、ぼくたちが充分《じゅうぶん》に離れると、ハンカチの上にかがんで、おそろしく注意深くレースの縁どりの四隅《よすみ》をもちあげた。こうすれば、未亡人の白い指は、ぼくたちの黒い手が触《ふ》れた銀貨に触れずにすむ。キャサリン奥様もいつもそうした。それを見て、ぼくは、自分の肌《はだ》が暖炉《だんろ》のすすと同じように感じた。

テイラー未亡人は、ハンカチをドレスのなかにしまい、床においてあったライフルを手にとった。「地下室に黒人をかくまうのは、いやなのよ」むきを変えて出ていこうとしながら、つづけた。「けれど、ジェイコブがいったのです――ぼくのライフルを携《たずさ》えて、ぼくがしてきたことをぼくと同じようにつづけてほしい、と。もしジェイコブが見えたら、わたしに知らせなさい、いいですね?」

そういうと、未亡人は、絹の黒いドレスをひるがえして階段を駆《か》けあがり、外に出て扉をしめた。ぼくとハリソンは、真《ま》っ暗闇《くらやみ》のなかに残された。

「神様、お慈悲《じひ》を」ハリソンが大きな声でいった。「サミュエル、まだわしの隣《となり》に立ってるのか？」ハリソンは手を伸ばして、ぼくの肩《かた》にさっとおいた。

暗がりのなかで目をこらしながら、ぼくはいった。「あの人の死んだご主人が起きあがって、ここを歩きまわったりするなんて、思わないよね？　あの人がいったみたいなことはないよね？」

「やれやれ、ぜひともそう願いたいもんだ。死んだ白人のことなど、ほっとけ。心配しなきゃならんことは、ほかにある」ハリソンがすり足で前に動いた。「さてと、あの人は、どこに食べ物の入ったありがたいかごをおいた？」

ぼくたちは、マットレスに腰《こし》をおろして、未亡人がもってきた食べ物を分けあった。ハリソンは、骨つき肉のほとんどとトウモロコシパン四つをぼくにくれて、自分は小さなトウモロコシパンをふたつとさや豆を少しとっただけだった。

「それほど腹がへってない」ハリソンはいった。けれど、その朝ぼくがもっと食べ物がほしいとうるさくいったことを思い出していたのだろう。

ハリソンといっしょにトウモロコシパンを食べているとき、ぼくはまた、灰色の毛糸のことを考えはじめた。ハリソンがもっとなにかおしえてくれるかもしれないと思い、毛糸のことをきいてみようとした。「この灰色の毛糸は母さんのものだったの？」ぼくは、毛糸玉を手にとった。

「ああ」ハリソンはうなずき、静かにゆっくりパンをかんだ。「サミュエル、必要なことはすべて話した」

けれど、ぼくはつづけた。

「ハックラー旦那様《だんなさま》に連れてかれたとき、母さんはこの毛糸を巻きとってたの？」

ハリソンがぼくをにらみつけた。

「だから、ハリソンはこの毛糸をずっともってたの？　ずっともってたのは、そのせい？」

ハリソンが腹だたしげに大きなため息をついた。「サミュエル、おまえときたら、悪魔《あくま》よりひどくわしを苦しめる。もうなにもいう気はない、わかったか？」ハリソンの声が大きくなった。「ちゃんと理由があって、いわずにいる。ばかげたことばかりききつづけるんなら、わしはここから出てく、いいか？」

ハリソンは、にぎっていた豆を口に入れて、ばくばくかんだ。

ぼくは、毛糸をポケットにしまい、だまっていたが、しばらくして、きいた。「あんなふうにひとりぼっちになって、あの白人の女の人をかわいそうだと思わない？　あんなに亡くなったご主人のことを思って、さびしがってるなんて、かわいそうだと思うな。あの人、そんなに年をとってないよね」

「ふむ」ハリソンはまだ怒《おこ》っているようだった。「わしは思わん」

「どうして？」ぼくは肉をつついた。

「トウモロコシとカラスは同じ畑で育たんからだ」

「え？」

「白人と黒人は感じ方がちがう。白人は、わしらとはちがう。わしには白人がどう感じるのかわからんし、白人にもわしのみじめな気持ちなどなにひとつわからん。トウモロコシとカラスは、同じ畑で育たん」

「でも、ハリソンだって、だれかが死んだら、悲しいでしょ？」

ぼくはリリーのことを考えた。リリーは、黒人の墓地にいって、亡くなった子どもたちのひとりひとりに話しかける。「ヴァイニ」とひとりにいう。「ここであたしらといっしょにいたときみたいに、天国でも、しじゅう、落ち着きなくうろうろしてるんじゃないだろうね……」

「死んだのが白人か黒人かによって、感じ方がちがう」ハリソンがいった。

ぼくはぽかんと口をあけて、ハリソンを見つめた。

「白人が死んだときにはうれしく思うっていうの？」

ハリソンがぼくの腕をぼしっとたたいた。「もちろん、ちがう。サミュエル、おまえは今すぐにわしを地獄《じごく》に落としたいのか？　ああ、なんでおまえはそんなふうにいう？」ハリソンは、シャツからパンくずをはらった。「いいたいのは、わしにはわしの悲しみが充分《じゅうぶん》にあるということだ。白人の未亡人や、会ったこともない亡くなった亭主《ていしゅ》のことで、悲しいとか気の毒だとか思わん。もしわしがここで死んだら、あの未亡人がこの黒い肌のわしをあわれむと思うか？　遺されたおまえを助けるために、指一本でも動かしてくれると思うか？」

未亡人がハンカチの四隅をひとつずつもちあげて銀貨を受けとったときのことを思い出した。

「わかんない」ぼくはハリソンに答えた。「もしかしたら」

「〈もしかしたら〉はない」ハリソンが鼻を鳴らした。「そう思ってるとしたら、おまえはばかだ」

その晩遅く、ハリソンが眠《ねむ》ってしまったあと、白人の未亡人がひとりで泣いている声がきこえてきた。そして、恥《は》ずかしいことに、ぼくは心の底から未亡人を気の毒だと思った。その声は、ぼくたちのいる地下室の上からきこえてきた。たぶん、寝室だったのだろう。ひどく悲しげな泣き声をきいて、ぼくまで泣きそうになった。何度も何度もジェイコブ・テイラーという名を呼び、だれもいないのに農場や医師や教会について話しかけている。あまりに気の毒で、できることなら階段をのぼって、正気を失った未亡人に、頭を冷やす布をもっていってあげたいと思ったほどだ。

ヨルダン川のこっち側のオハイオのほうが、ぼくたちがいたケンタッキーよりましだろう、とぼくは思っていた。ハリソンから話をきいて、オハイオ側にくれば黒人はみな自由で、ケンタッキー側にいた意地悪な白人や犬は、もういないのだと思っていた。けれど、川のこっち側にはこっち側の苦しみが山ほどあるらしい。

ぼくは、ジェイコブ・テイラーの幽霊《ゆうれい》がふわふわと動きまわっているところを想像して、頭から足まで震えが走った。ジェイコブの幽霊は、ぼくとハリソンを監視《かんし》してるのかな？　ぼくたちが逃げださないように見はってるのか？

地下室のなかで、なにかがころがった。ネズミがちょろちょろ走りまわっていたのかもしれないが、ぎょっとした。ぼくは、翌日の夕方になるのが待ちきれなかった。あと一日たてば、馬車に乗って、テイラー未亡人の悲しみに満ちた家をあとにできる。

第十七章 麻袋《あさぶくろ》の下で

翌日の夕方、テイラー未亡人が地下室の扉《とびら》の前にきた。馬車の車輪のきしみと、馬に話しかける声がきこえる。「さあ、ジュープ、いうことをききなさい。前へ、ジュープ。そっちへは行かないの。ここで止まって。ジュープ、止まれ」馬が鼻を大きく鳴らした。「ほら、頭をこっちに振《ふ》りあげないで」未亡人が馬を叱《しか》っている。「それをされると、がまんができないから」

そして、地下室の扉がひらいた。「さ、出てきて」未亡人がけわしい声でぼくたちに呼びかけた。「馬車をまわしてきたから」

ぼくとハリソンは、声をかけられるまえから待っていた。ぼくは、何度も階段をあがっては、扉のまわりのすきまから、まだ日光が差しこんでいるかどうか確かめた。

「もう暗くなったか？」ハリソンが何度も何度もきいた。「あの白人の未亡人はどこにいると思う？」

またシゴーコーチョクがはじまっていたから、午後のあいだ、ハリソンはほとんどずっと上《うわ》掛《が》けにくるまって過ごし、二度もぼくに古い斧《おの》をさがさせた。〈斧をベッドの下におくと、痛みを断ちきってくれる〉と信じられていたからだ。

そして、とうとうテイラー未亡人が馬車でやってきた。

ぼくとハリソンは急いで地下室を出た。暗闇《くらやみ》のなかで二日間を過ごしたあとだったから、急ぎ足でのぼった階段の上で、外の光に目をならそうとした。太陽が、遠くの木立ちのむこうに沈《しず》もうとしていた。薪《まき》の煙《けむり》と温かい土のにおいがする。なんていいにおいなんだろう。ぼくは、胸いっぱいに空気を吸いこんだ。まるで、生まれて初めて息をするみたいに。

「こっちへ」テイラー未亡人がいらいらした声でいった。年をとっているらしい茶色い馬の前に立って、おもがいをつかんでいる。馬は、頭を上下に振りうごかし、鼻から息を吐《は》いていた。

「ジュープ、じっとして」未亡人は、馬の首をそっとたたいた。「この馬は、黒人があまり好きじゃないみたいね」

けれど、ほんとうはテイラー未亡人のことがあまり好きじゃないのだろう、とぼくは思っていた。なにしろ、おもがいをしっかりつかんでいたのは未亡人で、ぼくたちではなかったからだ。

「乗りなさい」未亡人が馬車を指さした。「ジェイコブはいつも、黒人を荷台に乗せて、麻袋《あさぶくろ》の下にかくしていたわ。ジェイコブの物に気をつけて。どれも上等な物ですからね」

ぼくには、未亡人がいった〈上等な物〉がなになのかわからなかった。馬車の荷台には、地下室と同じように、道具や樽《たる》や薪の束や汚《きたな》い干し草が乱雑にのっていた。上等な物や立派な物などひとつもなさそうだ。

「ここにかくれろ」ハリソンが小声でいいながら、山のように積んであった古い麻袋を振ると、しなびて茶色くなったりんごが落ちて、あちこちにころがった。「わしは、あっちの干し草の下にかくれる」ハリソンがぼくのほうに体を寄せて、いった。「なにか起こって、途中《とちゅう》で止められても、そこにじっとかくれて、ひと言もしゃべるな。しなきゃならんことがあったら、このハリソンがする。わかったな？」

テイラー未亡人が馬車の横にきた。

「もう出発するばかりになっているのよ」未亡人が大きな声でいった。「ぐずぐずしていると、遅《おそ》くなります」

「わかりました、奥様《おくさま》。急ぎます」ハリソンは未亡人に答えてから、ぼくにいった。「サミュエル、麻袋の下に入れ」ハリソンが袋をもちあげて、ぼくをにらみつけた。ぼくは、山積みになった袋の下にもぐりこむしかなかった。土と腐《くさ》ったりんごのにおいがぷんぷんするうえ、ちくちくしたが、ほかにどうすることもできない。

「毎週木曜日の夕方、女性たちが、プライ牧師の教会の〈祈禱《きとう》と讃美歌《さんびか》の会〉に出席しています」未亡人がハリソンにいった。「先週、ジェイコブは馬車に乗りこんで、わたしたちの会が終わるまでジュープの世話をしてくれました。そして、祈禱の声も歌声も、とても美しくてすばらしかったとほめていました」

ぼくの体を震《ふる》えが走った。テイラー未亡人が、亡くなったご主人が生きているかのように話しつづけたからだ。

「昨日の晩、地下室で、ジェイコブを見ましたか?」未亡人がハリソンにたずねた。「ジェイコブは、あなたになにかいった?」

「ええと」ハリソンが咳《せき》をした。「見てません。わしらはぐっすり眠《ねむ》ってたもんで」

「わたしは、昨日の晩、ジェイコブと話しました。そのとき、あなたを見にいくといっていました。それで、少年を連れた黒人の老人だとおしえました。ほんとうにジェイコブと話さなかったの?」

ぼくは、まえの晩に未亡人がすすり泣いたり、声をあげて泣いたりしていたことを思い出した。けれど、ほかの声はきこえなかった。ジェイコブの声も、ほかのだれの声も。

「話したかもしれません」ハリソンが不安げに答えた。

「夫はいい人でしょう?」

「はい、奥様」干し草の下から、ハリソンのくぐもった声が答えた。「そのとおりです」

「さて、プライ牧師の教会に着いて、讃美歌がきこえはじめたら、馬車からおりて、建物をぐるっとまわり、スグリの脇《わき》にある通用口までいきなさい。スグリがなにかわかりますか？」

「はい、奥様」ハリソンがまた答えた。ぼくは、リリーの小屋の裏にある、大きなスグリの茂みのことを考えた。すっぱくて赤黒い実をたくさんつける。「人生そのものじゃないかね？」その横を通るたびにリリーはくすくす笑った。「実はおいしそうに見えるけどすっぱいし、枝は棘《とげ》だらけだ」

テイラー未亡人は、話しつづけた。「あなたとその子は、スグリの茂みの横の通用口からこっそり入らなくてはなりません。そのうち、プライ牧師があなたたちを見つけて、ちゃんと世話をしてくれます。牧師様は、大勢の黒人を救ってきました」そこで言葉がとぎれ、馬車がきしみをあげた。未亡人が馬車の座席にのぼったようだ。手綱《たづな》がゆるんでほどけるような音もした。

「出発しますよ、いいですね？」未亡人がハリソンにきいた。

ハリソンの返事はきこえなかったが、そのあと、馬車がガタンとゆれながら前に動いた。こうして、ぼくたちは、出発した。ぼくは、ポケットに入れてある母さんの灰色の毛糸をにぎった。

不思議にきこえるかもしれないが、そのときのぼくは、ほんものの教会を見たことがなかった。

第十八章

気の毒な黒人同胞《どうほう》

教会に着くまでずっと、テイラー未亡人は、亡くなった夫に、わけのわからないことを話しかけていた。麻袋《あさぶくろ》の下にかくれていてもきこえるくらいはっきりとした声だった。

「ジェイコブ」未亡人は突然《とつぜん》馬車を止めて、いった。「おねがい。馬車をおりて、道の上にいるのがとぐろを巻いたヘビかどうか見てきてちょうだいな」また、馬車の車輪が轍《わだち》に深くはまってしまったときには、こういった。「ジェイコブ、あの左の車輪の下に横木を入れてくださるかしら」けれど、そのあと、ため息と、座席からおりる音につづいて、未亡人が自分で車輪の下に板を入れているらしい音がきこえてきた。

馬車は、止まったり、動いたり、轍にはまったりしながらのろのろ進み、出発してから一週間以上たったのではないかという気がした。麻袋の下にいると、肌《はだ》がむずむずした。そのうえ、腐《くさ》ったりんごのせいで、できるだけ息をつめていなくてはならない。ようやく着いたときには、ずいぶん暗くなっていた。ハリソンがそばにはってきて、ぼくの袋をもちあげると、小声でいった。「サミュエル、出ろ」

馬車の正面に、白レンガでできたかなり大きな建物があった。塩の塊《かたまり》を夜空に向かって重ねたような建物だった。細長い窓が三つ、夕ぐれを見つめている。窓ガラスのむこうで、ロウソクの火がちらちらとゆれていた。あいている窓から、たよりない細い歌声が流れてきた。

「急げ、サミュエル」ハリソンがけわしい声でいった。「あの未亡人はもうなかに入ってる」

馬車からおりて、白人たちのしゃれた教会にそっと近づいていくとき、なんだか不思議な感じがした。ぼくとハリソンはかがんだまま、テイラー未亡人の馬車の側面に沿って進み、次にべつの馬車の側面に沿って進んだ。庭につながれている馬たちが動いて、落ちつかなげにいないた。暗闇《くらやみ》のなかで、馬車の引《ひ》き綱《つな》の鎖《くさり》ががちゃがちゃ音をたてる。教会の扉《とびら》までたどりついたら、パトロールの白人たちが暗がりから飛びだしてくるのではないか、教会の建物がくずれおちて、ぼくたちの足元に塩の山ができるのではないか、と思った。

ところが、実際に起こったことはこうだ——通用口の扉がしっかりとしまっていて、ハリソンは開けることができなかった。

「さて——」ハリソンは夜空を見あげ、馬車や馬でいっぱいの庭に目をやった。「これは、入れということか、それとも、外にいろということか？」ハリソンが首を振《ふ》った。「サミュエル、今夜、神様はあまり話しかけてくださらんな」

ハリソンが扉に肩《かた》を当て、もう一度押《お》した。すると、こんどは、扉が突然勢いよく開き、ぼくたちは倒《たお》れそうになった。

入ったところは、小さな部屋だった。ふたつの石油ランプがともっている。見たところ、お金持ちの白人の部屋のようだった。上等な品でいっぱいだ。そばにあるつやつやした木のテーブルの上には、何冊もの本と、羽ペンと、紙がちらばっていた。ぼくとハリソンは急いで、そのテーブルの裏にしゃがんだ。扉を開けたときに死者をも起こしてしまいそうな大きな音をたててしまったからだ。

けれど、だれも部屋に入ってこなかった。ぼくたちをつかまえようと飛びこんでくる人はいなかった。

ハリソンがゆっくりと背を伸《の》ばして首を振り、「やれやれ」とため息をついた。

ぼくは、テーブルの上のものに目をひかれた。

テーブルのまんなかに、ものすごく大きな本があった。まるで、木の幹が裂《さ》けてひらいているみたいだ。ぼくは身をのりだして、本を見た。ひらいた本の片側のページには、雑草のようにびっしりと文字が書かれていた。反対側のページには、インクで絵が描《か》かれていた。とても生き生きとした絵で、今にも動きだしそうだ。その絵には、翼《つばさ》のある白人がふたり描かれていた。ふたりは、長いあごひげのある老人の上を飛んでいた。老人は、おびえたようにふたりを見あげている。飛んでいる白人たちは、空から老人のほうへ手を差しのべている。その手は、まるでほんもののようにやわらかそうで、ぼくはそのページにふれて、絵だということを確かめずにはいられなかった。

「こんなに大きな本は見たことがない」ハリソンがひそひそ声でいいながら、近づいてきた。

「まるで、神様から直接送られてきたみたいだ」

「これは、白人の聖書？」ぼくはハリソンにきいた。

「かもしれんな。そう見える」

ぼくは、文字が書いてあるほうのページを指でなぞった。

「リリーの聖書とまるでちがう」ぼくはいった。

「そりゃそうだ」ハリソンが鼻を鳴らした。「白人たちは、大きくて上等な白人用の聖書をもっとる。わしらは、わしらの聖書をもっとる」

壁《かべ》のむこう側では、女の人たちのかぼそい歌声がつづいていた。ハリソンがにやりとした。

「あの歌声ときたら、まるで、弦《げん》が一本しかないバイオリンみたいだな。しかも、調子っぱずれときてる。ああ、そうとも」ハリソンは、自分の脚《あし》をぴしゃりとたたき、首を振りながら声をたてずに笑った。

そのあと、その情けない歌声がしだいに小さくなって消え、女性たちが教会から出ていく音がきこえてきた。ぼくとハリソンは、テーブルのうしろでうずくまり、すべての足音をきいていた。せかせかとした足音。引きずるような足音。歩きはじめてから立ちどまる足音。足音が遠ざかったあと、部屋の扉が勢いよくひらいた。

「主をおそれるものはさいわいである」大きな声がした。ぼくは、テーブルの縁《ふち》から目をあげながら、白人の聖書の絵のような、長い服を着て翼のある神様が立っているのではないかと半分本気で思った。けれど、背の低い、白髪頭《しらがあたま》の男が戸口に立っていた。そばに、その人より若い、ふうがわりな男がいる。

「プライ牧師だ」白髪頭の人が自己紹介《じこしょうかい》をして、ぼくたちのほうへひょこひょこ近づいてきた。「ようこそ、気の毒なわが兄弟――わが黒人同胞《どうほう》たちよ」

牧師がもうひとりの人に手を向けた。「こちらは、見習いのキープハートさん。さあ、キープハートさん、おずおずしていないで、前に出て」

キープハートさんは、ほうきにする藁《わら》みたいにやせていて、セスのドミノと同じくらいの大きさの前歯がつきでていた。ぼくたちに向けた笑顔は親しげだった。

牧師は、ずりさがった眼鏡《めがね》の上からぼくを見た。「どうやら、きみは、このまえの土曜の晩に、ケンタッキー州ブルーアッシュの所有者から逃《に》げた黒人少年、サミュエルのようだね」

ぼくは、首のうしろがちくちくした。どうして、ぼくの名前やぼくたちが逃げてきた場所を知ってるんだろう？

「そして」牧師がハリソンのほうを向いた。「あなたが、七十歳前後の老ハリソンにちがいない。たいそう足の具合が悪くて、歩みが遅《おそ》い、と所有者がいっている――」

牧師の黒くて鋭《するど》い目が、まばたきもせずにぼくたちを見つめていた。「そのとおりかな？　まちがいないかね？」

ハリソンはなにも答えない。

心臓がどきどきした。

「わたしは、すべてにおいて正直であることを求める。神の家には、不正直な者のいる場所はない」牧師が拳《こぶし》でテーブルをとんとたたいた。「さあ、ありのままに話して」

「そのとおりです」ハリソンが低い声でもごもごと答えた。「わしとサミュエルです」

「神は、正直な者に報い、それ以外の者を打ちたおす」牧師はテーブルの前にすわり、羽ペンを手にとった。「そのことを忘れないように」

部屋のなかが静まりかえった。ぼくはつったったまま、どうしたらいいのかわからなかった。話してもいないのに、ぼくたちのことを知っている見知らぬ人たち。ぼくたちは、つかまってしまったんだろうか？

ハリソンが咳《せき》ばらいをした。「どうしてわしらの名前を知ってなさる？　だれかがわしらのことをさがしまわってるんで?」

プライ牧師は、折りたたみの小型ナイフで羽ペンの先をけずった。「昨日の午後、脱走《だっそう》した奴隷《どれい》を追っているというケンタッキーの人間が三人、町にいた」牧師は、下を向いたまままいった。「キープハートさんが、息子をふたり連れた年配の黒髪《くろかみ》の男性と話をした。息子のひとりはがっしりした大きな男で、もうひとりは赤毛でまだ若かったそうだ――」

ぼくは、のどがしめつけられるような気がした。キャシアスとセスだ。

「三人は、脱走した老人と少年について新聞などに広告を出している」牧師は羽ペンを光にかざした。「三人の名はハックラー。三人がそう名のるのをキープハートさんがきいたそうだ」

ハリソンが話に割りこんだ。「三人はまだいるんで?」ハリソンは、ぎらぎらした目で部屋を見まわした。「今日、三人を見なさったんで?」

キープハートさんは首を横に振り、プライ牧師は鼻をすすって、眼鏡の縁の上からハリソンを見た。「神の家には、恐《おそ》れるものなどなにもない。神は常に、迫害《はくがい》される者を保護なさるのでね」

けれど、牧師はハックラー旦那様《だんなさま》を知らない。迫害されていようといまいと、ぼくたちが恐《きょう》怖《ふ》を感じる相手だ。旦那様とキャシアスは、ふたりともそういう人間だ。猟犬《りょうけん》の一匹が逃げたとき、ハックラー旦那様ははるばる隣町《となりまち》まで追いかけていった。石をひとつひとつ裏返して、さがしているものを見つけようとする人間だ。

「サミュエル、近くにきなさい」牧師がランプの火を大きくすると、炎《ほのお》がちらちらゆれながらランプの上にはみだした。「年齢《ねんれい》をいいなさい」

ハリソンが手を伸ばして、ぼくの腕《うで》をしっかりとにぎった。「サミュエルは十一歳《さい》です。春になったら、十二になります」

「サミュエル。十一歳」牧師がくりかえした。羽ペンで、紙になにかを書いている。文字が、クモの巣の長い糸みたいに見えた。

「母親はいるのかね？」牧師がハリソンにきいた。ぼくが声を出すこともできないとでもいうように。

ハリソンが首を横に振った。「売られました」

牧師が舌うちをして、キープハートさんをちらっと見た。「気の毒な子だ」ペンが紙の上でがりがりいう。それから、牧師はぼくに、もっと近くに寄るようにいい、だまったまま長々とぼくを見つめた。

ぼくが考えていることをなにもかも見ぬいてしまうのではないか……牧師の白い鼻のことを、見たこともないほど細い鼻だと思っていること……目の上につきでたぼさぼさの眉毛《まゆげ》を綿みたいだと思っていること……白人用の見知らぬ教会にいるなんていやだと思っていること……牧師とキープハートさんが出ていってくれたらいいのにと思っていること……そんなことがすべてわかってしまうのではないかと不安に思った。

　牧師はまた紙の上にかがみこみ、インクをひたしたペンで紙に文字を記した。ペンが紙を引っかき、音をたてる。囲いのなかにいる雌鶏《めんどり》の声みたいだ。牧師がぼくのよくない考えをひとつまたひとつと書いているにちがいないと思うと、もうじっとしていられなくなった。

「その紙になにを書いてるんですか？」ぼくはきいた。

　牧師は、インク壺《つぼ》にペンを入れた。「教会の会衆のためにちょっとした話を書いているんだよ」

　そういうと、牧師は紙を手にとり、はっきりわかりやすく読んだ。

「われわれの四十五人めの訪問者は、サミュエルという十一歳の少年である。淡《あわ》い栗色《くりいろ》の肌、目のぱっちりした整った顔立ちをしている。奴隷の子どもにありがちなことだが、ほとんど話さない。サミュエルは、ケンタッキー州の所有者のところから逃亡《とうぼう》してきた。所有者は、サミュエルがまだ幼いころにサミュエルの母親を売った。そのため、サミュエルはつらい人生を歩むこととなった。道徳的に立派な少年であると思われるサミュエルは、ハリソンという老奴隷とともに北へ向かって旅してきた……」

　牧師がぼくの物語を語っているのをきいて、とても奇妙《きみょう》な感じがした。まるでぼくがそこにいないかのように、「サミュエルはこうだ、サミュエルはああだ……」と話している。ハリソンやリリーと同じように、牧師がぼくを育てたのだとでもいうように。

実際、ぼくのことをひと言でも書いた人など、それまでいなかった。白人は白人のことを書くが、黒人には〈書くということ〉が必要なかった。だから、なぜ牧師がぼくのことをわざわざ書こうとするのかわからなかった。それでいて、そんなふうに牧師が語りつづけるのをきいていると、自分が今より六十センチほど背丈《せたけ》の伸びた白人になったような気がした。

ハリソンが片手を伸ばして、ぼくをうしろに引きもどし、牧師のランプの明かりの外に出した。「どうして、サミュエルのことを書きなさる？　わしらは全然読めんのです」ハリソンは、牧師とキープハートさんをにらみつけてから、目を閉じた。

牧師はずりさがっていた眼鏡を直し、きつくなりすぎたとでもいうように黒いネクタイをぐいとゆるめた。「この子にもいったように、わたしは会衆のために書いている」

「信じられん」ハリソンは首を振った。「そうとも。正気の白人は、わしらみじめな黒人の話なんぞ、きこうとは思わん。そうですとも、牧師さん」

「ところが、きくのですよ」

全員が声のほうを向いた。キープハートさんがようやく口をひらいたのだ。

「プライ牧師は会衆に、この教会が救っている黒人同胞《どうほう》――神の子どもたちである黒人の兄弟姉妹《しまい》――のことを語っているのです。黒人同胞を試練と絶望から救出しているのだということをきかせているのです。会衆のなかには、南部の奴隷所有者の息子《むすこ》や娘《むすめ》もいますが、そうした人々まで、プライ牧師の話に涙《なみだ》するのです」

ハリソンが唇《くちびる》をぎゅっと結んだ。「まったく理解できん」

「会衆は」牧師が羽ペンをもった手を振ったものだから、テーブルの上にインクのしずくが飛びちった。「あなたがたのような気の毒な黒人同胞を、自分たちと同じ人間であると考えている。わたしは、会衆にこう話す。すべてのことがらに主のご意志が働いているのだと。わたしたちがもっとも気の毒な人々に良きおこないをすることは、もっとも偉大《いだい》な方のためにすることになるのだと……」

ぼくは、プライ牧師みたいにぺらぺらと話しつづける人と出会ったことがなかった。牧師は、きいたこともないような奇妙な言葉を使い、聖書の絵のなかで飛んでいる白人みたいに腕を振りながら話している。ぼくには、わけのわからない話し方だった。それでも、ぼくは、こう思った――牧師さんが紙になにを書いてるかわからないけど、ぼくたちが困ることにはならないだろう。というのも、プライ牧師がキープハートさんにひと言も口をはさませずにしゃべりつづけているそばで、キープハートさんはずっとにこにこしてうなずいていたからだ。

ハリソンは、牧師をじっと見つめていた。いろいろなことをじっくり考えているようだ。と、ハリソンがテーブルに近づいて、いった。「ちょっと……その紙にわしのことも」ハリソンが指で紙をたたいた。「書きなさるのかね」

けれど、プライ牧師は、椅子《いす》をうしろにずらすと、立ちあがった。「もう遅いし、わたしにはほかにもしなくてはならないことがある。あなた方のことは、この有能なキープハートさんに任せよう。書くのがうまいし、今夜あなたがたが困らないよう必要な世話をしてくれる」そういったかと思うと、牧師は上着を着て、扉からすばやく出ていった。

牧師が出ていったあと、キープハートさんはぼくたちの前にすわった。シャツの胸一面にパンくずがついていた。着古した上着の袖《そで》も、ひじがかろうじてかくれるくらい短い。

「会えてうれしいですよ」キープハートさんは、ハリソンに向かってうなずき、ドミノみたいな歯を見せて笑った。「いくつか質問をしてもいいかな――」

ところが、実際には、たくさんの質問をした。百以上もあったのではないかと思うほどだ。

これまでに、何人の所有者のところにいたのか？　その人たちは、どんなふうだったか？　所有者たちは、ときどき教会に行かせてくれたか？　ひどいあつかいを受けたか、そうではなかったか？　ちゃんとした食事と、冬用の温かい服と靴《くつ》を与えてくれたか？　なぐられたり、鞭《むち》で打たれたりしたことはあるか？

プライ牧師の会衆が黒人の人生に興味をもつなんて、とても妙だという気がした。キープハートさんがハリソンのことを丸々紙一枚使ってあれこれ書いたと知ったら、ハックラー旦那様とキャサリン奥様《おくさま》は発作《ほっさ》を起こして倒《たお》れるだろう。キープハートさんは、ハリソンの背中の傷跡《きずあと》を見てもいいか、とまでいった。

「わざわざ見るようなしろものじゃない」ハリソンは唇《くちびる》をぎゅっと結んで、キープハートさんをじっと見た。「だが、見たいっていいなさるんなら、お見せしますよ」ハリソンは立ちあがると、上着を脱《ぬ》ぎ、シャツをもちあげて、キープハートさんに見せた。ぼくは、テーブルを見つめたまま目をあげずに、キープハートさんの声をきいていた。「なんてむごい、なんてむごい――」

が、つづいて、ハリソンのおだやかな声がきこえた。「さて、それじゃあ、そちらさんの背中も見せてもらいましょうか、キープハートさん」

第十九章

埋葬《まいそう》されて

キープハートさんの背中は羽根をむしられたニワトリのように白く、一本ずつかぞえられるほど肋骨《ろっこつ》がうきあがっていた。顔が真っ赤になっている。

「なにもないよ」キープハートさんは、ゆっくりと上衣《うわぎ》を脱《ぬ》ぎ、シャツをもちあげた。「ぼくは鞭《むち》で打たれたことがない……われらの、われらの、われらの」キープハートさんは顔をますます赤くした。「すまない、つまり、われらの黒人同胞《どうほう》の一部の人のように。あなたがたのいた土地で人々がしていることは、ひどい。そう、とてもひどい……」キープハートさんは口ごもった。

「牛や馬や犬のように打たれたことがない？」ハリソンの目が炎《ほのお》のようにぎらぎらした。「腹がへり、夜、魚を釣《つ》って鞭で打たれたことがない？　旦那様《だんなさま》のところから脱走《だっそう》して、三十九回も鞭で打たれたことがないと？」

「ない。そう、ない」キープハートさんは腰《こし》をおろすと、テーブルを見つめた。

「それじゃあ」ハリソンが身をのりだして、指でぐいと紙をついた。「このご立派な紙にわしの背中が傷だらけだと書いて、あんたの会衆にそのことを話したとしても、鞭打たれる痛みは、同じ経験をしたことのない人らにはわからんでしょうな。そうじゃないですかね？」

キープハートさんは、そのとおりだと思うと答えると、インク壺《つぼ》にペンをつっこみ、「今夜はもう、書くのはやめよう」といった。

ハリソンは、やさしそうなキープハートさんが真っ赤になるようなことをいった。それを見ていて、ぼくはいやな気持ちになった。リリーが、いつもいっていた――白人になにをされようと、礼儀《れいぎ》正しく話さなきゃいけないよ、と。それで、ぼくは、キープハートさんに、紙になにを書いたのかきかせてほしいといった。

けれど、ハリソンはまるで古い切り株みたいに頑固《がんこ》だった。

「キープハートさんが書いたことなんぞ、きく必要はない」とけわしい声でいう。「わしは、自分が他人にどう見えるか知ってるし、自分がどこからきたかも知ってるし、自分がどんな経験をしたかも知ってる。ぜんぶわしの頭んなかに入っとる。だから、文字で――わしにはまるで読めない文字で――紙にどんなことを書いたのか、白人からきかせてもらう必要なんぞない。サミュエル、紙のことはほっとけ。この人は、これ以上わしらのことは書かん」

ハリソンは、部屋のなかを見まわした。「わしとサミュエルは、どこで寝《ね》たらいいんです？」

ハリソンがキープハートさんにきいた。

「ああ、そうそう」あわてて立ちあがったキープハートさんは、倒《たお》れそうになった椅子《いす》をつかんだ。「ずいぶん遅《おそ》くなった。寝る場所に案内しよう」

キープハートさんに連れられて、扉《とびら》のむこうの白人の礼拝堂に入ったぼくは、自分の目が信じられなかった。ハックラー旦那様の納屋《なや》のなかと同じくらい広い。キープハートさんが石油ランプをかかげて、会衆席の白いベンチや、赤と緑と黄の縞模様《しまもよう》の上等なじゅうたんを見せてくれた。

「上を見てごらん」キープハートさんが指さした。

頭の上には、大きな鉄製のランプが天井《てんじょう》からさがっていた。思わず、黒いクモがあおむけになって、脚《あし》の一本一本に白いロウソクをもっているところを思いうかべた。

「このシャンデリアの下に」キープハートさんが重々しい口調でいった。「逃亡《とうぼう》してきた気の毒な幼子《おさなご》が埋葬《まいそう》されている」

心臓がのどまではねあがったような気がした。

「母親に抱《だ》かれた女の子がプライ牧師のところにきたんだ。気の毒な子だった。まだほんの赤ん坊だったが、すでに死にかけていて、助けることができなかった。それで、プライ牧師は、幼い黒人の子どもがきちんと埋葬されるよう取りはからった。その子は、ここに埋葬された」

キープハートさんは、片方の足で床《ゆか》をたたいた。「あなたたちが立っているその場所に。教会の下だが、ここなら、永遠に守ってもらえる」

ぼくとハリソンは石のように言葉をなくし、ただ足元を見つめていた。

神様――ぼくは心のなかでいった――このきれいな白人の礼拝堂のなかは、とっても居心地がいいです。でも、ずっと守ってもらえるとしても、ここで永遠の眠《ねむ》りにつくのはいやです。

キープハートさんは、不安げに咳《せき》をした。

「そのう……心配させるつもりはなかったんだ。ただ、ええと……あなたたちが知りたいかもしれないと思って……ええと……つまり、ほかの黒人同胞のことを……」キープハートさんのそばかす顔がまた赤くなった。「上掛《うわが》けを何枚かもってこよう」

キープハートさんは、ランプをもってプライ牧師の部屋に急いで行くと、腕《うで》いっぱいに古いキルトの上掛けを抱《かか》え、半分ほどになったパンの塊《かたまり》をもってもどってきた。

「ここで休むといい」キープハートさんは、会衆用のベンチのひとつにキルトを積みあげた。

「おなかがすいているかもしれないと思って、残りもののパンももってきた。それから、これも」キープハートさんは、ぼくの手に、サトウキビのキャンディを押《お》しつけた。「サミュエル、ちょっとしたプレゼントだ。きみが好きなんじゃないかと思ってね」

ハリソンが腰をおろして、大きなため息をついた。「ありがたい。キープハートさん、夜のあいだ、わしらだけで大丈夫ですよ」

「わかったよ。ふたりとも、ぐっすり眠るんだ。神のお恵《めぐ》みを」キープハートさんは口ごもり、そのままむきを変えて出ていこうとした。が、扉のところで、振《ふ》りむいて、またたいているランプをかかげ、ぼくたちににっこりほほえんだ。「それから、心配はいらないよ。プライ牧師は日曜日までここで説教はしないからね。もっとも、牧師が説教しているときのほうがよく眠れるといっている者もいるがね」

キープハートさんは、ひとりでくすくす笑いながら外に出て、扉をしめた。

静かな暗い白人の教会のまんなかに取りのこされて、奇妙《きみょう》な感じがした。ベンチにすわっていたハリソンが立ちあがる音がした。ハリソンは、足を引きずって、ベンチのあいだの通路を歩きはじめた。

「どこにいくの？」ぼくは大きな声できいた。

「見たいもんがある」

「なに？」

「サミュエル、おまえは寝ろ」不機嫌《ふきげん》な声だった。「さっさと寝て、わしのことにはかまうな、わかったか？」

けれど、ぼくは、静かな礼拝堂にひとりでいるのがいやだった。しかも、頭の上には、鉄のクモがぶらさがっているし、床の下には赤ん坊が埋葬されている。それで、ぼくは、ハリソンのあとをそっと追った。プライ牧師の小さな部屋では、まだ石油ランプの炎がゆれていた。ハリソンはテーブルの脇《わき》に立って、紙きれを集めていた。

「ハリソン、なにかさがしてるの？　ぼくが見つけられるかもしれないよ」ぼくは、部屋のなかにすっとすべりこんだ。

ハリソンがため息をついた。「サミュエル、どうしておまえはいつもわしのあとを追ってくる？　やれやれ、おまえときたら、わしをひとりにさせてくれん」ハリソンが顔をあげて、ぼくをにらんだ。「わしがなにをしてるか知りたいか？」

ぼくはうなずいた。

「その口をしっかりつぐんでおいたほうがいいぞ」ハリソンがぼくに向けて指を振る。「このことは、ひと言も話すんじゃないぞ」ハリソンは、にぎった紙を振った。紙には、キープハートさんとプライ牧師のクモの巣のような文字が書かれている。「この紙を盗《ぬす》もうとしてるとこだ。こんなもんがあったら、ろくなことはないからな」

「どういうこと？」

「わしとおまえのことを白人に読まれたくない。考えてたんだ。もしハックラー旦那様やキャサリン奥様《おくさま》がこれを読んだら、もしパトロールの連中のだれかが読んだら、連中は、まちがいなくノスリ*みたいにわしらを襲《おそ》ってくる」

ぼくがまるで思いつかなかったことだった。

「何年も何年もまえのことだ、最初の旦那様がわしを売るまえになにをしたか知ってるか？ きのうのことのようにはっきりとおぼえとる——」ハリソンはつづけた。「旦那様は、上等な羽ペンを出して、紙になにか書いた。そのあと、ハックラー大旦那様《おおだんなさま》がわしを買うときに、また同じことをした……サミュエル、わしがなにをいいたいかわかるか？ わしは、紙に書いたものが嫌《きら》いだ。紙に言葉を書くと、ろくなことが起こらん」ハリソンはランプを消すと、紙をもって、礼拝堂にもどった。

「それをもって歩くの？」

「むろん、そんなことはせん」ハリソンは鼻を鳴らした。

そういうと、ハリソンは、半分ひらいていた窓まで歩いていき、何枚もの紙を細かく破いて、闇《やみ》のなかに放りなげた。ぼくは、ひどくびっくりして、紙きれがひらひらと飛んでいくのを見つめていた。生まれてからこの日までのぼくの物語、だれかが初めて書いてくれたぼくの物語が、夜風に乗ってどこかに行ってしまった。

＊ノスリ……タカ科の鳥。ホバリングから急降下して獲物《えもの》をとる。

第二十章
泣きわめく

その晩、ぼくはなかなか寝《ね》つけなかった。キルトを山のように敷《し》いても、ベンチは川の岩のように硬《かた》かった。それに、こんなに大きな礼拝堂で寝るなんて、いやだった――たくさんのガラス窓がこちらをのぞきこんでいるようなところでは。ぼくは、ハックラー旦那様《だんなさま》とキャシアスのことを考えた。暗闇《くらやみ》のどこかでぼくたちをさがしたり、ぼくたちのことを書いたビラをあちこちの木や納屋《なや》に貼《は》りつけたりしているのだろうか。ふたりは、だんだんに捜索《そうさく》の輪をせばめて、こっそり教会に近づき、ぼくたちをつかまえようとしているかもしれない。

ぼくはため息をつきながら、キルトを全部、床《ゆか》へ引きずりおろした。

「サミュエル、おまえか？」ハリソンがもごもごいうのがきこえた。「ごそごそするな。坊主《ぼうず》、静かに寝るんだ。わしの我慢《がまん》も限界だ」

床の上で、からまりあったキルトを平らにすると、ぼくはそのあいだにもぐりこんで、必死に目を閉じていようとした。努力しないと、三十秒ごとに目を開けて暗い窓を見てしまいそうになる。けれど、目をつむっていると、こんどは、キープハートさんが話してくれた赤《あか》ん坊《ぼう》のことが頭にうかんできた。そして、ひどく生々しい夢を見た。赤ん坊ではないだれかが白人の教会の床下に埋葬《まいそう》される夢だった。

《教会のなかはまっ暗だったが、牧師とキープハートさんがぼくをゆすって起こそうとしていた。「サミュエル、起きろ」ふたりとも、奇妙《きみょう》な表情をうかべている。「起きるんだ。きみが起きたら、床下への道がひらける」

ぼくは、なにかやっかいなことが起こったのかとききつづけたが、ふたりはただ首を横にふり、縞模様《しまもよう》のじゅうたんをくるくると巻いていった。やがて、人の大きさくらいの床板が見えてきた。すると、牧師とキープハートさんは、教会の床板を大きく四角に切りとりはじめた。板を切るのこぎりの刃《は》が鋭《するど》くおそろしい音をあげるので、ぼくは耳をおおわずにはいられなかった。

四角い切れ目ができると、ふたりは床板をもちあげて、脇《わき》におき、ぼくになかをのぞくようにと声をかけた。ぼくは、穴の縁《ふち》から身をのりだした。最初はなにも見えなかった。そのうち、星や雲や月らしきものが見えてきた——まるで、地面に向かって穴をあけたのではなく、夜空に向かって穴をあけたようだった。

「サミュエル、どきなさい」牧師が静かにいった。「この気の毒な人をなかに入れなくてはならない」

見あげると、ふたりが灰色の毛布に包まれたものを抱《かか》えていた。包みは人間の形をしている。大柄《おおがら》な人間。キープハートさんが頭のほうを抱え、牧師が足のほうを抱えている。重いのだろう、ふたりの背が曲がっている。

「だれかが死んだの？」ぼくは、おそろしくてたまらなくなった。

牧師が悲しげな顔をして、ぼくを見た。キープハートさんは顔をそむけた。

「死んだのはだれ？」ぼくの声が大きくなる。「だれが死んだの？」

「きみの友だち、あの老人だよ」牧師が静かに答えた。「お気の毒に……」

それから、ふたりは灰色の包みを暗い穴のなかにおろして、手を放した。包みが回転しながらゆっくりと落ちていき、小さく遠くなっていく。「ハリソン、ハリソン！」泣きさけぶぼくを、牧師とキープハートさんがつかんでいた》

「どうして床に寝て、悪魔《あくま》につかまったみたいにさけんでる？」ハリソンがぼくの腕《うで》をつかんで、はげしくゆすった。「サミュエル、わめくんじゃない！　だいじょうぶ。ただの夢だ。ほれ、起きろ」ハリソンがまた、ぼくをゆすった。「起きろ！」

心臓がどきどきした。目を開けようとするが、まぶたがレンガみたいに重い。

「ぼくたち、まだ教会のなか?」ぼくは小声できいた。

ハリソンが長々とため息をついた。「わしの知るかぎりではな。だが、わしはまったく眠《ねむ》れんかった。ああ、まるで眠れん」

ぼくが目を開けると、ハリソンが意地の悪い目つきでにらんでいた。やっかいごとを引きおこすぼくがますますお荷物になっている、というように。

夢を見たときに、リリーはいつも、なんていってたろう。ぼくは思い出そうとした。夢のことを口に出していうとよくないことが起こるのか、それとも、だまっているとよくないことが起こるのか、どっちだったろう?

「なにもかも、まるでほんとうに起こってるみたいだったんだ」ぼくはハリソンにいった。

ハリソンが、疲《つか》れたようすで首を横に振《ふ》った。「ふん、そうだろうとも」

「あの人たちが床に穴をあけて、教会の床下にだれかを埋《う》めたんだ。キープハートさんがぼくに話してくれた赤ちゃんみたいに。ふたりは、まず、床に大きな穴をあけて、なかに人を入れたんだ。それで、ぼくはふたりにやめさせようとした。ぼくはけとばしたり、さけんだりしたけど、ふたりはきこうとしなくて……」

ひとつだけいわなかったことは、ふたりが埋葬しようとしていたのがハリソンだということとだ。

ハリソンが唇《くちびる》をぎゅっと結んだ。「わしにいわせれば、悪夢なんぞ信じないようにならんとな。サミュエル、少し成長してもいいころだ」ハリソンは、教会の椅子《いす》に、またもたれかかると、目を閉じた。「おまえの頭には、ありもしないものが入りこむってことを忘れとった。わかっててもよかったのにな」

想像がふくらんで、ありもしないものを作りあげてしまう自分を、恥《は》ずかしく思った。まるで、頭のなかに雑草が生えてくるみたいだ――庭よりももっとはびこっている。

「もうたくさんだ」ハリソンが目をこすった。「もう夢を見るな、わかったか？　わしもお前も少し眠らんと」ハリソンは立ちあがると、足を引きずりながら自分のベンチにもどった。

「二度とわしを起こすなよ」ハリソンが暗闇のなかからさけんだ。

ぼくは、キープハートさんからもらったキャンディを口に入れ、そのあとは、夢も見なければ、床から動くこともせずに眠った。やがて、朝になって、だれかの手でゆりおこされた。不思議なことに、ぼくの肩《かた》をゆすったのは、茶色い肌《はだ》をした女の手だった。

第二十一章

ハムと、卵と、やかんさん

「ほら、起きな。どんどん時間が過ぎるよ」声がした。

最初、ぼくは、リリーの声だと思った。ぼくを起こして、乳しぼりをさせたり、たきつけの枝を割らせたり、灰の入ったバケツを外に運ばせたりするつもりなのだと思った。けれど、赤い布を頭に巻いた大柄《おおがら》な黒人の女が、腰《こし》に手を当てて、ぼくを見おろしていた。

「おはよ」その人がぼくのほうに顔を近づけて、いった。二つの目がそれぞれちがう場所を見ている。一方の目はぼくの顔を、もう一方の目はぼくの頭のてっぺんを見ているみたいだ。

「あんたの名前はサミュエルだってきいたけど、そうかい？」

「はい」ぼくは小声で答えた。

「なんだって？　空気がヒューヒューいう音しかきこえないよ」

「はい」ぼくは、声を大きくして答えた。

「ふん、さっきよりましだ」その人はうなずくと、太い腕《うで》を組んだ。「あたしにも名前があるけどね、あんたが呼ぶのはその名前じゃない。あたしのことは、〈やかんさん〉と呼ぶんだ。やかんさん。これはほんとの名前じゃない。勝手に作った名前だよ」やかんさんは、念を押すようにいった。「あたしの亭主《ていしゅ》にも名前があるけど、あんたは彼のことを〈ハム〉と呼ぶんだよ。で、あたしの犬は、〈卵〉」

なにをいっているのか、さっぱりわからなかった。プライ牧師とキープハートさんは、どこに行ったんだろう？　この女の人はだれなんだろう？　どうして自分のことを〈やかんさん〉なんて呼ぶんだろう？　それに、どうして、この人は、ぼくやハリソンといっしょにこの教会にかくれてるんだろう？

ハリソン。

心臓がどきんとした。ぼくは、体を起こすと、ハリソンが寝《ね》ていた白いベンチのほうを見た。まだ薄暗《うすぐら》かったが、ベンチにだれもいないことは見てとれた。

恐怖《きょうふ》でいっぱいになった。ぼくはむきを変えて、ほかのベンチを見た。どのベンチもからっぽだ。縞模様《しまもよう》のじゅうたんが暗がりへと伸《の》びている。遠くへ離《はな》れていくまっすぐな道みたいに見える。

プライ牧師とキープハートさんが教会の下にハリソンを埋《う》めたんだ。

「ハリソンはどこ？」思わず声が大きくなった。「あのベンチで寝てたんだ。ハリソンはどこに行ったの？」ぼくは飛びおきると、ハリソンの名前をさけんだ。

「ハリソン！」がらんとした教会のなかで、声が大きく響《ひび》いた。

やかんさんがぼくの腕をつかんだ。「おやめ」片方の目でぼくを、もう一方の目でよそを、意地悪そうに見ている。「あの老人なら、どこにも行ってやしないよ。そっちにいる」やかんさんが、プライ牧師の小部屋に向かって手を振《ふ》った。「一分もしないうちにもどってくるよ。ここにすわって、あの老人がもどってくるまでおとなしくしてるんだ、わかったかい？」

そういうと、やかんさんはぼくの腕を放して、ぼくが使っていたキルトを集めはじめた。

「キープハートさんはどこ？」

「キープなんて知らないね」やかんさんは、キルトの一枚をあごの下にはさむと、四隅《よすみ》をもって、たたんだ。

「プライ牧師は？」

やかんさんは唇《くちびる》をぎゅっと結んだ。「知らないね」

「ここにはテイラー未亡人に連れてこられたの？」

やかんさんの広い肩《かた》が上がって、下がった。「あたしとハムと卵は、だれも知らない」やかんさんはけわしい顔でぼくを見た。「そういうものなのさ。あたしらは、ただ、あんたらをここからよそへ動かすだけだ。だれもあたしらのことは知らないし、あたしらもだれも知らない、わかるかい？」

そのとき、牧師の部屋の扉《とびら》がひらき、別人のようなハリソンが現れた。ぼくは口をあんぐり開けた。

ハリソンの白い髪《かみ》、それに、ぼさぼさのあごひげまで、黒くなっていた。そのうえ、山の低い麦わら帽《ぼう》をかぶり、見たことのないオーバーオールのズボンに着古したチェックのシャツを着ている。

「羊の皮をかぶったばか者みたいだ」ハリソンが鼻を鳴らした。「あごひげにブーツ用の靴墨《くつずみ》を塗《ぬ》った。そのうえ、白人みたいな帽子《ぼうし》ときた。あんたがくれた服だが、わしは、こんなかっこうでどこにも行かんからな」

それをきいたやかんさんが腹をたてた。ふくれていくパン生地《きじ》のように広い肩がもちあがり、顔がしかめつらになっている。「ここでは、あたしとハムがボスだよ」やかんさんは、両手を腰に当てると、ハリソンをにらんだ。「あたしらが案内役で、あんたらがついてくる。いったとおりにしなかったら、賞金稼《かせ》ぎに引きわたされることになるよ。賞金めあての貧しい白人連中があんたらを追ってるんじゃないのかい？　じいさん、あたしのいってること、ちゃんときいてるかい？」

ハリソンは白いベンチのひとつに腰をおろして壁《かべ》をじっと見つめ、だまったまま唇をぎゅっと結んで、やれやれというように首を振った。

「ほれ、行くんだ」やかんさんがぼくを押《お》した。「行って、したくをしな、サミュエル。あの小部屋にあんたの服が用意してある。もう、予定よりずいぶん遅《おく》れてるんだよ。これ以上困らせないでおくれ」

けれど、部屋に入ると、椅子《いす》の背に、色あせた婦人用ボンネットと、縞模様の木綿《もめん》のワンピースがかけてあるだけだった。ぼくが礼拝堂にもどって、そういうと、やかんさんは手を止めて、正気を失っている人間を見るような目でぼくを見た。

「そのままのかっこうで――」やかんさんは、窓に向かって手を振った。「外を歩くつもりかい？　その服は、元の旦那様《だんなさま》からもらったものだろ？　その服のままで、旦那様の目をごまかして逃《に》げきれるとでも思ってるのかい？」そういうと、やかんさんは、牧師の部屋を指さした。「あそこにおいてある服を着て、あたしとハムがあんたらの逃亡《とうぼう》の手助けをすることに感謝するんだね」

牧師の椅子のひとつにすわって、ぼくは、縞模様の木綿のワンピースを見つめた。あちこちにつぎが当たり、裾《すそ》にそって黄色い焼けこげができている。ということは、いつかはわからないが、女の子がこの服を着ていたということだ。リリーの服にも、火の粉がとんで焼けこげができていた――どの服にも。

どこかの女の子の服を着るなんて、たえられない。

「サミュエル、もう着がえたかい？」やかんさんが、怒《おこ》ったような声で、礼拝堂から呼びかけてきた。

ぼくは、服を手にとると、トコジラミがうじゃうじゃいるとでもいうように、力いっぱい振った。雨に打たれてごわごわになった服を大急ぎで脱《ぬ》ぎ、ワンピースを頭からかぶる。それから、母さんの灰色の毛糸をズボンから出して、なくさないように首に結びつけた。最後に、ボンネットをかぶると、つばが大きくて、目の前の小さな丸いすきま——大皿くらいの大きさだった——のほかにはなにも見えなかった。そのせいで、あやうく扉の横の柱にぶつかるところだった。

「そらごらん」やかんさんは、ぼくが礼拝堂に入ると、いった。「なかなかのへ、ーンシン、じゃないか。顔がかくれて、男の子だとわからないよ」

「神様、ご慈悲《じひ》を」ハリソンがつぶやくのがきこえた。

「よし、したくができた」やかんさんが茶色い手を打ちあわせた。

「昼間に、こんなかっこうで外には出ん」ハリソンが大きな声を出す。ぼくは首をめぐらして、ハリソンを見る。「そうとも、わしらは出ん。わしとサミュエルはここにいて、夜、暗くなるのを待つ」

ハリソンは、礼拝堂のベンチにもたれて、胸の前で腕を組んだ。

やかんさんが、大きな体で、ハリソンのほうへゆっくりと歩いていった。「じゃあ、あんたとその子は、夜のパトロールにつかまるよ」ハリソンを見おろしていう。「夜遅くに黒人のばか者どもがこそこそ道路を歩いてるところを見たら、連中は逃亡奴隷《どれい》だとすぐに気づくよ。夜、このオーハイオ州リプリーをこそこそ歩きまわるのは、馬泥棒《どろぼう》と逃亡者だけだ」荒《あら》い息づかいのせいで、やかんさんの胸があがったりさがったりしている。

「わしとサミュエルは、馬車に乗って、荷台にかくれる」

「どこに馬車があるんだい?」やかんさんが見まわした。「どこかに馬車が見えるかい?」

ハリソンはしばらくだまりこくっていた。必死に考えているような様子だ。やがて、ハリソンは、大きなため息をついて、立ちあがった。「進めてくれ」ハリソンは、ひと言だけいって、怒ったように腕を振った。「計画を進めてくれ」

「やーれやれ」やかんさんは、どすどすとぼくたちを追いこして前に出た。服が、洗濯《せんたく》ひもに干した毛布みたいにひらひらとゆれる。「ついてきな」

ぼくたちは、牧師の部屋を抜《ぬ》けて、まえの日に入ってきた扉から出た。外は、霧《きり》がたちこめて灰色で、朝の太陽はまったく見えない。庭はがらんとしていて、荷馬車や馬車が止まっていたところに轍《わだち》が残っているだけだ。

やかんさんは戸口から体を半分出して、ぼくたちに話しかけた。「前の通りを歩いていくと、木の橋がかかってる」やかんさんが指さした。「その橋の前に、古い切り株がある。テーブル板くらい大きい切り株だ。そのそばで、ハムと卵を待つんだ。あんたらをよそに連れてってくれるからね」やかんさんは、片目でぼくを、もう片方の目でハリソンをじっと見た。やかんさんの頭のなかにふたりの人がいるような、奇妙《きみょう》な感じがした。「どうしたらいいか、わかったかい？」

「わかった」ハリソンがとがった声でいった。「そのとおりにする」

そういうと、ハリソンはそれ以上なにもいわずに、足を引きずって歩きだした。道をだいぶ進んだところで、ハリソンが振りかえって教会を見た。扉はしまっていて、やかんさんはいなくなっていた。

「サミュエル、ボンネットのなかが見えんように、頭をずっとさげてろ」ハリソンが小声でいった。「だれかに話しかけられたら、わしに返事をさせろ。なにかやっかいなことが起こったら、矢のような速さで一目散に逃げて、森に入れ。わしを待つんじゃないぞ。だれのことも待つな」ハリソンが地面に唾《つば》を吐《は》いた。「こんなかっこうで昼間に歩くなんて、気にくわん。まったく気に食わん。目のあるやつには、わしが若くないことも、おまえが女じゃないことも、わかる」

ぼくたちがいわれた場所に着いたときには、やかんさんがハムと呼んだ男がもう、木の切り株の脇《わき》で待っていた。やせた黒人の男が、切り株にひじをついてもたれ、素焼きのパイプを吹《ふ》かしている。毛足の長い犬が、においをかぎながら、切り株のまわりをぐるぐるまわっていた。

「おはよう。おれはハムだ」男は、愛想《あいそ》がよくも悪くもない口調でいった。犬がそっと近よってきたが、ぼくの手をなめようとはせず、ただぼくとハリソンのにおいをくんくんかいだ。

ハムは灰色の空を見あげて、のんびりとパイプを吹かした。

「釣《つ》り日和《びより》だ」ハムがいった。

「あんたがわしらをどこかに連れてくことになってる、ときかされたぞ」ハリソンが不機嫌《ふきげん》な声でいった。「そこにすわって、パイプを吹かしながら、釣りの話をする気なのか、それとも、わしとサミュエルを目的の場所まで連れてってくれるのか、どっちだ？」

「さあな」ハムはゆっくりと答えると、うしろに手を伸ばして、丈《たけ》の高い草のなかからひもにぶらさげた何匹《びき》もの魚を引っぱりあげた。まるで、草のなかで泳いでいるところを引きあげたとでもいうようだ。「釣り日和だといわなかったかい？」

ぼくは、口をあんぐり開けて、腹の黄色い太った魚を見つめた。

ハムが目を細めてハリソンを見た。「〈知ったかぶりのじいさん〉は去年、死んだはずだが。あんたがそいつでなきゃな」

ハムはひとりでくすくす笑うと、寄りかかっていた切り株からするりと離れた。犬が飛びはねて、水をしたたらせている魚のしっぽにかみつこうとしている。「さっきもいったように、最高の釣り日和だと思わないか？　おれたちが今朝釣った魚を運びたいか、運びたくないか？」

ハムがハリソンにいった。

ハリソンはだまって、魚のさがったひもを受けとった。

「よし。あんたがサミュエルと呼んでる女の子は」ハムは唇をゆがめて、にやりと笑った。「その子は、あんたの釣り竿《つざお》をもってく」ハムが釣り竿を二本、ぼくによこした。「そして、あんたとその子は、この道を歩いてく。ゆーっくりと落ちついてな。朝早く小川で釣りをしてたっていうようにだ、わかるか？　おれと卵が前のほうを歩いて、あたりを警戒《けいかい》する。歩くのは、たぶん、四、五キロくらいだ。道を曲がったところで、落ちあおう」

ハムが口笛を吹いて犬を呼び、道を進みはじめた。

「神様、ご慈悲《じひ》を」ハリソンが小声でいうのがきこえた。「こい、サミュエル」

けれど、真昼間に、だれかべつの人のふりをしてこそこそ道路を歩いていくと思うと、ぼくはびくついた。それに、ボンネットをかぶっているせいで前が見えない。そればかりか、土の上を引きずって歩いているみすぼらしい古いワンピースのせいで、ぼくは何度もつんのめったり、よろけたりした。

「おまえときたら、最悪の少女だ」ハリソンが肩越《かたご》しにいった。「しっかり歩け」

馬や馬車でやってくる者がひとりもいないことだけが救いだ、と思った。

ところが、そのとき、やってきた。

第二十二章

釣《つ》った魚

うしろのほうで、人の声と、馬車の鎖《くさり》がぶつかりあう音がしはじめた。ぼくたちは、急な坂を歩いているところだった。「なにかがくるよ」ぼくはハリソンにいった。

「歩きつづけろ」ハリソンは、振《ふ》りかえらずに答えた。「とにかく、うつむいたまま歩きつづけろ」

はるか前にいるハムの上着は茶色いしみに、犬の卵は毛のはえたしみにしか見えない。ハムは、ぼくたちのことなんかまるで気にかけていないように見えた。警戒《けいかい》なんか、まったくしていない。

馬車が近づいてきた。車輪のきしむ音で、荷馬車だとわかった。大きな枝が風にそよいでいるような音だ。そういえば、ハックラー旦那様《だんなさま》は古い軽馬車をもっていた。旦那様がこっちに向かって丘をのぼってきたらどうなるだろう？

歩きつづけろ、歩きつづけろ、歩きつづけろ——頭のなかの声がいった。

もっとしっかり引かせようと、馬たちをどなる声がした。ぼくは必死に耳をそばだてて、馬の名前をききとろうとした。ナップとレッドときこえたように思った。そのとたん、ぼくはつめていた息を吐《は》いた。ハックラー旦那様の馬車馬は、ウェブとホールだ。けれど、うしろからやってくるのがハックラー旦那様じゃなかったとしても、安心はできない。だれがきてもおかしくないのだ。パトロールの白人連中がぼくたちのあとを追ってきたのかもしれない。

歩きつづけろ、歩きつづけろ、歩きつづけろ……。

ぼくはうつむいたまま、着ている古いワンピースの裾《すそ》に足をとられないようにした。〈当然の権利があって歩いてるようにふるまうこと。胸を張り、腕《うで》を振れ。旦那様の使いはしりをする、腰《こし》の曲がったみじめな黒い虫けらみたいにあわてて走るな。でないと、おまえが何者かばれちまう――〉

ひと組のあし毛*の馬に引かれた馬車が、樽《たる》や薪《まき》を高く積みあげて、ガタガタ音をたてながら通っていった。前を歩いているハリソンの脇《わき》をすぎていく。と、馬車のきしみやガタガタいう音がゆっくりになった。

「どうどう。止まれ」御者《ぎょしゃ》の男が声をかけると、馬たちは道のまんなかで止まった。最初はしんとしていた。男がぼくたちのほうを見ているようだ。が、少しして、ぼくとハリソンに声をかけてきた。「よう、そこの黒いの、こっちにこい」

＊あし毛……馬の毛色のひとつ。灰色《はいいろ》や白っぽい色。

ぼくの足が止まった。まるで鉛《なまり》になったみたいだ。

男は、馬車の横から身をのりだした。広い背中の肩《かた》から肩まで汗の染みが広がっているのが見える。男がハリソンを指さした。「手にもってるものを見せろ。魚がよく見えるようにもちあげろ」

ハリソンが馬車に近づき、魚を結びつけたひもをもちあげた。魚がぶらさがり、回転している。ぼくとハリソンもおんなじだ——と思った——息も絶え絶えの魚とおんなじだ。

「そのみごとな魚を、おまえとその娘《むすめ》で今朝、釣《つ》りあげたのか？」男の声には、釣針のような鋭《するど》さといやらしさがあった。

「そうです」ハリソンがとても低い声でいった。

ぼくは頭をさげて、地面に目を落とし、轍《わだち》や、馬の蹄鉄《ていてつ》の跡《あと》や、割れた石や、糞《ふん》の山を見た。ボンネットの中身が少女ではないと、知られたくなかった。

「それはよかったじゃないか。だが、そのみごとな魚を何匹《なんびき》かおれにくれてもいいんじゃないか、どうだ？」すばやく目をあげると、男が手を伸《の》ばして、ハリソンの手から魚のぶらさがったひもを引っぱっていた。「白人も夕めしは食わないとな」男がいった。

男に魚をとられたあと、ハリソンは動かなかった。ただ、両腕をこわばったように脇に伸ばして、馬車の横に立っていた。まるで木の塊《かたまり》になったみたいだ。

「そうだな」男は、ひもを左右にねじって、魚をながめながらいった。「おまえらが、今朝、おれのために釣りをしてくれたから、礼になにかおいてかないとな」男はすぐさま魚を座席の上においていて、いちばん小さい魚の頭をたたきおとし、ハリソンの足の真ん前に投げてよこした。「ほらよ、黒いの。さあ、おまえと娘にも夕めしの魚があるぞ」男は頭をのけぞらせて大声で笑いながら、馬車を走らせた。

ぼくとハリソンは、そのあと、道路の端《はし》につったっていた。柵《さく》の脇に打ちこまれた、一対の古い支柱みたいに。「子どものころのある晩、釣りをしているところを旦那様の息子《むすこ》に見つかったって話したのをおぼえてるか？」ハリソンがとても静かな声でいった。

ぼくはうなずいた。

「その晩、連中は、魚の数と同じだけわしを鞭《むち》で打った。その話をしたことをおぼえてるか？連中は、池はおまえのものじゃない、夜もおまえのものじゃない、魚もおまえのものじゃない、といった」ハリソンは、道路にころがった魚の頭を見おろした。魚の頭というより、見ひらいた目のある、あわれな三角形のかたまりだった。

「サミュエル、釣った魚のせいで、わしの背中に十一の傷跡ができた。旦那様がわしの背中に鞭を打ちつけてるあいだ、わしは」ハリソンがぼくを見た。「わしは考えてた。いつか自由の身になったら、北の土地で自分の池をもって、その池の魚をぜんぶ——池の底の泥《どろ》のなかにいる魚までぜんぶ――自分のもんにしよう、とな」

ハリソンは魚の頭を拾いあげた。「北に向かってはるばるここまできたが、ここでも同じだとわかった。ここでも、わしらのもんはなにひとつない。池という池、魚という魚はぜんぶ白人のもんだし、連中は、わしらがもってるもんはなんであれ取りつくそうとする。サミュエル、どこに行こうと関係ない。おまえとわし、それに、この世の黒人はみんななにひとつ――」

ハリソンは、言葉をきって、魚の頭を森のなかに投げこんだ。

「もつことができない」

道の先のほうで、卵が吠《ほ》えはじめた。ハムが丘のてっぺんに立って、両腕を振っている。手を振って、振って、歩きつづけろと合図している。

「このまま歩きつづけろってことかな?」ぼくはきいた。

「先へ進め」ハリソンがぼくをぐいと押した。「丘をのぼって、あのやせこけた男に追いついたら、やつにいってくれ。わしは、カナデイまでずっと歩いてく気はない、ってな」ハリソンががみがみいった。「それどころか、カナデイに行く気もない。ああ、そうだとも」

第二十三章　グリーン・マードク

けれど、ハムは、ぼくやハリソンの言葉に耳をかさなかった。

ハムが待っているところに着くと、ハリソンは、これ以上先には行かない、といおうとした。

「ここにわしらをおいてっていいぞ。馬車か馬か神様本人に連れてってもらうからな。今日はもう、歩かん」

ところが、ハムはゆっくりとパイプを吹《ふ》かしながら、いった。「グリーン・マードクって男の家は、目と鼻の先だ。それ以外の場所にあんたらをおいてくわけにはいかないし、そこから先はグリーン・マードクがあんたらをどこかに連れてくことになってる」

「その男は、わしらをどこに連れてくんだ？」ハリソンがたずねた。

「さあな」ハムが答える。

「カナデイまで、あとどのくらいだ？」

「わからん」

「わしらが今いるところはどこだ?」

「知らん」ハムは肩《かた》をすくめると、口笛を吹いて卵を呼んだ。「おれは、あんたらをあっちからこっちへ連れてくだけだ。今朝、あんたらはあそこにいて、今、ここにいる」

「なんてこった」ハリソンが、あきれたという顔をした。

ハムは先へと歩きつづけ、小道をたどってトネリコとナラの森のなかを進んだ。「だが、グリーン・マードクのことで、ひとつ知ってることがある」ハムが肩越《かたご》しにいった。「あのな、グリーン・マードクは白人だ。心配か? だが、ただの行商人だ。年寄りの白人行商人だ」

「行商人だと?」ハリソンがけわしい声でいい、ぼくにはハリソンがなにを考えているのかわかった。

リリーがよく、こういっていたからだ。「行商人はみんな、うそつきかペテン師だよ」そして、行商人が台所の戸口にくるたびに、ぼくにこういうのだった。「連中は、ほかの人には内緒《ない》《しょ》だといってこそこそ話しかけてくる。ひとり残らずそうさ」行商人はいつも、しゃれたものが好きなキャサリン奥様《おくさま》になにかを売りつけようとした。そして、リリーは、行商人がくるたびに叱《しか》られていた。行商人を家に入れると、ハックラー旦那様《だんなさま》から叱られ、家に入れないと、キャサリン奥様から叱られるからだ。

ハリソンが、大股《おおまた》で歩くハムに歩調をあわせて、横に並んだ。「ききまちがいじゃないだろうな？　わしとサミュエルは、どこかのろくでもない白人行商人に運をまかせなきゃならんっていうのか？」

「あそこが彼《かれ》の家だ」ハムは、小さな煙《けむり》を吐《は》きながらあごをしゃくった。

小道のつきあたりに、みすぼらしい板張りの家がたっていた。正面の小さなポーチが沈《しず》んで地面にめりこんでいるし、オレンジ色の花をつけたノウゼンカズラがまわりじゅうに茂《しげ》って、家に押《お》しいろうとしているように見える。裏には、今にも倒《たお》れそうな納屋《なや》と、かしいだ古い薪《まき》小屋《ごや》があった。

「グリーン・マードクの馬車はまだ帰ってきてないようだ」ハムは、両手をポケットにつっこんで庭のまんなかに立ち、どうしたらいいかわからない様子だ。「馬車がもどるまで、あんたらはあの薪小屋にかくれてなきゃならんらしいな」

ハムは庭を横ぎると、薪小屋のゆがんだ扉《とびら》を押しあけた。「お世辞にも居心地がいいとはいえんが」ハムは、扉が閉じてしまわないよう棒で押さえて、小屋のなかにさっと目を走らせた。

「しばらくの辛抱《しんぼう》だ。長く家をあけることはないだろう。たぶん、商売をしに出たんだ」ハムは、じめじめしたにおいのする暗闇《くらやみ》に向かって手を振《ふ》った。「入れ」

ぼくとハリソンはなかに入った。

ハムは、ひらいたままの戸口から頭をつっこんだ。「心配するな。グリーン・マードクはすぐにもどる――」それだけいうと、扉をしめて、ぼくとハリソンをまっ暗闇のなかに残していった。

ずいぶん時間がたっても、だれもこなかった。

ぼくたちは、ぴたりと扉の閉じた薪小屋のなかにすわり、外で鳥たちが鳴きかわす声や、大きな黄色いスズメバチがうなりをあげ、よろい戸をつつく音をきいていた。実のところ、鳥たちの声をきいていると、いっそうつらくなった。鳥たちは、木のこずえのまわりを飛びまわっているというのに、ぼくたちは、薪小屋のなかでネズミみたいにうずくまっているのだ。ぼくのおなかが鳴った。白人の教会でパンを食べてから、なにも食べていなかった。逃《に》げてはかくれる――何日も何日も、それしかしていないような気がした。何日くらいたったんだろう？ぼくは、かぞえようとした。逃げだしてから五日か、それとも六日か？〈このアメリカ合衆国のどこにも、逃亡奴隷《とうぼうどれい》にとって安全な場所なんかない〉と川で舟《ふね》に乗せてくれた男はいっていた。ぼくとハリソンは、一生、逃げたりかくれたりするんだろうか？

「なにかくるぞ」ハリソンが、ぼくの腕をそっとたたいた。

馬車がガタガタと庭に入ってくる音がした。ぼくは、ボンネットをうしろにずらして、まわりがよく見えるようにした。ぼくたちが薪小屋にかくれていることはだれも知らないはずだと思っていた。ところが、知っている者がいたようだ。馬車が止まってすぐに、小屋の扉がきしみながらひらいたのだ。

「おやおや」とどろくような声がいった。「今日はおれの小屋にどんな立派な黒人がかくれてるんだ?」

戸口に背の低い白人の男が立っているのが見えた。頭のてっぺんの髪《かみ》のない部分が、丸く輝《かがや》いている。服が食べ物の染みだらけになっているところをみると、よく食べる人間のようだ。

「明るいところに出てきて、姿を見せてくれ」大きすぎる声がつづける。「おれのじめじめした泥《どろ》まみれの薪小屋に一日じゅうすわってるつもりじゃなかったらな」

「わしのうしろでおとなしくしてろ」ハリソンが肩越しに小声でいった。

つまずいてころばないようワンピースの裾《すそ》に目を向けたまま、ぼくはハリソンのあとから薪小屋の戸口を抜《ぬ》けた。ところが、外に出ると、奇妙《きみょう》で不思議な感じがした。顔に暖かな午後の空気を感じ、あたりに明るい光があふれている。ボンネットがあるはずのところに手を伸ばすと、頭のてっぺんにはなにものっていなかった。

ハリソンがぼくをちらりと見た。「サミュエル」ハリソンが押しころしたような声でいう。

「ボンネットをかぶれ」

けれど、白人の男は片手を目の上にかざして、大声で笑った。あえぎながら笑い、そこらじゅうに唾《つば》を飛ばしている。こんな笑い方をする白人は見たことがなかった。

「ボンネットのことは心配するな」男は、なんとか息をつごうとしている。「そんなものはどうでもいい。大勢の黒人を見てきた。少年の格好をした少女や、少女の格好をした少年、夫の服を着た女、気の毒な未亡人に変装した男」

くすくす笑いながら、男は唇《くちびる》に指を当てた。「あんたらがだれか、どの所有者から逃げてきたのかなんてことは、ひと言もいわんでいい。ここにくる黒人たちにいつもいってることだ。このグリーン・マードクの口からは、逆さにしたカップから水がこぼれるのと同じくらい秘密がもれるからな、って」

グリーン・マードクは、家に向かって歩きはじめた。「あんたらのことは、〈若いの〉と〈年寄り〉と呼ぶことにしよう、それでかまわなかったらな。それとも――」グリーン・マードクは言葉をきると、ぼくを指さした。「こうしたほうがうんとおもしろいかもしれんな。おまえを〈年寄り〉と呼んで、彼を」といいながら、ハリソンを指さす。「〈若いの〉と呼ぼう」

それをきいて、ハリソンまで少し唇をほころばせた。

「それじゃ、〈年寄り〉と〈若いの〉、どのくらい腹がへってる？　一シリング分か、半ドル分か、一ドル分か？　食べ残しのトウモロコシパン――これは、ただだ……そのトウモロコシパンから馬車に積んでる上等な燻製《くんせい》ハムまで、なんでもそろってる。あんたらが食いものに払《はら》える金次第《しだい》だ」グリーン・マードクは、目を細めてぼくたちを見た。「紙幣《しへい》だろうと硬貨《こうか》だろうと、おれにとっちゃ同じ金だ。〈年寄り〉と〈若いの〉、どっちをもってるんだ？」

ハリソンは返事をしない。グリーン・マードクは、がっかりしたような表情をうかべた。

「わずかな金ももたずに逃げてきたなんていわないでくれ。おれとおれのかわいそうな馬だって、食ってかなきゃならないんだ。そうだろ？　住むところだって失うわけにはいかないだろうが。行商だけで暮らしてるんだからな」グリーン・マードクは首を振った。「最近じゃ、この人助けが、年老いたグリーン・マードクを貧乏《びんぼう》暮らしに追いこもうとしてる」

ぼくは、未亡人に渡《わた》した硬貨が五枚だったことや、まだいくらかお金が残っていることを思い出した。どうしてハリソンは、お金をもってるっていわないんだろう？

「そうさな、ちょっとしたもちあわせはあると思うが……」ハリソンが落ちつかないようすでいった。「食べられるだけの金だ」

「食べられるだけの金だって?!　おやおや、〈若いの〉——」グリーン・マードクはにやりと笑うと、自分の脚《あし》をたたいた。「おれは貧しい行商人だが、そのおれだって、〈金〉は食わない！」

ハリソンがさっと肩をいからせた。グリーン・マードクの冗談なんかちっともおかしくないと思っているようだ。ハリソンは、ポケットに手を入れると、硬貨の入った革袋《かわぶくろ》を引っぱりだした。「ほれ」ハリソンはとがった声でいうと、硬貨を二枚差しだした。「これで、わしとサミュエルの夕食に足りるか？」

グリーン・マードクは硬貨を二枚ともとって、はいているブーツのなかにすべりこませた。

「〈若いの〉、あんなことをいうつもりはなかったんだ――わずかな金ももたずに逃げてきたのか、なんてな」グリーン・マードクはハリソンの肩をたたいた。「おれは、いつだって、人助けをするし、自分にできることはする人間だ。このあたりの連中ならだれでも、老いぼれグリーン・マードクのことをそういうだろうよ。さて、さっき話した上等な燻製ハムがあるか見てこよう。はるばるシンシーナティから運んできたやつだ。あのハムときたら、もう少しで、この町から自力で歩いて出ていくところだったよ。あんたらは家に入ってろ」グリーン・マードクが指さした。「おれは、馬車の荷物を見てくるからな」

グリーン・マードクは言葉をきると、ぼくに向かってにやっと笑った。「少年用の新しいシャツと――安物だが――ズボンももってきてやろう」

ただ残念だったのは、上等なハムが見つからなかったことだ。グリーン・マードクは、代わりに、ベーコンの小さな塊《かたまり》とジャガイモひと袋をもってかえってくると、「心配するな」といって、たきつけを炉《ろ》のなかに投げこんだ。やがて、炎が大きくなり、煙突《えんとつ》のなかほどまで届いた。

「このベーコンを、上等なハムと同じ味になるよう、うんとうまく料理してやるからな」

実のところ、もってきてくれたシャツとズボンも、新品ではなかった。着てみると、ズボンにはネズミがかじった穴がいくつもあいていたし、シャツには泥はねがあった。けれど、女の子の服から解放されたぼくは心底うれしかったので、ひと言も文句はいわなかった。

「料理をしてるあいだ、部屋のなかのものを見てるといい。好きに見ればいいさ。おれが売ってるものを見てみろ」グリーン・マードクはそういって、部屋に向かって腕《うで》を振った。「ただ、どれにもさわるなよ。黒人の連中に、いつもいってることだ。陶磁器《とうじき》を割られたり、装飾品《そうしょくひん》をだいなしにされたりするわけにはいかんからな」

見まわしてすぐ、ぼくは、壁《かべ》に立てかけてある飾《かざ》り気《け》のない松材の箱に目を留めた。人間の大きさの箱だ。グリーン・マードクは、ぼくが棺《ひつぎ》を見つめているのに気づいて、くすくす笑った。「おれは、人が必要とするものはなんでも売る。生まれたときにいるものから死ぬときにいるものまで。そして、そのあいだに起こるいろんなことに必要なものをな」

グリーン・マードクは、ふたのあいている、藁《わら》の詰《つ》まった木箱から陶器《とうき》の鉢《はち》をひとつもちあげた。「このしゃれた柳模様《やなぎもよう》の鉢は、はるばるイギリスからきたものだ。なかなか立派なものだと思わないか?」グリーン・マードクは、ぼくとハリソンのまえに鉢を差しだして、左右にまわして見せた。「今朝、レッドオークに住んでる老婦人ローズ・ウェイバリーに二個売った」

「ローズばあさんは、使い古しの歯ブラシみたいにしみったれてる」グリーン・マードクがにやりとする。「だが、今朝、ローズの家に寄ったとき、ポーチの端《はし》に割れた鉢が掃《は》きよせられているることにたまたま気づいた。それで、おれのこの賢《かしこ》い頭のなかにちょっとした考えがうかんだ」グリーン・マードクが自分の額をたたく。

「おれは、ローズにこういった。その割れた鉢を直す道具をもってる、とな。この老いぼれグリーン・マードクが、新品に見えるように直すといったんだ。そして、ローズがおれのためにパイを用意してるあいだに、ローズがほしくなるようなとびきり上等な柳模様の鉢をふたつ取りだして、ポーチの近くにおいた。それから、ローズを外に呼びだして、こういったんだ。『おやおや、割れた鉢が、新品の上等な鉢二個に変わりましたよ、ローズさん!』」

グリーン・マードクは首を振った。「そのときのローズの顔を見せたかったよ。結局、ローズは、その場で鉢をふたつ買ってくれた」グリーン・マードクは炉端《ろばた》へいくと、ベーコンを裏返した。「いやはや」グリーン・マードクは、調理用フォークの脂《あぶら》をなめた。「ときどき、おれは、オハイオのこっち側でいちばんの行商人じゃないかと思うよ」

「きっとそうだろうよ」ハリソンは答えながら、ぼくに向かって、あきれたという顔をしてみせた。

ぼくは、ベーコンとぱさぱさのジャガイモひと袋とだいぶ傷《いた》んだ服のために、どうしてグリーン・マードクに銀貨を二枚も渡してしまったのかと思った。たぶん、ぼくたちは、ローズ・ウェイバリーと同じくらいまぬけなんだろう。

夕食後、グリーン・マードクがトランプを出してきて、ぼくたちの未来を占《うらな》ってやろうといった。グリーン・マードクの白い手がハリソンのほうにトランプの山をすべらせた。

リリーはいつも、トランプはやっかいごとを引きおこすだけだ、といっていた。セスがトランプのゲームにぼくを引きずりこもうとすると、リリーはいつもぼくの腕をつねって、小声でいった。「サミュエル、セスを勝たせるんだよ。いいね、どうしたらいいかわからないって顔でぐずぐずするんだ。そして、ちゃんとセスを勝たせるんだよ。あとあとめんどうなことになるのはごめんだからね」

ハリソンがトランプを押しもどした。「わしとサミュエルは、占いなんぞいらん」

けれど、グリーン・マードクは椅子《いす》の背にもたれて、両手を振った。「さあ、さあ、やってみろ。ただのふつうの古いトランプだって、確かめろ。〈若いの〉、そうしたきゃ、あんたにトランプを切らせてやるよ。おれにとっちゃ、占うのがよけい難しくなるけどな」

それでも、ハリソンがトランプを手に取ろうとしないので、グリーン・マードクは腕を組んで、顔を少々しかめた。「おやおや、〈若いの〉、おれにトランプを切らせたいのか？」

ハリソンは答えない。

「わかった、やるよ、おれがやる」グリーン・マードクは、首をゆっくり左右に振った。

ぼくとハリソンには、どうしようもなかった。ぼくたちが知りたいかどうかにかまわず、グリーン・マードクは、ぼくたちの未来を占うつもりらしい。両手の親指でカードをたがいちがいに重ねて切ったあと、テーブルの上に四枚のカードを伏《ふ》せた。

それから、テーブル越しにぼくを見た。「さて、〈年寄り〉、テーブルの上で、最初の一枚をひらけ。さあ」グリーン・マードクが、最初のカードを指でたたいた。「これをひっくりかえせ」

ぼくは、すばやくハリソンをちらっと見た。ハリソンはまっすぐ前を見つめて、トランプ占いを無視している。ぼくは、最初のカードをひらいた。ダイヤの10だ。

グリーン・マードクがうなずき、ほほえんだ。「ほかのカードもひらいていいぞ」

ぼくは、残りの三枚をひらいた――クラブのエース、スペードの5、それから、スペードのエース。

グリーン・マードクが身をのりだして、カードを見つめた。指でテーブルを打つ。「そうだな」グリーン・マードクが顔をしかめた。「よくないカードが何枚かあるな。〈年寄り〉、ここにくるまでになにか不運なことはあったか？」

「どうして？」ぼくは、自分たちの不運がさもそこに描《か》かれているとでもいうように、四角いカードに顔を近づけて見た。ハックラー旦那様かキャシアス、それとも、ぼくたちを追ってくる猟犬《りょうけん》の絵が描かれているかもしれないと思ったのだ。

「そうだな」グリーン・マードクが、最初のカードをたたいた。「ダイヤの10は、それほど悪くない。長旅に注意しろといってる」

ハリソンが鼻を鳴らした。「わしらはもう、長旅をはじめてる。そんなことをいっても、だれも感心せん」

グリーン・マードクが両手を打ちあわせた。「おやおや、見てみろ。予言のひとつが、すでに当たってるってことだ。グリーン・マードクとトランプはいつも正しいのさ……」グリーン・マードクは椅子の背にもたれると、年寄りの赤いニワトリみたいにくっくっとのどを鳴らした。

ハリソンが目をすがめ、次のカードを指でたたいた。「これは、どうだ？」

「ううむ……」グリーン・マードクは天井《てんじょう》に向かって、目をぐるりとまわした。「クラブのエースは、ええと……重要な、ええと、文字か合図、そうだ、どこかから合図がくるってことだ。なにか合図がきたか？」グリーン・マードクは部屋を見まわした。合図が天井を通りぬけてくるかのように。

「どんな合図だ？」ハリソンが鋭《するど》い口調でいった。あんたが知らないことをおれは知ってるんだ、というような目でグリーン・マードクをじっと見つめている。

「ううむ、ええと……」グリーン・マードクがくちごもった。「小さな合図、とても小さな合図が、どこか遠くからくる。人が住んでるどこか遠くから。だが、いい、うん、いい合図だと思う。うん、そうだ」グリーン・マードクは、先を急いだ。「さて、その次のカード――スペードの5――は、よくない運を示すカードのひとつだ。このカードは、なにか思いがけないことが近づいてるってことを表す」

「この世で、確かなことなんぞなにもない」ハリソンは、そのカードを手でたたいた。「死ぬこと以外はな」

「ええと、そうだな、そのとおりだよ、〈若いの〉」グリーン・マードクはハリソンに向かってくすくす笑い、首を左右に振った。「おれは、思いがけない小さなことがらに注意しろといってるだけさ。それだけだ」

そして、グリーン・マードクはあっというまに、ひらいていた最後のカードをすべらせて取り、裏返した。「スペードのエースのことは、話す必要がない」そういうと、トランプのカードを積みかさね、上着のなかにしまった。「なにしろ、あんたらも、スペードのエースがいちばん不吉《ふきつ》なカードだと知ってるからな」

ぼくは、スペードのエースがどんな意味なのかまるで知らないといおうとしたが、グリーン・マードクは椅子を引いてすばやく立ちあがった。「いやはや、疲《つか》れた。古いシャツと同じくらいよれよれになっちまったよ」グリーン・マードクはあくびをした。「カードを読んで、未来を占うのは、重労働だからな。なんで明けても暮れても占いをしてるのか、わからんよ。占いで人助けをして一セント銅貨にもなりゃしない」

ハリソンが足で床《ゆか》をたたいた。「ここで寝《ね》るのにも金がかかるのか？　そうなら、わしは横にならんからな」

グリーン・マードクは、頭をのけぞらせて、また大声で笑った。「もちろん、そんなことはない」グリーン・マードクがにやりとした。「金なんかかからんさ。それにしても〈若いの〉、あんた、ひどくおもしろいやつだな。うん、ひどくおもしろい。あんたみたいにうまいことといいかえす年寄りの黒人には会ったおぼえがない」

グリーン・マードクは、ひとりでくすくす笑いながら、自分の寝室《しんしつ》に入っていった。「おやすみ」と大声でいったかと思うと、一分もしないうちにベッドのなかから寝息といびきがきこえてきた。あとに残されたぼくとハリソンは、炉の火に灰をかぶせ、食器の汚れをこそげおとして洗い、ロウソクを消した。

「あの男は、まったく気にいらん」ハリソンは小声でいいながら、ぼくといっしょに炉端に毛布を積み重ねて、寝る支度《したく》をした。「わしよりものごとが見えるってわけでもないし、わしより人の考えを読めるわけでもない。ただ、人から金をまきあげるだけだ」ハリソンは、毛布を肩に巻きつけた。「ただのうそつきでペテン師だ。そういうやつだ。わしとおまえは明日、どこかべつの場所をさがそう。サミュエル、あと一日だってここにいるつもりはない」

けれど、ぼくは暗闇のなかで、大のこぎりみたいな音のグリーン・マードクのいびきをききながら、スペードのエースのことを考えずにはいられなかった。

どうして、いちばん不吉なカードが出たんだろう？

そして、翌朝、ぼくはそのわけを知った。

第二十四章

スペードのエース

目をさましたハリソンは、熱で体がほてっていた。

「眠《ねむ》ってるあいだに、なにが起こったんだ？」ハリソンがうめいた。

ハリソンは、かけていた毛布をぜんぶはねのけたかと思うと、また、ぜんぶかける。

「息がつけん。胸のなかの空気がなくなったみたいで、息ができん」ハリソンは、ささやくような声でいいながら、震《ふる》える手を胸に押《お》しあてた。

ぼくは、ハリソンが苦しんでうめいているのを見て、へなへなと力が抜《ぬ》ける気がした。とにかく、グリーン・マードクを呼びにいこうと思った。寝室《しんしつ》にそっと入ったとき、グリーン・マードクはまだうつらうつらしていた。が、ぼくがハリソンの熱のことをいうと、「黄熱《おうねつ》病《びょう》じゃないだろうな？」といってはねおき、ズボンとブロード地の上着を急いで着た。「昨日の晩、スペードのエースを見たときに、なにかよくないことが起こるとわかってた。いやはや、だれかが病気になって死ぬとわかってたんだ」

ぼくは、ヘビにのどをしめつけられるような気がした。どんどんきつくしめつけられて、話せなくなる。

窓のそばの小さなテーブルの上に、さまざまな瓶《びん》や缶《かん》がのっていた。グリーン・マードクは、テーブルの上にかがみこむと、瓶や缶を次々にもちあげ、青いガラス瓶とふたつの茶色い小瓶からそれぞれひと口ずつ液体を飲んだ。「ちくしょう」片手で口をぬぐう。「おまえといっしょにきたあの年寄りから黄熱病をうつされるなんて、ごめんだ。ああ、ごめんだとも。おそろしい病気で死ぬほどこわいことはない」グリーン・マードクは、ガチャガチャ音をたてながらガラス瓶をテーブルにもどし、ぼくのほうを見た。

「おまえとあの老人をこれ以上ここにおいておくわけにはいかん」グリーン・マードクは下を向いて、上着のボタンを手早く留めた。「行商に出なきゃならん。ふたり分よけいに料理したせいで、食料が残り少なくなってる。そのうえ、今度は、そのうちひとりが病気だ。どんな病気だろうと病気の黒人の面倒《めんどう》はみられん」グリーン・マードクは、床《ゆか》にあった帽子《ぼうし》を拾いあげて、埃《ほこり》をはらった。「このグリーン・マードクの仕事は行商だ。病気の治療《ちりょう》じゃない」そういうと、手のなかで帽子をまわした。「治療のことなんか、なにひとつ知らないんだ。えらく気の毒だと思うが、それが現実だ」

グリーン・マードクは、扉《とびら》のほうへ向かった。「ヒルズボロって町の外に〈黒人谷〉があるから、連れてってやる。それでどうだ？　そこには、黒人の連中が住んでるから、きっとあの老人の面倒をみてくれるだろう。そう思わないか？」

雨が屋根を打つ音と雷《かみなり》の低いとどろきがきこえてくる。グリーン・マードクは、天井《てんじょう》を見あげて、顔をしかめた。「嵐《あらし》が近づいてる」それから、帽子をぐいとかぶって、つづけた。「じきに、やってくる」

グリーン・マードクは、縞模様《しまもよう》のハンカチを顔に当てると、ぼくとハリソンが寝《ね》ていたところまで行った。「おれが馬車に荷物を積みおえたら、その老人を外に連れてこい」ハリソンのほうへ手を振《ふ》りながらぼくにいうと、玄関《げんかん》まで進み、すばやく扉を開けて出ていった。

グリーン・マードクが行ってしまったあと、ぼくは見つけられるかぎりの毛布をハリソンの肩《かた》にかけて、くるんだ。トウモロコシの皮のように一枚また一枚と重ねながら、古ぼけた薄《うす》い毛布がやっかいごとをしめだしてくれるかもしれない、と期待した。

「ぼくたち、どこかよそに行くんだ」ぼくはハリソンにいった。「グリーン・マードクがぼくたちをどこかに連れてってくれる」

「どこだ？」ハリソンの体に震えがきた。

「ヒルズボロっていうところだよ」

「ヒルズボロなんて知らん。しばらくここで横にならせてくれ」ハリソンはため息をつくと、目を閉じた。「どこにも行きたくない」

「グリーン・マードクのいうとおりにしないといけないんだ」ぼくはハリソンにわからせようとした。

「そっとしといてくれ」ハリソンが小さな声でいった。「このままそっとしといてくれ」

ハリソンを引っぱりあげて立たせるのに、ものすごく時間がかかった。

「サミュエル、ひどく具合が悪い」ハリソンは震えていた。ハリソンの指がぼくの肩をにぎる。

「おそろしく具合が悪いんだ」

ぼくはごくりと唾《つば》をのむと、こみあげてきた涙《なみだ》を必死にこらえようとした。「あとほんの少しだから」

ハリソンが扉に向かって、うなずいた。「サミュエル、行け。進め。わしが倒《たお》れるまえに」

外に出ると、大粒《おおつぶ》の雨がはげしく降っていた。ぼくは、たわんだ玄関ポーチに立って、頭上の黒い雲が風に吹《ふ》きとばされるのを見つめていた。小さな氷の粒を——ひょうを——降らせている雲もある。庭の土の上ではねるひょうは、ポップコーンの粒みたいだった。

「ああ」ハリソンがつぶやいた。

「馬車の準備ができたぞ」グリーン・マードクが庭のまんなかでさけびながら、ぼくたちに手を振った。けれど、ぼくとハリソンは、降ってくる雨とひょうを見つめたまま、動こうとしなかった。

　グリーン・マードクは、雨のなか、肩をすぼめてぼくたちのほうへ走ってきた。「こないのか？」ポーチの踏《ふ》み段《だん》の下に立ってどなるグリーン・マードクの帽子から、雨が流れおちている。「馬が早くもびくついて、じっとしてない。それに、今、出発しなかったら、ヒルズボロへ行く道はぬかるみだらけになる」

　庭を横ぎって馬車まで行ったときには、ぼくもハリソンもずぶぬれだった。ぼくたちのために、グリーン・マードクが荷台のうしろの板をおろした。ハリソンははうようにして乗りこむと、糖蜜《とうみつ》の樽《たる》にもたれて、目を閉じた。ハリソンの顔の上を雨が川のように流れている。ぼくも、ハリソンにつづいて、乗りこんだ。

　グリーン・マードクが馬車のなかに頭をつっこんで、「その上等な黒い絹の反物《たんもの》から離《はな》れろ」といいながら、隅《すみ》を指さした。「それから、陶磁器《とうじき》とガラス製品の木箱もだ。なんであれ壊《こわ》れ物《もの》にはさわるなよ」そういうと、キャンバス地の幌《ほろ》をおろして、端《はし》をゆわえつけた。

　グリーン・マードクが心配しているのは、ぼくとハリソンじゃない。自分の商品――頭にそんなことがうかんだ。グリーン・マードクは、黒い絹、ガラス、柳模様《やなぎもよう》の陶器《とうき》の鉢《はち》のことを心配した。けれど、ぼくとハリソンのことは、ひと言も口にしなかった。

「進め」グリーン・マードクが馬に向かって、さけんだ。

きしみをあげてゆれたかと思うと、馬車が動きだした。荷台の隅《すみ》に並んでいた木のバケツがころがる。馬車は轍《わだち》をたどって進み、荷台の物という物がガタガタと音をたてた。雨が幌のてっぺんに当たる音が響《ひび》き、グリーン・マードクが馬に向かってののしる声がしている。

ハリソンがうめき声をあげ、雨にぬれた毛布をぐいと引いて肩にしっかり巻きつけた。「動きだしたか？」小さな声だ。

「うん」

「なにか飲むものはないか？」ハリソンは、熱っぽい目で暗い馬車のなかを見まわした。「のどがかわいて、どうかなりそうだ。なにか飲むものはないか？」

古いブリキのひしゃくしか見つからなかった。それで、幌の下にひしゃくをあてがって、流れおちる雨を受けようとした。けれど、雨は小さな川になって四方八方に流れ、ひしゃくにはほんの少ししか入らなかった。

「なにもないよりましだ……」ハリソンは、わずかばかりの冷たい雨水を唇《くちびる》のあいだに流しこんだ。「なにもないよりましだ……」雨水がすっかりなくなると、ハリソンは糖蜜の樽にもたれて、目を閉じた。「サミュエル、おまえに話そうと思ってることがある」

「なに？」ぼくはハリソンのほうを見た。

「あの毛糸玉を、まだもってるか？　わしが麻袋《あさぶくろ》に入れてもってきたやつだ」

ぼくは、首に結びつけていた毛糸玉のことを忘れかけていた。川を渡《わた》してくれた男が、ひとつだけぼくたちに残してくれたものだ。ぼくは毛糸玉を首からはずして、ハリソンに差しだしながら、また母さんのことを思った——この同じ毛糸を、何年も何年もまえに、母さんがもってたんだ。

「その毛糸がだれのものか知ってるか？」ハリソンがいった。

「母さん」

「いつおいていったか知ってるか？」

「ケンタッキー州のワシントンに母さんが連れてかれたとき？」

ハリソンが首を横に振った。「いんや」ハリソンははげしくせきこみ、毛布を肩にしっかり巻きつける。「三か月くらいまえの、六月のあの日を思い出せるか？　旦那様《だんなさま》の牛の一頭が牧草地で毒草を食べて死んだ日だ。夜に、暴風雨になって、トウモロコシがなぎたおされた、あの日だ」

そのときのことが頭にうかんだ。旦那様の茶色い乳牛が牧草地に横たわっていた。椅子《いす》かなにかみたいに脚《あし》をつきだして、死んでいた。そのときのリリーのことも思い出した。リリーはさけび声をあげながら、自分のエプロンを牛に向かってばたばたと振り、「起きるんだ、起きるんだよ」とわめいていた。その牛が死んだら、ぼくたちが叱《しか》られるとわかっていたからだ。

「あの日、ほかのことも起きた。わしとリリーは、そのことをおまえに話さなかった。どうしたらいいのかわからなくて、混乱してたからな」ハリソンがため息をついた。「わしらは、不安のあまりどうかなりそうだった」

ハリソンが、ぼくの手のなかの毛糸を指さした。「その毛糸は、あの日におまえの母さんからもらったんだ」

ぼくはハリソンを見つめた。

見つめたまま、考えていた――ハックラー旦那様の馬車に乗っていった日から母さんはもどってきてない。そのあと、だれも母さんを見てない。ハリソンも、リリーも、ぼくも。ケンタッキー州ワシントンの裁判所に連れていかれるとき、母さんは両手に顔をうずめてた。そして、二度ともどってこなかった。それが実際に起こったことだ。

「母さんは連れてかれたまま、もどってきてないよ」ぼくは毛糸をにぎりしめた。「よく知ってるでしょ。ぼくだって知ってるよ。ハリソン、熱のせいで、ほんとうじゃないことをしゃべってるんだ」

「いんや、そうじゃない」ハリソンが咳《せき》をした。「毛糸のなかを見てみろ。さあ」ハリソンが、早くしろ、というように手を振る。「見てみろ」

からまりあった毛糸をほぐして、まんなかまで指を入れると、なにかがひざの上にひらひらと落ちた。ちぎった紙きれだった。茶色いインクで小さな言葉がふたつ書かれている。一語、すきまがあって、また一語。

「カナデイ、チャタームと書いてある」ハリソンが身をのりだして紙を見ながら、一語一語に指を当てた。「カナデイ、チャターム。字が読める黒人の鍛冶屋《かじや》がそう書いてあるとおしえてくれた。おまえの母さんのハナがいるところだ」

ぼくはハリソンを見つめた。「母さんがハリソンにこれを渡したの？」

「いんや」ハリソンがまた樽にもたれて、目を閉じた。「わしとリリーとおまえの母さんが決めた合図だ。お前の母さんが連れてかれた日、もう十年くらいまえになるが、わしとリリーはおまえの母さんにこういった。『もし自由になったら、なにか方法を考えて、そのことをわしらに知らせろ。わしらとサミュエルに合図を送れ。なにか小さな合図、ちょっとした合図だ。でないと、旦那様に気づかれてしまうからな』」

ハリソンは、ぼくの手から、からまった毛糸をとった。「で、おまえの母さんは、自由になったら、灰色の毛糸玉をわしらに送るといった。『その毛糸が合図よ』と。灰色の毛糸を合図にしたのは、大旦那様と奥様《おくさま》のために織ったり紡《つむ》いだりするのがおまえの母さんの仕事だったし、大旦那様夫婦《ふうふ》の使い物にならない、役立たずの頭の毛の色が灰色だったからだ」

ハリソンが首を横に振った。「わしとリリーは、そんな合図がくるとは思ってなかった。おまえの母さんはどこかに行ったきり二度ともどってこないと思ってた。わしらの小さな黒人専用墓地に埋葬《まいそう》された連中と同じようにな。売られた家族には二度と会えんし、売られた家族から便りをもらうこともない。死んだも同然だ」

ハリソンが、また、樽にもたれた。でこぼこ道の上で、馬車がきしみやうめきをあげている。

「牛が死んで、暴風雨が通ったあの日、納屋《なや》の乳しぼり用腰掛《こしか》けの上に毛糸がおいてあるのを見つけた。ああ、そうとも。だれがどんなふうにもってきたのかはわからん。だが、毛糸を見て、なかの紙きれに気づいたとき、はっきりとわかった。おまえの母さんが自由になったと知らせてきたんだ、と」

ぼくは、グリーン・マードクの占いを思い出した。手紙か合図がくる——そんなことをいわなかったっけ？　背筋がぞくぞくっとした。

ハリソンが目を閉じた。「おまえの母さんが自由になったと知って、死ぬほど不安になった。おまえをどうしたらいいかわからなかったからだ。そして、わしは、サミュエルをカナデイまで連れていく、とリリーにいった。リリーは反対した」ハリソンがまた首を振った。「リリーは『あんたはもう年なんだよ。サミュエルを連れて、どうやってはるばるカナデイまでいくつもりだい？』といった。だが、わしは、『心は決まってる』と答えた」

ハリソンが、さらにぎゅっと毛布を肩に巻きつけた。「カナデイに着いて、おまえの母さんを見つけるまで、ひと言もいうつもりはなかった。ひと言も――」

ハリソンがはげしく震えた。「だが、ああ、わしはひどい熱だ」ハリソンの歯がカチカチ鳴った。「今回は神様のお迎《むか》えがくるかもしれん。母さんが自由になったと知らせないままわしがあの世に旅立ったら、あとに残されたおまえはどうなる――ずっとそれを考えてた」ハリソンがぼくを見つめた。「だから、もしわしになにかあったら、サミュエル、おまえは逃《に》げつづけろ。逃げつづけて、カナデイにいくんだ、わかるか？」

「病気はよくなるよ」ぼくは大声でいった。「なにも起こらない」

「サミュエル、どうしてわかる？」ハリソンがぴしゃりといった。「おまえは神様か？」

ハリソンは目を閉じると、樽にもたれて眠りこんだ。ぼくは、心臓がどきどきした。

暴風雨のなか、馬車はゆれながら音をたてて進んでいた。ブリキ製品やかごが倒《たお》れ、荷台の上をころがっていく。積みあげてあったバケツがくずれる。ぼくの知っていることも知らないことも、なにもかもが、ブリキ製品やかごと同じように、ぼくの頭のなかでころがっていた……母さんは自由になって、カナデイのチャタームというところにいる……グリーン・マードクの占《うらな》いが当たってる……ハリソンは熱のせいでひどく具合が悪い……リリーはぼくを行かせたくなかった……。

頭のなかでリリーの声がした――〈泣いちゃいけない〉。

第二十五章　黒人谷

午後も遅《おそ》くなり、暗くなるころ、グリーン・マードクが、ぼくたちをおろすために馬車のうしろにやってきた。雨はあがっていた。キャンバス地の幌《ほろ》がはずされたときに見えたのは、空の下のほうをうっすらと染める夕焼けの名残《なごり》だった。あとは、雨にぐっしょりぬれた森と闇《やみ》が広がっているだけだ。

「いやはや、ここまでこられないかと思ったぜ。〈若いの〉と〈年寄り〉、無事か?」グリーン・マードクが馬車のなかをのぞきこんだ。「〈黒人谷〉は、この道の少し先だ。あと四、五百メートルくらいだろう。急いで歩けば、まだあたりが見えるうちに着けるだろうよ」

けれど、ハリソンの具合はますます悪くなっていた。ハリソンは、馬車からのろのろおりたものの、はげしくせきこみ、荷台の横板にもたれるのがやっとだった。目を閉じ、胸の上の毛布を片手でにぎっている。「息が吸えん」ハリソンが弱々しい声でいった。

「おまえ」グリーン・マードクが、ぼくの腕《うで》をぐいと引いた。「谷まで走ってって、黒人連中を何人か連れてこい。できるだけ急いでここまでくるようにいうんだ。この老人といっしょにずっとここにいるわけにはいかんからな」グリーン・マードクは空を見あげて、首を振《ふ》った。

「こうなることはわかってた。具合が悪くなって、歩けなくなるってな。こうなることはわかってたんだ」

「さあ、行け、走れ」グリーン・マードクにぐいと押《お》されて、ぼくは暗い道を進みはじめた。ぬかるみのせいで足がぐっしょりぬれ、轍《わだち》に脚《あし》をとられてふらふらした。そのうえ、自分がなにに向かって走っているのかわからない。ぼくは、ただひたすら走った。

道はどんどん狭《せま》くなり、やがて、雑草のあいだにできた二本の溝《みぞ》になった。その、二本の車輪の跡《あと》でさえ、今にも草のなかに消えてしまいそうに見えた。

ここにはなにもない――頭のなかの声がいいつづけた――〈黒人谷〉なんかない。グリーン・マードクが馬車で帰ってしまって、森のまんなかにとりのこされたら、ぼくはどうなるんだろう？　馬に乗ったパトロールの白人たちが、どこから出てきてもおかしくない。もどろうとしても、もう道もわからない……。

ところが、そのとき、いくつもの明かりが見えた。まるで、暗闇《くらやみ》のなかの炎《ほのお》のようにちらちらとゆれている。近づくにつれて、月の光に照らされた灰色の影《かげ》が見えてきた。家々が寄りあつまってたっている――板張りの木造の家が二つ三つ、その先に、ひと部屋きりのかしいだ丸太小屋が並んでいる。全部あわせても、十軒《けん》かそこらだ。

木の葉のように心を震《ふる》わせながら、ぼくは一軒の家にそっと近づいていった。家の一方に真四角のポーチがある。ぼくは、ポーチに一歩ずつ足をのせて立ち、耳をすまして扉《とびら》に注意を向けた。キャベツを料理するつんとしたすっぱい香りがただよってくる。家のなかで話し声がした。黒人のようだ。ぼくたちの夕食用にキャベツのスープを作っているリリーを思い出した。

ぼくは手をあげて、扉をノックしようとした。

ところが、目の前で扉が勢いよくひらいた。

ぼくは息をのみ、立ちつくした。

キャサリン奥様《おくさま》と同じくらいの体つきの——もしかしたら、もっと大きな——黒人の女が、目の前の戸口をふさいでいた。まっ黒な肌《はだ》、ぼくが見たなかでいちばん黒い肌をしていた。鉄のやかんみたいにまっ黒だ。

片手にフライパンをもった女がぼくを見おろしていた。目がぎらぎらしている。「窓から見えたんだよ。なんであたしのうちのまわりをこそこそうろついてるんだい？　盗《ぬす》みをしようとして、なにかさがしてたのかい？」女が、ぼくの頭に振りおろそうとするかのようにフライパンを振りあげた。「ここにあるのは、あたしの全財産だ。あたしの財産になにかよからぬことをしようとしてたのかい？　坊《ぼう》や、正直に答えな」

まるで、鋲《びょう》かなにかで留められたみたいに、足がポーチにはりついて動かないうえ、かすかな声しか出なかった。「グリーン・マードクが、ここにくるようにっていったんです。ハリソンがひどい熱を出して、グリーン・マードクがここにくるようにいったんです」

女は目を細め、疑いのまなざしを向けた。「グリーン・マードクなんて知らないし、その男がどうしてここにくるようにいったのかもわからないね」女が、とげとげした声でいった。「あたしのポーチからおりて、二度とこのあたりにこないでおくれ。みすぼらしい黒人連中の世話なんかしないよ」

扉がバタンとしまり、なかで重い足音が遠ざかっていった。止めるまもなく、こらえていた涙《なみだ》があふれでた。川のように。

そのとき、近くの窓で音がした。こすれるような音だ――だれかが、窓を注意深くゆっくり押しあげようとしているらしい。さっきの女が、ぼくの頭めがけてフライパンを投げつけようとしてるのかもしれない――頭のなかで声がささやいた。けれど、窓のなかから暗闇に向かって呼びかける声がきこえてきた。

「そこの坊や」とても小さな声だった。「二軒先に行きな。家に入れてくれるから。裏にまわり、二度ノックして、また、二度ノックするんだよ。二度して、二度だ。忘れるんじゃないよ」

こすれるような音がしたかと思うと、窓がしまった。見まわしたが、どこにもだれも見えなかった。

体に震えが走った。

すぐさま〈黒人谷〉を出て、ハリソンとグリーン・マードクのところまで駆《か》けもどりたかった。もう、今にも倒《たお》れそうな家のまわりをこそこそうろつきたくなかった。けれど、白人のグリーン・マードクのところに手ぶらで帰るわけにはいかない、とわかっていた。白人からなにかしろといわれたら、しなくてはならない。

それで、いわれた家に向かってそっと進んでいった。その家は、白いペンキを塗《ぬ》った小さな家だった。ほかの家と同じように芝生《しばふ》も敷石《しきいし》もないむきだしの土の庭にたっている。裏にまわれといわれていたから、一列に並んだ低い木々にかくれるようにして家の横をまわった。裏に出ると、窓にランプの炎がゆれていた。ランプが投げる明かりで、石の踏《ふ》み段《だん》が見える。きれいに掃《は》いてあり、なにもおいていない。家の横手にほうきが立てかけてあって、ちょうど掃除《そうじ》が終わったところだとでもいうようだ。

なにもかもがきちんと片づいているのを見て、ぼくはびくびくした。この家の人たちは、だれかがくるのを待ってるんじゃないか——そんな感じがした。

家のなかから、話し声がきこえてきた。黒人の女のようだ。ときどき、男の声が答えている。ひと言、ふた言ききとれるだけで、なにをしゃべっているのかはわからない。ぼくは、片足を石の踏み段にのせた。

扉のむこう側では、皿を重ねる音がしている。「オーガスト、このパイ、いる？　ねえ、きこえてる？」女の大きな声が呼びかけている。「ちょうど焼きあがったところよ」

ぼくは息を吸いこむと、手をあげて、ノックした。できるだけそっと静かに二度。そして、もう二度。

足音が止まり、女の声もやんだ。

「オーガスト。オーガスト……」だれかがささやき声でいっている。「ノックよ」走りまわっているかのように足早に行ったりきたりする音がした。そして、裏の窓の明かりが消え、真っ暗闇になった。

また、やっかいなことになったようだ。

目の前で、扉の掛《か》け金《がね》が音をたてた。ぼくは手をにぎりしめ、どなられるか追いはらわれるものと思って、立っていた。

「どうしてここにきて、ノックしてる？」扉がきしみながら開いて、低い声がした。

首すじがちくちくした。扉のむこうは真っ暗で、なにも見えない。ロウソクを消したときのにおいが流れてきた。

「いうんだ」男の声がいった。前よりも大きくなっている。「どうしてノックしたか、いえ。

でないと、この家には一歩も入れんぞ」
なんといったらいいかわからなかった。言葉がロウソクのように消えて、どこかに行ってしまった。

暗がりのべつの場所から女の声が飛びこんできた。「オーガスト、子どもよ。黒人の男の子。かわいそうな子どもを死ぬほどおびえさせることはないわ」

扉のうしろで、椅子《いす》が床《ゆか》をこする音がした。「ベル、わしは扉の裏に立ってるんだぞ。踏み段に立ってる子どもが見えるわけがないだろう」

「でも、子どもよ。戸口に立ってるのが見える。オーガスト、あの子を入れてやるの、それとも、暗闇のなかに立たせとくの？」

「わしは、あの子に入れといった」男の声がつづく。

「いいえ、いわなかった」

ぼくは、片足からもう一方の足に体重を移して、逃《に》げることを考えていた。

「いいや、いった」

「いいえ、いわなかったわ」

男が大きなため息をつき、ぼくが逃げるより早く戸口から出てきたかと思うと、ぼくの腕をつかんで家のなかに引っぱりこんだ。

「ベル、おまえの台所のまんなかにその子が立ってる」男が力をこめて扉をしめながら、暗闇のなかでいった。「黒人の少年だといいんだが。でないと」男は言葉をきると、くすくす笑った。「皮をひんむいて、酢漬《すづ》けにして、わしらの夕食にしないとならんからな」

「オーガストったら！」女がきびしい声でいった。

男はくすくす笑いつづけている。「ベル、ランプをつけてくれ。明るくなったら、ころばずにすむし、今にぎってるこのピストルで撃《う》てるだろ？」

ぼくの心臓がはねあがった。

暗闇のなかで、女の服がこすれる音がする。「まったく、オーガストったら、どうしてそういう話し方をしたり、その古い銃《じゅう》をもてあそんだりするの？　そんなことをしてると、いつか人を殺すことになるから」

目の前でランプに火がともると、白人の服を着た黒人の男女がぼくを見つめていた。女は、緑のチェックのしゃれたワンピースを着て、小さな白いボンネットをかぶっている。男は、上等な茶色い生地の上着とズボンを身につけていた。

ふたりとも、背が高く、たくましそうに見える。ハックラー旦那様《だんなさま》が毎年よそから借りてくる黒人奴隷《どれい》に白人の服を着せたら、こんなふうに見えただろう。もっとも、旦那様のところで働く奴隷たちがしゃれた服を着ているところなど、ぜったいに目にすることはないはずだ。なにしろ、旦那様にさんざん働かされた男たちは、最後には骨一本残らないから、そんな服を着ることなんかできない。

「どうしてここにきた？」男がぼくに顔を近づけて、目を細めた。

「子どもに銃をつきつけて、質問するもんじゃないわ」女が、やめなさい、というように片手を振った。「さあ、その銃をしまって、オーガスト」

「な、坊主《ぼうず》」男が火打石銃《ひうちいしじゅう》を両手のあいだでころがしながらいった。「ベルはやたらと心配してるが、こいつはジョージ・ワシントンと同じくらい昔のしろものだ。この銃をもちつづけるのは、身を守るためだ。合図を送ってくるのが黒人だと確かめなきゃならんし、白人がわしらをつかまえようと、こそこそうろつかないようにしないとならん――」

「オーガスト」

「わかったよ」オーガストは歩いていくと、扉の脇《わき》の陶器《とうき》の鉢のなかにピストルの銃口《じゅうこう》をつっこんだ。「そら」オーガストが背筋を伸《の》ばした。「ベル、何年もなにひとつ撃ってない銃のことで、どうしてそんなに気をもむのかわからんな」

ベルと呼ばれた女が首を横に振った。「あんたときたら、ほんとにやっかいな人なんだから」

オーガストがにやりとした。「そう、それがわしだ」オーガストがぼくのほうへ首を振った。

「その子になにか食べ物を出したらどうだ？　あのやせっぽちの体にはなにか必要だろう」

「そうね」

ぼくはうつむいて足を見つめた。ハリソンのことやハリソンが待っている馬車までもどらなくてはならないことを、どう話したらいいかわからなかった。

ベルが近づいてきて、ふしぎそうにぼくを見た。「オーガスト、この子、ひとりで逃げてきたと思う？　それとも、あとからほかの人たちもくるのかしら？」

オーガストが肩《かた》をすくめた。「わかってるのは、その子がノックしたとき、吸ってたパイプを投げすてたってことと、さらに人が押しよせてくるまえに、そのパイプをさがすつもりだってことだけだ」

オーガストが離《はな》れていくとき、ぼくはなんとか説明しようとした。ハックラー旦那様のところからハリソンといっしょに逃げてきたこと、ハリソンが熱を出して具合が悪いこと、〈黒人谷〉にくる道に止めたグリーン・マードクの馬車のそばでハリソンが待っていること、急いでもどってハリソンを連れてこなくてはならないことを。けれど、ふたりは話がのみこめないようだった。

「わかるように話してごらん。ハリソンて、だれなの？　ほかにもだれかいるの？」ベルがいった。

オーガストがしまっている扉にすばやく目をやった。「黒人がふたり、どこか外にかくれてるのか？　グリーン・マードクとハリソンが？　それとも、ふたりは行商人の馬車のなかにいるのか？　どっちだ？　ふたりとも病気なのか？」

けれど、ぼくが口をひらく前に、扉が音をたてて開き、なんとハリソンが戸口に立っていた。両手で杖《つえ》につかまっている。

「サミュエル、大丈夫か？」どこか遠くからきこえてくるような震え声で、ハリソンがいった。「出かけたきりもどってこんから。あの行商人に、わしらをおいていけといって、さがしにきた。ほかにどうしたらいいかわからんかった。で、〈谷〉まできて、おまえをさがした」

熱でぎらぎらしたハリソンの目が、ぼくのうしろに立っている男女を見た。「わしはハリソンだ。あんたらは？」ハリソンがけわしい声でいった。

「オーガスト・ヘンリーだ」黒人の男が前に出て、ハリソンのほうへ手を伸ばした。けれど、ハリソンは手を動かしもしなければもちあげもしないで、ただじっとしている。オーガストは、つきだしたままになっていた手をひっこめた。

「あたしはベルよ」女がうなずいて、茶色いてのひらで服のしわを伸ばした。

「ベル」ハリソンの顔にかすかに笑みがうかんだ。「ベル」ハリソンがくりかえした。と、ハリソンの目がすうっと閉じて、体が折れまがるように見えた。あっというまのことで、だれも動けなかった。杖が音をたててころがったかと思うと、ハリソンの体がくずれるように床に倒《たお》れた。

「ベル」ハリソンはささやくような声でいい、動かなくなった。

実は、ぼくも床に倒れた。赤《あか》ん坊《ぼう》のころからずっと世話をしてくれたハリソンが死んだと思ったからだ。

第二十六章

白い空の赤い星

ハリソンは、肺炎《はいえん》を起こしていた。

ベルは、オーガストといっしょにハリソンを二階の部屋に運んで毛布をかけたあと、一階におりてきて、ぼくのそばに立った。開いたままの扉《とびら》の脇《わき》で、ぼくは、まだ、ハリソンの杖《つえ》をもったまま外の闇《やみ》を見つめていた。石ころになってしまったみたいに。

「ハリソンといっしょに逃《に》げてきたの？」ベルがそっときいた。

「はい」ぼくは、外を見たまま答えた。

「ケンタッキーから？」

「はい」

「この谷を通っていったほかの逃亡者《とうぼうしゃ》のなかにも、肺炎にかかった人たちがいたわ。じめじめした森や夜の寒さのなかで長い時間過ごしたせいね」

ぼくは、これまでのことを思い出した――ハックラー旦那様《だんなさま》がぼくたちをさがしていたとき、どしゃぶりの雨のなかで老木の枝にすわっていたこと。ぼくのせいで道に迷って、森のなかで眠《ねむ》ったこと。腹をたてたぼくが、ハリソンをほったらかして、先に川の浅瀬《あさせ》から出てしまったこと。「死ぬのは一度きりだ」ハリソンはそういって、杖を地面につきたてた。

「あんたにはどうしようもなかったのよ。なにもできることはなかったし、あんたがなにかしたせいだということもない」ベルは、まるでぼくの考えていることがぜんぶわかるというようにいった。「肺炎にかかる者もいれば、かからない者もいるのよ」

ぼくは、杖のてっぺんをにぎっている自分の両手を見て、ハリソンの手のことを思った。

「ハリソンはよくなる?」

「そうねえ」ベルがとても静かな声でいった。「そう、治る人もいる。でも、あんたのお友だちの肺炎は、とても重いわ。長いあいだ、あれほどの重病人は見たことがない。あたしもオーガストもたくさんの人を見てきたけどね」声が次第《しだい》に小さくなり、ベルは目をふせた。

それで、ぼくにはわかった——ベルは、ハリソンの病気がとっても、とっても、とっても悪いと思ってるんだ。いいことが起こるなんて期待しちゃいけないんだ。けれど、ぼくのなかのどこかで、大丈夫《だいじょうぶ》だ、という声がした。ぼくの目が、塩のように、骨のように、乾《かわ》いていたからだ。

〈だれかが死にかけてるか死んだときにしか、泣いちゃいけない〉

ベルは両手をエプロンでぬぐうと、ハリソンのためにブランデーと卵で卵酒を作るといった。「サミュエル、その扉をしめて、てつだってくれない？」ほがらかな明るい声を出そうとしているようだった。「あんたの名前よね？　サミュエルっていうんでしょ？　そんなところに立って、そんなふうに外の暗闇《くらやみ》を見つめていても」ぼくがつったったまま動かないので、ベルは手を伸《の》ばして、扉をしめた。「なんにもならないわ。まえに住んでたところで、卵酒が熱に効くってきいたことはない？」ベルが台所のテーブルのほうへ歩きだした。

「いいえ」ぼくは、リリーが作るお茶を思い出した。だれかが熱を出すと、リリーが必ず作っていた。つる植物の葉を水に入れてわかすあいだ、リリーはそばに立って、かきまぜながら味見をする。やがて、リリーの小屋いっぱいに、つんとした青くさいにおい——どしゃぶりのあとの空気のにおい——が広がった。

「昔から、病気になると、母さんが卵酒を作ってくれたわ。母さんは、メアリーランド州の奴《ど》隷《れい》だったんだけど、ある日、旦那様が自由にしてくれたの」ベルはテーブルの上のかごに手を伸ばして、なかの卵を二個とると、ボウルの縁《ふち》で割った。「その旦那様はこういったんだって。『イライザ、おまえはもう、自由だ』」

ベルは、卵の黄身をボウルに落とすと、そこへ陶器《とうき》の水差しからブランデーを注いだ。「あたしは、生まれたときから自由民だったの。兄弟も姉妹《しまい》もみんなそう。考えてもみて。あたしたちは、この世でいちばん運がいいといってもいいと思うわ」

黒人が自分たちは自由だというのをきいて、不思議な感じがした。それまで、そんなふうにいう黒人のことなどきいたことがなかった。ハックラー旦那様の農場には、そんな人はいなかった。近隣《きんりん》に、ひとりだけ、自由民に近い黒人がいた。その黒人は鍛冶屋《かじや》で、農場から農場へと行き来することができて、字を読むことも許されていた。

ベルがボウルの中身を手早くかきまわし、卵の黄身とブランデーがはねた。「あたしの母さんは、自由民になったあとフィラデルフィアに行って、今も暮らしてる。あんたといっしょにきたハリソンと同じくらいの年よ。さあ、できた」ベルはスプーンを口へもっていき、味見をした。「あたしは、母さんの薬の効果を全面的に信じてるわ。けど、母さんはいつも、『もしこの卵酒が効かなかったら、そのあとは、神様におまかせしよう』っていってた。神様を信じましょう」

そして、ぼくたちは、そうした。

ぼくとベル、それにときどきオーガストも、ハリソンのベッドの横に何時間もすわって、ハリソンの口に卵酒を流しこみ、冷たい布を額に当てた。「もう少ししたら、熱がさがりはじめると思うわ」ベルは、オーガストに目配せしながらいった。「サミュエル、心配はいらないわよ」

けれど、ハリソンの茶色い肌《はだ》はいつまでも、太陽に照りつけられた畑の土みたいにひからびて熱く、ぼくたちが流しこむ水分は体からどんどん抜《ぬ》けていった。

「ハリソンのことや、逃げてきた農場のことをきかせて」ベルがいう。次々に質問をして、ハリソンの不規則で震《ふる》えるような息づかいをかき消そうとしているのだ。「ハリソンに育ててもらったの？　赤ん坊《あかぼう》のころから？　ハリソンは、農場でどんな仕事をしてたの？　そこには、奴隷が何人いたの？　旦那様は農場でなにを栽培《さいばい》してたの？　トウモロコシ？　タバコ？　ケンタッキーのトウモロコシは、このオハイオのと同じくらい背が高いの？」

ほとんどの質問に、ぼくはただ「はい」と「いいえ」で答えて、ハリソンを包んでいる上掛《うわが》けのキルトをじっと見つめていた。キルトは、白い空にたくさんの赤い星がある模様だった。

「気に入った？　星が明るく輝《かがや》いてるでしょ？」ベルが、キルトの上をなでながらいった。

「この星は、あたしが、切り抜いた布をつなぎあわせて作ったのよ。とても長い時間がかかったわ」

ぼくは、キルトの星のひとつひとつに、願いごとをした。ばかみたいな願いごとを。午後の太陽を見つめたときみたいに、目の前に色しか見えなくなるまで星のまんなかを見つめつづけて、願った。

ハックラー旦那様の農場にもどって、まえみたいにハリソンやリリーといっしょに暮らせますように。ハリソンが目をあけて、「サミュエル、さあ、先に進もう」って大声でいってくれますように。リリーが逃げてきて、この〈黒人谷〉でぼくたちを見つけてくれますように……。

ぼくがずっとだまっていると、ベルがいう。「サミュエル、話したくないんなら、話さなくていいのよ。だけど、母さんがいつもいってたわ。沈黙《ちんもく》は永遠の眠《ねむ》りを招く、って。あたしのいってること、わかる？　だから、あたしは、家のなかをたくさんの言葉でいっぱいにするの」それから、ベルは、自分の家族のことやオーガストの家族のことや昔のことを長々と話しだすのだった。

話のあいまに、ベルはカナダに行く話をさせようとした。「サミュエル、カナデイに行って自由になったら、まず最初になにをしたい？」ベルが、ハリソンの額にのせる布をしぼりながら、きく。「どんなことを思ってる？　カナデイはどんなところだろう、とか、これから先ずっと自由になるってどんな感じだろうとか考えてる？」

ぼくは、自由のことを考えようとしたけれど、思いうかぶのは、なにも植わっていない大きな畑だけだった。その畑をぶらぶら歩いている自由民の人たちは、なにももっていない。すべてのことから自由になったら、あとにはなにが残るんだろう？　ぼくはそのことを考えつづけていた——自由っていうのは、冬のトウモロコシ畑をもらうようなものだ。青々としたものがすべて引きぬかれたあとの畑だ。

その畑では、母さんでさえ、ただの影《かげ》だった。ただひとつ目にうかぶのは、遠くに見える馬車と馬車のなかの母さん。母さんは、リリーが話してくれたとおりの姿をしている。

「自由になりたくないの？」ベルがふしぎそうな顔でぼくを見る。「意地悪な旦那様から永遠に逃げたいと思わないの？」

「自由になりたいです」ぼくは、ベルをがっかりさせないよう、礼儀《れいぎ》正しく答えた。

「カナデイに行ったら、あんたも、オーガストと同じように、毎日自由にせっせと働いて、お金を払《はら》ってもらうようになるのよ」ベルはいった。

オーガストは、〈汽車〉と呼ばれるものの仕事をしていた。「〈馬車〉じゃない。〈汽車〉だ」とオーガストはいった。オーガストは、毎朝、夜明けまえに、〈谷〉のほかの黒人ふたりといっしょに、ヒルズボロの白人の町まで歩いていく。ときどき、オーガストが出かけるのを見かけたが、白人に追われていないことがいつも不思議でならなかった。オーガストはパイプを吹《ふ》かし、ランタンを前後にゆすりながら、朝の闇のなかへと歩いていく。あたりに、白人はひとりもいなかった。

ある夕方、オーガストがぼくを仕事場の近くまで連れていき、汽車を見せてくれることになった。ぼくのことを心配したベルが、ぼくを外に出そうとしたのだ。「苦しんでるハリソンの脇に昼も夜もすわりつづけて、一週間近くなるじゃないの。オーガストといっしょに出かけて、ほかのものを見てらっしゃい」

それで、ぼくはオーガストといっしょに、小麦畑を抜けていった。「この畑は、〈谷〉とヒルズボロの町のあいだにある」オーガストがおしえてくれた。「暗くなりはじめてるから、急がないと、帰るのが遅くなるぞ」

畑を抜け、小さな森を出たところで、低いうなりがきこえてきた。遠くの雷《かみなり》のような音だ。といっても、頭の上には、雲ひとつなかった。空にあったのは、沈《しず》みかけている太陽だけだ。空を見あげたとき、体に震えが走った。雲のない空で雷が鳴ることなんてあるのか？

うなりが大きくなった。

ぼくは、出てきたばかりの森のほうへすばやく目を向けた。「なにかきこえない？」落ちついた声をだそうと努力しながら、ぼくはきいた。

ところが、オーガストは頭をのけぞらせて笑った。「〈鉄の馬〉の音をきくのは初めてか？」オーガストがくすくす笑う。「あれを見たら、心底たまげるだろうよ」

ぼくは、心臓がどきどきした。

リリーがよくいっていた。「悪魔《あくま》は、大きな馬に乗ってとどろくような音をたてながら夜空を駆《か》けぬけ、人間の魂《たましい》をさがして盗《ぬす》もうとするんだ。ほんとに、そのとおりなんだよ」リリーは指を鳴らす。「なにか悪いことをしたら、悪魔の馬に乗せられる。一巻のおわりさ」

「ほら、見ろ」オーガストがいった。

ぼくは、ぐっと息を吸いこんだ。

目の前の野原を、巨大な黒い鉄のかまどのようなものがやってきた。まるで家みたいな大きさだ。太い煙突《えんとつ》から黒い煙《けむり》が流れでている。そのかまどの横についているいろいろな部品と車輪が、だれもさわっていないのに動いている。そのうえ、鐘《かね》が大きな音をたてながら勝手に前後にゆれている。

ものすごい音が響《ひび》きわたるなか、オーガストは声をはりあげた。「ちっともこわくない、そうだろ？　たいしたものだと思わないか？」

かまどのうしろから、車輪の上にのったいくつもの大きな四角い箱が飛ぶようにやってきた。まるで家や物置小屋が一列になって、走ってくるようだ。オーガストが指さして、毎日、あの汽車に荷物を積みこんでいるのだ、と大声でいった。ころがるように進んでいく箱のなかに白人の顔が見えることもあった。心臓がどくどくいう。あの人たちはどうしたんだろう？　どんな悪いことをしたんだろう？

そして、鉄の馬は行ってしまった。

あたりが静まりかえった。オーガストは、コナジラミの群れをぴしゃりとたたき、目を細めてぼくを見た。「こわかったか？」オーガストはにやっとすると、大きな手でぼくの肩《かた》をたたいた。「こわかったんだな。顔を見りゃ、わかる」オーガストは、鉄の馬が走っていたところへ向かって、手を振《ふ》った。「ただの鉄道だ。馬車に乗るのと同じだよ。ただ、馬が引いてるわけじゃない。鼻息じゃなくて、煙と炎《ほのお》をあげて走るんだ」

そんな乗り物のことはきいたことがなかった。ぼくは、そんなものに乗る人を思いうかべようとした――燃えながら走るものに乗るなんて、どんな神経なんだろう。キャシアス・ハックラーなら乗るかもしれない。キャシアスは、ときどき馬で出かけるが、馬を死なせそうな乗り方をした。

オーガストが言葉をきって、ぼくを見た。「汽車はいつも、逃亡者を北へ運んでいる。わしが、おまえとハリソンをこっそりヒルズボロに連れてって、ああいう汽車にもぐりこませたら、おまえたちはたちまち自由の身になる。汽車ほど速く旅ができるものはないからな」

ぼくは、オーガストを見つめた。

「ぼくとハリソンがあれに乗るの？」

「そうだな」オーガストはかがんで、草を一本引きぬいた。「かもしれんな。もしかするとな」オーガストは、草を口にくわえて、ゆっくりとかんだ。「でなければ、まず、おまえがひとりで行くことになるかもしれん。そして、あとから、ハリソンを汽車に乗せておまえのところに送る。そういうのはどうだ？」

「ハリソンがいっしょじゃなかったら、北には行かない」ぼくは肩越《かたご》しに答えると、〈谷〉のほうへもどりはじめた。急に不安になった——オーガストは今すぐぼくを汽車に乗せようとしてるんじゃないか？「ハリソンの病気が治ったら、ぼくたちいっしょにカナデイまで歩いていきます。なにもかもちゃんと考えてあるから」

けれど、家にもどると、ベルが玄関《げんかん》でぼくたちを待っていた。とけて短くなったロウソクを手にしている。茶色い髪《かみ》のカールが白い帽子《ぼうし》からはみだしていた。

「ハリソンの様子がおかしいの」ベルがこわばった声でいった。「あんたたちはいつもどってくるかわからないし……ハリソンは、なにかおそろしいことをしゃべりつづけてるし……」

ぼくは、オーガストとベルの脇をすごい勢いでかけぬけて、小さな階段をのぼった。

ハリソンはベッドに横たわっていたが、上掛けのキルトを両手でよじってはほどいている。まるで、キルトの星をしぼりだそうとしているみたいに。「おまえか？」ハリソンが奇妙《きみょう》な目でぼくを見る。ぼくがだれかわからないような目だ。熱でひびわれた唇《くちびる》を舌でしめらせてから、ハリソンがささやき声でなにかいった。

ぼくは顔を近づけた。「ハリソン、なに？」

「ベルはどこだ？」ハリソンが、あたりを見まわしながら、ゆっくりといった。

オーガストといっしょに部屋の戸口に立っていたベルが、首を横に振った。「なにをいってもだめ。ハリソンが呼んでるのは、あたしじゃないの。だれかべつのベルと話したがってるのよ」

「オーガスト・ヘンリーと奥《おく》さんのベルが、ハリソンの世話をしてくれてるんだよ」ぼくはハリソンに話しかけた。「肺炎でずっと具合が悪かったんだ」

けれど、ハリソンはただぼくをにらみつけるだけだ。

「わしは病気じゃない」ハリソンが怒《おこ》ったようにいう。「ベルを呼んでくれといってるんだ、きいてるか？　ベルがどこに行ったのか、おしえてくれ。連中はベルをどこに連れてった？」

いっしょに仕事をしているときに、リリーがいなくなった人たちのことをよく話してくれた。ぼくは、リリーからきいた人たちのことを思い出そうとした――リリーの子どもたち、忙《いそが》しい時期によそから借りてくる奴隷たち、ハックラー大旦那様《おおだんなさま》のところで働いていた奴隷たち。黒人用の小さな墓地にある墓石のことを考えた。リリーがひとつずつ指さして、そこに眠る人たちのことをおしえてくれた。けれど、ベルという人のことは思い出せなかった。

「ベルっていう人は、ひとりも知らないよ。だれのことをいってるの？」ぼくは、ハリソンに話しかけた。

ハリソンが不安げにすばやく部屋を見まわした。「わしの妻のベルだ」ささやくような声だった。「わしたちは逃げだしたが、つかまったんだ。つい二、三日まえのことだ。知らないのか？　赤ん坊が泣きだして、わしとベルと赤ん坊は、納屋《なや》の干し草置場でつかまった」

ぼくは思い出した――そういえば、ぼくのせいで道に迷って森のなかにかくれてたとき、ハリソンは干し草置場でつかまったといってた。あのときも、ハリソンは今みたいにおかしくなって、つかまることを心配しはじめた。あのとき、ベルって人のことを話してたかな？

ハリソンが手を伸ばして、ぼくのシャツの袖《そで》をつかんだ。「連中はベルをどこに連れてった？　坊主《ぼうず》、おしえてくれ」怒《いか》りに燃えた目でぼくをにらみつける。「連中がベルと赤ん坊をどこに連れてったか、おしえろ」

「さあさあ、少し落ちついて」ベル・ヘンリーがそばにきて、ハリソンの肩を枕《まくら》に押《お》しもどした。「その赤ん坊って、だれなの？　なんていう名？」

ハリソンは枕にもたれて、目を閉じた。「ハナ」ささやくような声だ。「わしの赤ん坊、わしの娘《むすめ》のハナだ」

ぼくは、頭がくらくらして、赤い星の空を落ちていくような気がした。

ハナ……ぼくの母さんの名前だ……。

「サミュエル、ハリソンのいうことをわかろうとしなくていいんだ。熱のせいで、頭が混乱してるんだから。さ、わしらは下にいって、ハリソンを少し休ませよう」

オーガストがいった。

もし母さんがハリソンの子どもだとしたら……。

「熱がさがって、頭がはっきりしたら、ここにすわって、好きなだけ話せる。そのとき、ベルと赤ん坊がだれなのか、わかるさ」

体じゅうの空気がしぼりとられるような気がした。

ハリソンはぼくのおじいちゃんだ……。

第二十七章

ハリソンの秘密

その晩、ぼくは、ハリソンのベッド脇《わき》の椅子《いす》にすわっていた。ハリソンの、疲《つか》れてやつれた顔を見おろし、自分とそっくりなところを見つけようとした。目は？　あごは？　おでこは？　けれど、結局、どんなにじっくり見ても、似たところはなにも見つけられなかった。ハリソンは、いつもと同じように見える。ちっともぼくと似ていない。

ぼくは、灰色の毛糸玉をポケットから出して、母さんのことを考えた。母さんに会ったら、ぼくと同じところが見つかるだろうか。「ショウガ入りクッキーの色をした肌《はだ》」リリーがいつもいっていた。「おまえと同じようにやせっぽちののっぽで、ショウガ入りクッキーの色をした肌だった」

けれど、ハリソンを見てもわからないように、母さんを見ても、同じところがあるかどうかわからないかもしれない。

ぼくとハリソンのまわりで、部屋のなかの色が変わっていった——夕方の灰色から夜の黒へ、さらに、早朝の青い薄闇《うすやみ》へと。すわって、あれこれ考えながら、ぼくは目をつむるのがこわかった。眠《ねむ》っているあいだにハリソンが目をさまし、ぼくをひとり残して、母さんといっしょにどこかに行ってしまうような気がしたのだ。指のあいだから水のようにするりと抜《ぬ》けて、姿を消してしまうような気がした。

夜明けの最初の光が部屋に差しこんできたとき、ハリソンが目をひらいた。

そう、なんの前ぶれもなく。

ハリソンは顔をむけ、こちらを見ると、はっきりとした鋭《するど》い声でいった。「サミュエル、わしらはどこにいる？」小さな窓に向かって、腕《うで》を振《ふ》る。「ここはカナデイか？」

「ベル！　オーガスト！」ぼくはさけんだ。

ふたりは、寝間着《ねまき》を着たまま、階段を駆《か》けあがってきた。「ああ、ああ、ああ！」ベルがオーガストにいうのがきこえた。「どうしましょう？」戸口で立ちつくしたベルは、片手で口をおさえていた。髪《かみ》の毛があちこちつったっている。オーガストは、両手で顔をおおっていた。

そばまできて、ハリソンが目を開けているのを——生きているのを——見ると、ふたりは信じられないという顔をした。

その同じ日、ハリソンはベッドの上で体を起こすと、スープをスプーンに三杯自分で飲んだ。

その翌日は、トウモロコシパンをまるまるひときれと、シチューをボウル一杯《ぱい》食べた。ぼくは、もう一日待ってから、ハリソンに、干し草置場にいた家族のことをきいた。ベル・ヘンリーは、もう少し待つべきだといったのだけど。

その日、枕《まくら》にもたれてハムスープを飲んでいたハリソンは、ほとんど元のハリソンにもどっているように見えた。それで、ぼくは、そっときいてみた。「ベルっていう名前の奥《おく》さんがいたの？」

ハリソンは、口に入れようとしていたスプーンを止めて、ぼくを見た。

「だれからきいた？」けわしい声だ。

心臓がどきどきした。いおうと思っていた言葉が口のなかで干あがってしまったような気がする。「熱があったとき、ベルっていう奥さんを呼んでた」ぼくは、目を伏《ふ》せたまま、低い声でいった。「ハリソンにベルっていう奥さんがいたなんて知らなかったよ」

「知らなくてもいいことだからだ」ハリソンがぼくをにらみつけた。「もう知られてしまったようだがな」ハリソンは、ボウルのなかでスプーンをすばやくぐるぐるまわした。

「そうだね、もう知ってるよ」ぼくはつづけた。

ハリソンが大きなため息をついた。「妻のベルは、リリーといっしょに台所で働いてた。何年も何年もまえのことだ。おまえが生まれるずっとまえだ」

「その人は、だれかに連れてかれたの？」

ハリソンがぼくをじっと見た。「ベルに起こったことを知りたいのか？　トランプのゲームで負けたのさ。ある晩、ハックラー大旦那様《おおだんなさま》が台所にきて、ベルにこういった。『ベル、これからおまえの旦那様はウェスト氏だ。われわれがしていた公明正大なトランプゲームでウェスト氏が勝って、おまえは彼のものになった。明日、ウェスト氏がおまえを連れていく。バージニアにな』」

ハリソンが窓へ目を向けた。「その晩、わしとベルは逃《に》げた」

ハリソンの声が小さくなった。「ずうっと、ずうっと昔のことだ。あの木、わしとおまえがかくれたあの木に、わしとベルはかくれた。そして、次の日、古い納屋《なや》のなかの干し草置場まで逃げた。そこで、つかまったんだ。あの干し草置場で」

「ベルは、そのときに連れてかれたの？」

ハリソンが目を閉じて、うなずいた。「ハックラー大旦那様は、わしを連れもどし、鞭《むち》で手ひどく打った——それを見ていたリリーが、死ぬだろうと思うほどにな。そして、ウェスト氏がベルを連れてった。それから、二度とベルを目にすることも、ベルのことを耳にすることもなかった。それが——」ハリソンがぱっと目をひらいた。「それが、わしの妻のベルだ」けわしい声だった。「大昔のことだ。これ以上、そんな昔の話はせん。このボウルを下にもってってくれ」ハリソンは、スープのボウルをベッド脇のテーブルにどんとおくと、さっさと行けというように扉《とびら》のほうを指した。「この部屋がハエだらけにならんうちにな」

オーガストとベルの話し声と紡《つむ》ぎ車《ぐるま》の規則的な音が、一階からきこえてきた。そのままだまって下に行けばよかったと思う。けれど、階段をおりる直前に、ぼくは振りかえって、急いでいってしまったのだ。「逃げたとき、赤ちゃんもいたの？」

ハリソンが身をのりだして、ぼくをじっと見つめた。「赤《あか》ん坊《ぼう》のことなんぞ話してないぞ」

ささやくような声だった。目がぎらぎらしている。「そうだろ？」

ぼくは、それ以上なにかいう勇気がないままうつむいて、からのボウルを見つめた。

「サミュエル、わしがこれまでに何人の人間を失ったかわかるか？」ハリソンが怒《いか》りのこもった低い声でいった。「このキルトの星の数と同じくらい失った」ハリソンは、星をひとつひとつ指で突《つ》つきながら、ぼくが初めてきく名前を次々にあげていった。「わしの生みの親のメアリー・エプス――売られた。父親のジェイムズ・ジョンソン――鞭で打たれて死んだ。妹たちのエミリンとレベッカ――ひとりは売られ、もうひとりは、結婚《けっこん》祝いに贈《おく》られた。兄弟のエイブラハムとチャールズとジェイムズ……」ハリソンが三つの星をすばやく突いた。「全員が手かせ足かせをつけられて、南へ売られた。わしが北のハックラー大旦那様に売られたのと同じときにな」

ハリソンは、両手でキルトの隅《すみ》をつかんで、くしゃくしゃにした。「そして、わしのひとりきりの妻ベル、空の星をすべてあわせても足りないくらい大切なベル――わしから引きはなされて連れていかれ、便りもない」

ハリソンは震《ふる》える指をあげて、ぼくを指した。「サミュエル、おまえがなにを耳にしたか知らんが、これ以上おまえの質問には答えん。この世に家族なんぞなくてひとりきりのほうがいい、そのことをおぼえとけ。そうしたら、なにも失わなくてすむからな。おまえの母さんが売られたあと、わしはリリーにこういった――こんなことをしたら、神様から命を取りあげられるかもしれんが、それでもかまわん。『この世におまえの家族はいない』といって、わしはこの子を育てる。いつか自由の身になったら、ほんとうのことを話すかもしれんが――とな」

ぼくにははっきりとわかった――ハリソンはぼくのおじいちゃんだ。

「なんで、そこにつったったまま、わしを見てる?」ハリソンががみがみいった。「さっさと下に行け」ハリソンは目を閉じ、胸の前で腕を組んで、だまりこんだ。

それ以上なにもききだせなかった。けれど、その晩、〈黒人谷〉は、雪が近づいているという話でもちきりで、どのみち、ハリソンと話をする時間などなかった。

第二十八章　雪

「雪だって？」ハリソンは、雪が近づいているときくと、すばやく体を起こした。

けれど、オーガストは、雪は空から降ってくるのではないといった。「南部からやってくる。白人の馬に乗って」オーガストが町できいた話はこうだ――「今晩、白人が〈谷〉の家を一軒《いっけん》残らずノックしてまわり、ずかずか踏《ふ》みこんでくるらしい。つかまりたくなかったら、自由を証明する書類を用意しておいたほうがいい。でなければ、連中がくるまえに一目散に逃《に》げだすことだ」

「その連中はわしらを追ってるのか？」ハリソンが鋭《するど》い声でたずねた。逃げだしてから二週間以上もたっているのに、ハックラー旦那様《だんなさま》とキャシアスはまださがしているのだろうか。ふたりに見つかったときに受ける罰《ばつ》ほどおそろしいものはない。ぜったいにない。

オーガストが首を横に振《ふ》った。「いや、いろいろ考えられる。所有者が自分の逃亡奴隷《とうぼうどれい》のあとを追っているのかもしれないし、パトロールの連中が相手かまわず逃げているものをとらえようとしているのかもしれない。町の治安官がだれかいないかとかぎまわっているだけかもしれん。わかってるのは、連中が白い肌《はだ》をしてるってことだけだ」

ぼくとハリソンは、逃げるしかなかった。「今夜、あんたらを汽車に乗せる。それが、わしとベルにできる精一杯《せいいっぱい》のことだ」オーガストがいった。

台所で、ベルがぼくたちのために食べ物をかきあつめて、袋《ふくろ》に入れてくれた。ハリソンがしたくをするあいだ、ぼくはテーブルの脇《わき》で、ベルを見ていた。ベルの手が飛ぶように動いて、三角形のパイやいくつかのスコーンを布に包む。「サミュエル、気をつけてね。ね?」ベルがうつむいた。「油断しないでまわりをよく見て、ハリソンを助けながら行くのよ、できるだけ気をつけて」

ぼくは、ベルが毎晩、毎晩、ぼくといっしょにハリソンにつきそってくれたことを思い出していた。額に当てる布をぬらしたり卵酒を作ったりして、ハリソンが死なないように必死に看病してくれた。ぼくたちのせいで、ベルたちもひどい目にあうことになるんだろうか?

「ベルたちにも、なにか起こる? 白人になにかされる?」ぼくはきいた。

ベルは首を横に振った。「あたしとオーガスト、それにほかの黒人たちも、おとなしくして過ごすわ。自分たちの仕事に精をだしてね。いくらかは面倒《めんどう》なことが起こるかもしれない――菜園を踏みあらされたり、なにかを盗《ぬす》まれたり。でも、あたしたちは〈自由証明書〉をもってるから、望まないところへ連れていかれることはないわ」

もし、ぼくとハリソンが〈自由証明書〉を手に入れたら、〈谷〉にもどってきて暮らせるかもしれない――そんなことを考えた。母さんとリリーも連れてこよう。そして、ハックラー旦那様がぼくたちをさがしにきたら、証明書をかかげる。ぼくたちと旦那様のあいだに大きくて頑丈《がんじょう》な壁《かべ》をたてるように。

「準備はいいか？」オーガストが台所に入ってきて、扉のそばの陶器の鉢から古いピストルを取りだした。「ぐずぐずしてる暇《ひま》はない」

ベルがかがんで、すばやくぼくを抱《だ》きしめた。ぼくの肩《かた》にベルの手の小麦粉がついた。「さよなら、サミュエル」ベルがささやいた。「気をつけてね」

頭が真っ白になった。オーガストとベルにいいたいと思っていることがあまりに大きすぎて、いおうとしていた言葉がひどく小さく感じられたからだ。ぼくはうつむいて足を見た。ようやく口から出てきたささやき声で、「はい、ありがとうございます」というのが精一杯だった。

ハリソンはぼくたちを外で待っていた。杖《つえ》にもたれて、夜の闇《やみ》に目をこらしている。初めて〈谷〉にきたときと同じようにハリソンがポーチに立っているのを見て、不思議な気がした。

「なにかきこえるか？」オーガストが扉《とびら》をしめながら、いった。

「かもしれん」ハリソンが小声でいった。「さあ、行こう」

風がなく、空気は暖かかった。どこかの燻製《くんせい》小屋でなにかをいぶしているようなにおいがする。頭の上では、月がすでに明るく輝《かがや》いていた。ぼくは、目を細めて月を見た。明るすぎる、と思った。

木々にさえぎられてまだらに落ちている月あかりのなかをそっと進みながら、この世界がたくさんのロウソクをぼくたちの頭の真上にかかげているような気がした。ハリソンは荒《あら》い息をしているうえ、咳《せき》も出ていた。オーガストはなんどもちらりと振りかえり、唇《くちびる》に指を当てて、静かにしろと合図した。近づいてくる物音がきこえなくなるからだ。

ふいに、うしろから、馬が駆《か》けてくる音がした。

ぼくとオーガストは、丈《たけ》の短い草のなかにうつぶせに飛びこんだ。ハリソンはうずくまって、上着に顔を押《お》しつけ、咳の音をかくそうとした。心臓が大きな音ではねる。ぼくたちの姿は、通りかかったものに見えてしまうだろう。身をかくすものは草しかない。

馬が三頭、通りすぎた。馬の荒い息がきこえるくらいすぐ近くだ。「進め、ほら、進め、進め！」馬に乗っている連中は大声で笑いながら、馬に向かってさけんでいた。

顔をあげて、三人のなかに知っている人間がいるかどうか確かめる勇気はなかった。三人が通りすぎたあともまだ、地面にはりついていた。通りすぎてずいぶんたってからも、三人の声がこだましているような気がした。

震《ふる》えが走った。あの連中は雪なのか？

「鉄道はこの道の先だ」オーガストがささやいて、指さした。「あともう少しだ」

黒っぽい建物がかたまってたっている横に、鉄の馬があった。けれど、前とちがって、車輪はまわっていないし、煙《けむり》も出ていない。まるで眠《ねむ》っているように見えた。建物のむこうに、白人の町、ヒルズボロの明かりが見えた。

「あんたらは、ウィスキーの車両に乗りこむ」オーガストがささやき、手を振《ふ》って汽車を指した。「なかは真っ暗だが、ウィスキーの樽《たる》の裏にかくれて、ただ静かにしているほかにすることはないからな。朝になったら、汽車があんたらを湖まで運んでくれる」

ハリソンはしばらくだまっていた。なにか考えているようだ。「どの湖のことをいってる？」

オーガストがハリソンに目をやり、首を横に振って、かすかに笑みをうかべた。「むこう側にカナデイがある湖だと思う」

「わしらにどうしてそれがわかる？　どうしてその湖に着いたとわかる？」ハリソンが杖で汽車を指した。「わしとサミュエルはあのなかに閉じこめられてるんだろ」

「そうだな」オーガストは咳ばらいをした。「自分では乗ったことがないからわからんが、とにかくじっとしてればいいという話だ。そのうち、汽車が先に進まなくなる。そうしたら、湖に着いたってことだ」オーガストが目を細めて、ハリソンを見た。「どうやら、汽車は、止まったり動きだしたりしながら、一日じゅう進むらしい。湖に着いたら、日が暮れて暗くなってから、湖の白人が汽車の扉をぜんぶあけて、口笛を吹《ふ》くという話だ」

「口笛？」ハリソンがききかえした。

「なにか短いメロディだときいてる。それがきこえたら、汽車に乗ってる人間は口笛でこたえる。すると、白人が船まで連れてってくれる」

ハリソンはだまったまま、ゆっくりと首を左右に振った。

「ここから〈谷〉にもどってきた者はひとりもいない。だから、みんな、カナデイに着いたにちがいないと思う」オーガストはうつむいて、靴《くつ》で土をけった。「さあ、準備はいいか？　なにも問題のない、今のうちに乗ったほうがいい」オーガストは立ちあがると、すばやくあたりを見まわした。「離《はな》れずについてこい、いいか？」

けれど、ぼくは、乗りたくなかった。ぜったいに。ハリソンは、汽車がとどろくような音をたてて野原をつっきっていくところを見ていないが、ぼくは見た。

「おお」汽車のそばまでいくと、ハリソンが小声でいった。「生まれてこのかた、こんなもんは見たことがない」

オーガストが汽車の扉を押しあけると、ウィスキーの甘酸《あまず》っぱい香りが流れてきた。まえに白人が乗っていた動く小屋には窓があったが、ここには窓がなく、箱みたいだった。オーガストが、これは貨物車の車両だとおしえてくれた。人ではなく物を運ぶのだ、と。

「乗りこむのに手をかそうか？」オーガストがハリソンにいった。

けれど、ハリソンは、車両の入口に腰《こし》かけると、脚《あし》を片方ずつなかにすべりこませた。ぼくも、そのうしろから乗りこむ。なかは暗かった。最初、ハリソンがどこに行ったのかさえ見えなかった。目の前が、鉄のやかんみたいにまっ黒だった。

外で、オーガストがそっと、さよなら、といった。

ハリソンは扉からのりだして、低い声でいった。「あんたらにはほんとうに世話になった。わしとサミュエルは、一生、この恩を忘れん。まちがいなく」

「いやいや」オーガストが手を振った。「当然のことをしたまでだ。あんたらはこれからカナデイに行く。これからは、わしらのことは考えるな。とにかくかくれつづけろ、いいな」

けれど、扉がしまって、掛《か》け金《がね》がかけられたとき、ぼくの心臓がびくんとはねた。暗闇のなかで、なにもかもが、突然《とつぜん》、消えてしまったような気がした。オーガストとベルはもう、いない。〈黒人谷〉も、もうない。畑も、夜空も――なにもかもがなくなってしまった。

「ハリソン！」ぼくは、声を強めて、ささやいた。

けれど、答えたのはべつの人間だった。

「そこにいるのはだれだ？」暗闇から声がした。

第二十九章

オーディー・リー

「おまえか、サミュエル？」ハリソンがけわしい声でいった。

「ちがう」低い声がくすくす笑っている。黒人のようだ。「おれはサミュエルじゃねえ」

「サミュエル」ハリソンが押《お》しころした声でいった。暗闇《くらやみ》のなかで、ハリソンの手がぼくの腕《うで》をつかみ、入ってきたばかりの扉《とびら》のほうへ引きもどす。「そこにかくれてるやつは、だれだ？」ハリソンが呼びかけた。「ほかにもだれかいるのか？」

「あんたら、逃亡者《とうぼうしゃ》か？」声が響《ひび》いた。

「先に、おまえがだれか、名のれ」ハリソンがぴしゃりといいながら、さらに一歩うしろにさがると、ぼくたちの背中が掛《か》け金《がね》のかかった扉にふれた。逃《に》げ場《ば》はない。ぼくらはウィスキーを運ぶ汽車の四枚の壁《かべ》のなかに閉じこめられている。

「いいか、こっちには銃《じゅう》とナイフがあるんだぞ」ハリソンが声をあげたが、実際ぼくたちがもっているのは、ベルがもたせてくれたスコーンとパイだけだった。そう、それと、ぼくは、

〈カナデイ、チャタームと〉と書かれた紙きれの入った小さな毛糸玉をポケットにもっていた。ハリソンがつづける。「だから、わしらに向かって面倒《めんどう》を起こさんほうがいいぞ」

汽車のなかが静まりかえった。男の息と鼻をすする大きな音と咳《せき》ばらいがきこえてくる。

「はるばるケンタッキーから逃げてきたのは、撃《う》たれて死ぬためじゃねえ。同じ肌《はだ》の色をした二人組に撃たれるためじゃねえ。あんたら、だれだ？」ロウソクをともすにおいがして、樽《たる》のまわりをそろそろと歩く靴《くつ》の音がした。「姿を見せてくれ」

ぼくたちのほうにやってきたのは、見たこともないほど背の高い黒人の男だった。だれかが男の胴体《どうたい》をもってパン生地《きじ》のように伸《の》ばし、腕や脚《あし》も引っぱったみたいに見える。こんなに長い手足は見たことがない、と思った。

「おれが話してたのは、あんたらか？」男がすり足で近づいてきた。短くなったロウソクの炎《ほのお》がゆれている。男は、ロウソクをかかげて、ぼくたちのほうに身をのりだした。離《はな》れてついた大きな目がぼくたちを見つめ、真剣《しんけん》なまなざしでじっくり調べようとしている。最初に、ハリソンを、次にぼくを見つめた。

男の顔がゆがんだ笑顔になった。「なんだ、あんたらも逃亡者だろ？」男がハリソンに向かって、指を振《ふ》った。「おれをからかってただけだな。命をとられるかと思ったぜ……」

「元の場所にもどれ、わしらにはかまうな」ハリソンがぴしゃりといった。

けれど、男はハリソンを無視して、大声で話しつづけた。「あんたらは、おれが出会った初めての逃亡者だ。おれはオーディー・リー。ケンタッキー州メイズビルのウェブスター旦那様《だんなさま》の奴隷《どれい》だった。先週、逃げだして、列車を乗りつぎながら北に向かってる」オーディー・リーは、ぼくたちのうしろの壁を拳《こぶし》でたたいた。「おれたちが今どこにいるか、知ってるか？　カナデイに近いのか？　カナデイまでいく方法をなにか知ってるか？」

「静かにしろ」ハリソンがとがった声でいう。「外にいる連中にきこえる」

オーディー・リーは、着古した上着のなかに手を入れた。「おれの家族を見たいか？　おれがいたケンタッキーにすばらしい家族がいるんだ」上着からたたんだ紙を引っぱりだした。

「ほら、これだ」

オーディー・リーはロウソクをハリソンに渡《わた》すと、幾重《いくえ》にも折りたたんだ紙を注意深く少しずつひらいていった。紙がすっかりひらくと、中身が見えた。

ぼくは、思わずごくりと唾《つば》をのんだ。

白い紙の上に、髪《かみ》の毛《け》が三房《ふさ》あった。手紙か本の一ページを破りとって、髪をくるんできたらしい。紙に書かれた読めない言葉のまんなかに、髪の毛があった――くるくるとした巻き毛は、だれかがなくした三つの指輪みたいに見えた。

「これが女房《にょうぼう》のナンシーのだ」オーディー・リーがいちばん黒い髪を指さした。「世界一の美人だ。こっちのふたつが、おれたちの息子《むすこ》、アイザイアとおちびさんのモーゼスのだ」オーディー・リーは、指でそっとふたつの小さな巻き毛をなでた。「モーゼスは、春に生まれたばかりだ。ふいごみたいに元気いっぱい息をする。アイザイアは、ちょうど歩きはじめたところだった。そんなとき、おれは旦那様のところに行って――」

オーディー・リーは声をつまらせて言葉をきると、はげしくまばたきしながらぼくたちを見た。

「旦那様のところに行って、どうしたんだ?」ハリソンがロウソクをかかげ、目を細めてオーディー・リーを見た。

オーディー・リーは、だまったまま紙を折りたたんで、上着にしまった。それから、すばやく自分のうしろとあたりを見まわした。物陰《ものかげ》からなにか出てくるとでもいうように。

「そのとき、なにをしたんだ?」ハリソンがまた、きいた。

オーディー・リーは、指の関節を次々にぽきぽき鳴らし、両手の指をからませた。「旦那様の頭にシャベルを振りおろして」ささやくような声でいう。「殺そうとしたんだ」

「なんだと?」ハリソンが目を見ひらいた。ぼくは、足元まで血が引いていく気がした。オーディー・リーは自分の旦那様に襲《おそ》いかかった。白人に向かってシャベルを振りおろした。これ以上まずいことなんてあるだろうか。

＊ふいご……火力を強めるために風を送る道具

オーディー・リーは、指を組んだり、ほどいたりした。「おれはシャベルをとって、旦那様をなぐった。みんなに逃《に》げろといわれて、逃げた。ひと晩じゅう走った。けっして振りかえらなかった。ひたすら逃げた」オーディー・リーはまた、上着に手を入れると、たたんだ紙を出して、ぼくたちのほうに差しだした。「旦那様はおれを家族から引きはなして売ろうとしたんだ。ナンシーとアイザイアとモーゼスから引きはなして」オーディー・リーは、紙をたたいた。「どうして、そんなことをしようとするんだ？　おれはそういいつづけた。どうして？」

オーディー・リーの声が震《ふる》えた。「連れてかれることになってた日、おれはシャベルを振りあげて……振りあげて……そして、それを――」オーディー・リーは一歩さがると、目を見ひらいて、ぼくたちを見た。「おれはさっきまでいたところにもどって、横になる」早口でいう。「あんたらに会えて、よかった」オーディー・リーは、ロウソクをハリソンにもたせたまま、そろそろと暗闇のなかへ入っていき、樽にぶつかったりつまずいたりした。

ハリソンは、ちらちらゆれるロウソクの炎《ほのお》を見つめた。白い蠟《ろう》がハリソンの指や床《ゆか》にしたたっていた。「サミュエル、わしらは、ウィスキーと〈火薬〉でいっぱいの汽車のなかに閉じこめられたようだな」そういって、首を振った。「外は雪、なかは〈爆薬《ばくやく》〉だ」

汽車のなかで、ぼくとハリソンはひと晩中、そのときがくるのを待っていた。やがて、朝になった。床の上で眠《ねむ》っていたぼくは、木が燃える、鼻をつくにおいがしてきて、目をさました。頭をあげて、灰色の影《かげ》のなかでハリソンをさがす。外では、鐘の鳴る大きな音と、だれかがさけぶ声がした。

「ハリソン」ぼくはすばやく体を起こした。「なにかあったの？」

ハリソンは、壁のそばで板の割れ目に目を押しつけて、外を見ようとしていた。「なにも見えん」ハリソンは小声でいいながら振りかえった。恐怖《きょうふ》で目を大きく見ひらいている。「煙《けむり》のにおいがするだけだ――」

と、ふいに、汽車が前後にがくんとゆれた。ハリソンは壁に手を伸《の》ばそうとして、積みあげてあった樽にぶつかって倒《たお》れ、うめき声をあげると、両手で額を抱《かか》えこんだ。

「オーディー・リー！」ぼくはさけんだ。

汽車がゆれながらガタガタ動きだしたとき、オーディー・リーが奥《おく》の物陰から飛びだして、樽から樽へとつかまりながらやってきた。「おれを呼んだか？」オーディー・リーは目を見ひらいて、あたりを見まわした。「眠ってるあいだになにかあったか？」

ハリソンがよつんばいになって、起きあがろうとしていた。オーディー・リーが騒音《そうおん》に負けじと声をはりあげた。「まえに汽車に乗ったことはないのか？　なにかにつかまらないと。ほら――」オーディー・リーがハリソンに手を伸ばした。「おれの腕につかまれ――」

ぼくとオーディー・リーは、ハリソンを引っぱって立たせた。汽車はガタガタとゆれ、雷《かみなり》が落ちたかと思うほど震え、動きがどんどん速くなっていった。樽のなかでウィスキーがちゃぷちゃぷ音をたててゆれている。心臓がどきどきと大きな音をたてた。

「火事になったのか？」ハリソンが大声できいた。

「んにゃ」オーディー・リーは首を横に振ると、前のほうに向かって、手を振った。「鉄の馬のなかで薪《まき》を燃やしてるせいで、煙とすすがもくもく出てる。午後になったら、口のなかに灰が入ってるぞ、うそじゃない」

ハリソンは、扉のほうを見た。板壁の割れ目から光がぱっ、ぱっと入ってきて、ぼくたちの顔に、稲妻《いなづま》の細い縞《しま》ができた。まるで、地獄《じごく》の門にまっしぐらに向かっているような気がした。

「わしらはどのくらいの速さで進んでる？」ハリソンがきいた。

「速い」オーディー・リーが大声で答える。「昔ながらのどんな馬車も追いつかねえ。それはまちがいねえ。翼《つばさ》でももってりゃべつだけどな」

第三十章

北へ

ウィスキーを積んだ貨物車は、一日じゅう、止まったり、また動きだしたりしながら進んだ。といっても、止まった場所は、ぼくたちには見えなかったが。オーガストがいったように、かぞえきれないくらいの場所で止まった。脇《わき》を歩く足音や、樽《たる》がころがされて積みこまれる音がきこえた。ぼくたち三人は、だれかが扉《とびら》を開けたときにそなえて、止まるたびに、奥《おく》のほうにうずくまった。けれど、だれも扉を開けなかった。

汽車が動いているとき、オーディー・リーは、床《ゆか》をすりへらすほど歩きまわった。行ったりきたりしながら、しゃべったり、指の関節を鳴らしたり、樽をひとつずつ指でたたいたりした。逃《に》げだしてからここまでに乗った汽車のことを残らず話した。豚肉《ぶたにく》の入った樽を積んだ汽車。材木を積んだ汽車。手荷物を積んだ汽車。そして、このウィスキーを積んだ汽車。

けれど、自分の旦那様《だんなさま》や旦那様にしたことは、もうひと言も話さなかった。

「問題は、乗ったときに、どっちへ行くのかわからないってことだ。ある汽車は、北じゃなくて、西に行っちまった。べつのやつは南に進んで、おれはシンシナティまで連れもどされちまった——注意して見てなかったら」オーディー・リーはくすくす笑う。「綿花畑まで連れてかれて、綿を摘《つ》むことになっただろうよ。それから、もうひとつのやつは、線路にただ止まってるだけで、ぜんぜん動かなかった」

「これは北に向かって、湖まで行く」ハリソンがおしえた。「ヒルズボロで、そうきいた」

「ふん」オーディー・リーは、藁《わら》をかみながらいった。「じきにわかるだろうよ。扉をあけたら、ニューオーリンズかもしれねえ」

ハリソンが、いった。「南部の綿花畑はものすごく暑い。もし南に向かってるなら、なかがどんどん暑くなるからわかる」汽車が動いているときに、板の割れ目から流れこむ風は涼《すず》しかった——寒いといってもいいくらいだ。それに、外から牧草地や畑のにおいが入ってきた。それで、ハリソンは「ぜったいに正しい方向に向かってる」といった。北へ。

けれど、オーディー・リーは心配しつづけ、一日じゅう歩きまわっていた。「だれかがここにきて、おれたちを外に出してくれるって、いったか？　いつくるんだ？」オーディー・リーは、ハリソンに百回くらいきいた。「おれたちゃ、こいつに一日じゅう乗ってるじゃねえか。なのに、その湖はいったいどこに行っちまったんだ？」

暗くなるまで待たなければならないとハリソンが何度いっても、オーディー・リーはおかまいなしで、列車が止まるたびにたずねるのだった。「湖に着いたと思うか？　もう、カナデイはすぐそこか？」

ぼくとハリソンは、ずっと、オーディー・リーから離《はな》れたところにいた。ガタガタゆれる暗《くら》闇《やみ》のなかにすわり、あのときのぼくはカナダのことを考えようとしていた。そこで、ぼくたちを待っている人たちを思いうかべようとした――どんなふうに迎《むか》えてくれるんだろう。

「どんなところだと思う？」ぼくはハリソンにきいた。けれど、ハリソンは目を閉じて、まだ起こっていないことを話すと運が悪くなる、といった。

セス坊《ぼっ》ちゃんが銀貨を見せてくれたときのことを思い出した。ぼくに、「追いかけてきて、銀貨をとってみろ」といった。カナダも、あのときの銀貨と同じような気がした。ずっと追いかけて、もう少しで手の届くところまできた。

ぼくは、カナダを思いうかべようとした――ちゃんとした家に住んで、ハリソンをおじいちゃんと呼びながら歩きまわる。それとも、母さんの家に使っていない寝室《しんしつ》があったら、ぼくとハリソンは、チャータムで母さんといっしょに暮らすかもしれない。そして、もしぼくが自由になったら、朝起きて、セス坊ちゃんみたいに自分がしたいと思うことをする日もあるかもしれない。白人のしゃれた本を一、二冊もってラバに乗り、読み書きを習いにいくかもしれない、キープハートさんみたいに字が書けるように。

そんなことを考えると、とても不思議な気がした。こわい気持ちと、うれしい気持ちが、心のなかに同時にわきあがった。

「汽車の動きが遅《おそ》くなってきた」オーディー・リーがおさえぎみに、けれど、はっきりとした声でいった。「きいてみろ」

ガタガタいう音が、低く、ゆっくりになった。馬のゆるい駆《か》け足《あし》のようだ。ひとしきりゆれたあと、汽車が止まった。そのあと、再び走りだすことはなかった。鐘《かね》も鳴らない。外では、ひとつまたひとつと声が遠ざかっていき、そのうち、すっかりきこえなくなった。

それから一時間くらいたったような気がする。もっとかもしれない。夜だとわかった。汽車のなかが真っ暗だったからだ。フクロウの鳴き声と、二匹の雄猫《おすねこ》がけんかをしてひっかきあっている音がきこえる。「おれたちを外に出すなんて、正気の沙汰《さた》じゃねえ」オーディー・リーがぼくたちの隣《となり》に横になり、顔の上で腕《うで》を振《ふ》りまわした。「そんな連中がいるもんか。おれたちは、ここに閉じこめられたまま、ひからびて死ぬんだ」

ハリソンはなにもいわない。ハリソンのシゴーコーチョクがまたはじまっていた。しかも、一日じゅう硬《かた》い床の上にいたせいで、まえよりもひどい。ハリソンは、壁《かべ》にもたれて、胸に顔をうずめていた。同じ歌の歌詞を小声でくりかえし唱えているのがきこえる。「主よ、主よ、主よ」小声でつぶやく。「なぜわたしにここにいろとおっしゃるのです。この世界は、もう友ではありません。もう友ではありません。なぜ、わたしにここにいろとおっしゃるのです……」

心臓がどきどきした。

掛け金《がね》がカタカタと動き、扉がきしみながら少しだけひらいた。だれかがすきまから頭を差しこむのがわかった。息づかいがきこえる。

「トューイー。トューイー」そのだれかが低い音で口笛を吹《ふ》く。小さな夜鳥の鳴き声みたいだ。けれど、ぼくとハリソンが口笛でこたえるより早く、オーディー・リーが飛びあがって、大声でいった。「おれたちは、ここだ。扉をしめないでくれ。黒人が三人かくれてる」

「ばかもん」ハリソンが押《お》しころした声でいった。「静かにしろ」

けれど、もう、ておくれだった。だれかはわからないが、外にいる人間にぼくたちの声がきこえてしまったからだ。

長いあいだ、なにもきこえてこなかった。まるで、外にいる人間が、待っているか、耳をすましているか、扉をしめてぼくたちをこのままにしておこうかと考えているみたいだった。

「逃亡者《とうぼうしゃ》か？」しばらくして、しゃがれ声がいった。白人のようだった。

ぼくたちは、答えるほかなかった。

「そうだ」ハリソンがため息をついた。「わしらは逃亡者だ」

「わかった」外の声が急いで答えた。「それじゃあ、出てこい」

ウィスキーの樽のてっぺんに手をすべらせながら、ぼくたちはゆっくりと暗闇を抜《ぬ》けて、扉へと向かった。先頭がオーディー・リー、次にぼく、最後がハリソンだ。扉が開いたところから、夜空と幾筋《いくすじ》かの白っぽい雲が見えた。星も出ていた。

それを見て、震《ふる》えが走った。

白人の教会で見た夢とそっくり同じだ……。

夢のなかで、ぼくは、教会の床にぽっかりあいた穴から身をのりだして、なかをのぞいた。するとと、まるで天と地がさかさになったように夜空が広がっていた。プライ牧師とキープハートさんがその四角い穴のなかにハリソンをおろすと、ハリソンはぼくから離れて、くるくる回りながらおそろしい闇のなかにゆっくりと落ちていったのだ……。

ぼくは、うしろにいるハリソンの影《かげ》に急いで目をやった。ハリソンの指がぼくの肩《かた》をにぎっている。「そのまま進め」ハリソンはぼくを前に押した。まるで、ぼくが考えていることがきこえるみたいだ。「だいじょうぶだ」

ところが、実際は、戸口に近づくにつれて、悪い予感がどんどんふくれあがった。プライ牧師とキープハートさんが首を振って、あの悲しそうな、気の毒そうな顔をしているところが頭にうかぶ——。

「進め」ハリソンが小声でいった。

汽車からおりるとき、心臓が早鐘を打っていた。地面がないような気がした。ぼくたち三人が、暗闇のなかに飛びこもうとしているような気がした。

「それで全員か？」陰《かげ》から男が踏《ふ》みだした。猫背でがにまたの白人の男だ。奇妙《きみょう》な鋭《するど》い声をしていた。

「そうだ」ハリソンが答えた。

男は首を振ると、暗闇のなかに唾《つば》といっしょにタバコを吐《は》いた。「このサンダスキーにやってくるにはよくない晩だったな。二日前の夜、奴隷狩《どれいが》りの連中の猟犬《りょうけん》が逃《に》げだして、町の外で羊を二十四頭殺した。その話はきいたか？」

「なんだって？」オーディー・リーが目を丸くして、男を見た。「ここは北部じゃないのか？」

ぼくは、すばやくハリソンに目をやった。わけがわからなかった——なんで、こんな遠くまで奴隷狩りの連中や犬が追いかけてくるんだろう。ぼくたちは、ものすごく速く動く汽車に乗ってきた。猟犬がここまで追いかけてくるなんてことがあるのか？

男がとても低い声でくすくす笑った。「北部では、なにをするのも自由で、邪魔《じゃま》なんかされないと思ってるのか、え？」男が首を左右に振った。「いやはや、あんたら気の毒な連中にいうのはほんとうに酷《こく》だが、北部のほうが危険だ」男が暗闇に向かって、手を振った。「たぶん、あんたらが逃げだしてきたどんな場所よりもな」

男がぼくたちを見た。ぼくとハリソンとオーディー・リーは、ウィスキーを運ぶ汽車の横につったっていた。雷《かみなり》に打たれて声も出ないというように。「いいか」白人の男がつづけた。「人狩りの連中があんたらに襲《おそ》いかかって、元の所有者のところに連れもどせる最後の場所が、この湖だ。湖にはいつもおれらの船を見はり、奴隷をつかまえて暮らしをたててるやつらがいる」

男は、汽車の扉を押して、しめた。「かわいそうな羊を二十四頭も殺したんだぞ。奴隷狩りの連中の猟犬のしわざとしか考えられんだろう。おれは猟犬を見てないが、町でそうきいた。船の連中が、今夜はここにくるなとおれにいった。逃亡者といっしょにいるところをつかまるか、犬に食いちぎられるかどっちかだから、黒人たちはほうっておけ、といわれたよ」

男は、暗闇に唾を吐いた。「だが、おれはなにも恐《おそ》れちゃいない。船の連中にもそういってやった。このがにまたの老いぼれが、朝、黒人連中をこっそり船に乗せるところを見やがれってな」男がゆがんだ笑みをうかべた。「今年になって、おれはあんたらのような連中をもう三十一人も船に乗せてる。とにかく、波止場までおれについてこい」男が、おれにつづけ、というように腕を振った。「なにもこわがることはない」

ぼくとハリソンとオーディー・リーは、三つのおどおどした影のように、男のあとを歩いていった。たがいに言葉をかわすこともなく、男の歩くとおり、立ちどまっては急ぎ足で進み、立ちどまっては急ぎ足で進んだ。まわりには黒っぽい小屋が何列もあり、かいだことのないにおいがぷんぷんした——魚のにおいだ。

オーディー・リーが突然《とつぜん》、立ちどまった。

「きこえるか？」見ひらいた目でこちらに顔を向けて、小声でいう。ぼくもハリソンも、暗闇のなかでオーディー・リーが目を向けている方向を確かめたりはしなかった。ぼくたち三人は、すぐさま、建物の陰に飛びこんで、壁ぎわでうずくまった。

そのとき、また、なにかがきこえた。ぎしぎしときしむおそろしい音だ。百もの扉がひらいたり閉じたりしているような音。それとも、幽霊《ゆうれい》の骨が鳴っている音かもしれない。

首筋に鳥肌《とりはだ》がたった。

「どうしてついてこない？」白人の男が、ぼくたちのかくれているところまできて、見おろした。「猟犬どもに見つかりたいのか？」男が押しころしたような声でいった。

オーディー・リーが、あんな音のするところには行かないと答えた。

「木造船がきしむ音をきいたことがないのか？　あれは船の音だ」男は吐きすてるようにいうと、オーディー・リーの太い腕をつかみ、空を指さした。「最初の雄鶏《おんどり》が鳴くまで、あと一、二時間だ。夜が明けるまでは、あんたらを船に乗せられない。さっきいったとおり、とにかく、おれについてこい。ぐだぐだいわずにくるんだ」

男は、ふたつの建物のあいだの土の通路を足早に進むと、扉の開いた戸口にひょいと入った。

「ここにかくれるぞ」男が小声でいった。

その建物は、腐《くさ》った食べ物のにおいがした。暗闇のなかに目をこらすと、木箱や樽や薪《まき》の山がたくさんあった――それに、なにか動くものがいるらしく、小さな影が壁沿いを走っている。

心臓がどきんとした。

ネズミだ。

けれど、男は、あたりをこそこそ歩きまわるネズミをまったく気にかけていない。樽の上に腰《こし》かけて、上着のなかに手を入れると、ウィスキーの瓶《びん》を出した。「大きな船に乗るのは初めてなんだろう？」男は、ウィスキーを長々とのどに流しこむと、手で口をぬぐった。「ミシシッピ川も見たことがないんだろ？」

ぼくとハリソンはだまったまま、入ったところにつったっていた。ネズミがぼくの体の上を走りまわっているような気がした。

「おれはケンタッキーからきた」オーディー・リーが大声でいった。「舟でオハイオ川を渡《わた》った。だけど、まわりじゅうに水が流れてるってのは、いやだったよ。ああ、そうとも。あんな川は当分渡る気になれねえ。そんな気にはなれねえな」オーディー・リーは、小さな四角を描《か》きながら、歩きまわっている。

「水に慣れることだな」男がくすくす笑った。「あんたらが渡る湖は、オハイオ川を百本のみこんで、さらにもうちょい、のむくらいの大きさだ」男は頭をのけぞらせると、大きな音をたてててウィスキーをがぶがぶ飲んだ。「陸が姿を消したら、タイセーヨーみたいに見えるだろうよ」

オーディー・リーが足を止めた。「なんだって？　陸はどこに行っちまうんだ？」鋭い声できく。

「どこに行くと思う？」男が首を左右に振る。オーディー・リーのことをおそろしく頭が悪いと思っているようすだ。「ここで陸をあとにしたら、カナダに着くまで陸は見えない」

ぼくは息がつまった。リリーがいつもいっていたことを思い出した。「サミュエル、いつかこのつらくて古い世界をあとにして、〈約束の地〉に——天国に——行くときには、もうどんな土地も見えない。あたしらは、空へとあがっていって、やがて、雲のなかにある天国に着くんだよ」

「カナデイってのは、どのくらい遠くにあるんだい？」オーディー・リーは、指をからめたりほどいたりしながら、たずねた。「その船には、どのくらい乗っているんだ？」

「風が強ければ、夕方までに着く」男はまたウィスキーを飲んだ。「おだやかなら、日暮れのずっとあとだ」

「主よ」ハリソンが小声でいった。「強い風を吹かせてください」

開いたままの入り口から、空がだんだん明るくなっていくのが見えた。黒く染めた布を洗っていくように、色が薄《うす》くなっていく。朝が近づいていた。建物のあいだのぬかるんだ道を走る馬車のきしみが、そこらじゅうからきこえてきた。戸口の前を樽《たる》がころがされていく。北部なまりのある甲高《かんだか》い話し声が外からきこえてきた。

けれど、実のところ、夜明けが近づけば近づくほど、ぼくの心臓はどきどきした。その音は、こまった、こまった、こまった、といっているようにきこえた。

ハリソンが咳《せき》ばらいをして、扉を指さした。「時間か？」大声で男にたずねた。

男は目をこすって、帽子をぐいとかぶった。眠《ねむ》っていたようだ。「ああ、そうかもしれんな。おれはこのくわだてを百回くらいやってる」男がゆっくりといった。言葉と言葉がくっついて、ひとつづきのようになっている。「あんたらはここにある小麦粉の樽をいくつかころがしていくだけでいい」男は、自分がすわっていた樽の横をたたいた。「〈カワウソ号〉までだ。貨物を積みこんでるほかの黒人たちと同じようにな。そうしたら、自由になったも同然だ。波止場で働いてる人間を止めるものなんかいない。このやり方でずっとやってきた。ものすごくたくさんやってきた」男が指を唇《くちびる》に当てた。「しーっ。かくれてろ」男がハリソンに向かって、にやりとした。「このがにまたのおいぼれが、ちょいと見てくる」ウィスキーの瓶を上着に押しこむと、男は、体をゆらしながらゆっくりよろよろ歩いて、扉の開いた戸口から出ていった。

男が行ってしまうと、オーディー・リーが小声でいった。「おれたち三人は、今日、自由になれると思うか？　え？　今日、カナデイに着くと思うか？」木の樽のてっぺんを指でとんとんとたたく。「この樽が、おれたちをジ、ユ、ー、ミ、ンにしてくれると思うか？　あの男がいってることは、ほんとうだと思うか？」

「静かにしろ」ハリソンがぴしゃりといった。「外の連中にきかれるぞ」

男が戸口から頭をつっこんだ。「そこの小麦粉の樽をころがせ」大声でいう。「外は問題なさそうだ。さあ、貨物を積みこもう」

けれど、ころがしていくために、オーディー・リーが樽をふたつ倒《たお》したとき、ぼくはなんだか胸騒《むなさわ》ぎがした。ぼくとハリソンは横に並んで、ひとつの樽に手をかけた。オーディー・リーが、もうひとつの樽に手をかけた。

小麦粉の樽にかけた茶色い手を見おろしながら、ぼくはのどがつまるような感じがした。どんどんきつくしめあげられるような感じだ。静かにしろ——頭のなかの声がいった——しっ、だれかがくる……。

「一日じゅうやってるわけにはいかないんだ」男が腕を振る。「さっさとこい」

ぼくたちは、樽を押しながら男のあとを追って外に出ると、埃《ほこり》っぽい道を波止場に向かった。魚のにおいと、風にゆれる船のきしむ音が、強くなってくる。道路は、行きかう人と荷車と馬車でいっぱいだった。川の流れのなかにいるみたいだ。

ぼくたちの樽が波止場の厚板《あついた》の上まできたとき、ぼくの心臓がはねた――もう波止場まできたんだろうか？　やっと自由に近づいたのか？　樽がでこぼこの板に当たって、音をたてる。大きな音だ。大きすぎる。

ぼくはずっと目を伏《ふ》せていた。目をあげて、すれちがう人たちを見たりはしなかった。まわりの人たちの靴《くつ》しか見ていなかった。おしゃれな布製の靴。つぎのあたった古い靴。靴墨《くつずみ》を塗《ぬ》った作業靴。ブーツ。

ブーツがぼくたちの前にきて、止まった。

オーディー・リーの足が止まった。

「証明書を出せ」きびしい声がぼくたちにいった。「見せろ」

南部なまりの声、とてもきびしい声だ。

オーディー・リーの足がすばやくくるりとむきを変えた。二羽の黒い鳥が、自力で自由をめざして飛びたとうとするかのように、左右の足が厚板をける――。

けれど、充分《じゅうぶん》に速くはなかった。

もうひと組のブーツがぼくたちのうしろにくると、白い手が伸びてぼくたちの腕をぐいとつかんだ。

〈逃げたら、まちがいなくおまえが何者かわかっちまう〉頭のなかで川の男の声が響《ひび》いた。

第三十一章　あわてたら、一巻の終わり

ぼくたちはつかまった。

白い手に腕《うで》をつかまれたとき、ぼくのなかのなにもかもがぼろぼろくずれて、塵《ちり》になるような気がした。残っているのは、皮膚《ひふ》と目だけだ。ほかのものはみんな、なくなってしまった。

ぼくとハリソンがはるばるケンタッキーから、逃《に》げて、逃げて、ここまでやってくるあいだ、神様はいつもぼくたちを守ってくれた――ように見えた。ところが、そのあいだずっと、神様は、ぼくたちが波止場で――船がカナデイに向かう波止場で――つかまることを知ってたんだ。ぼくは、そればかり考えていた。神様はずっと、ぼくたちを逃がしながら、最後の最後に自由へと向かう波止場でぼくたちがつかまることを知ってたんだ。

ハリソンは、がっくりと頭を垂れ、肩《かた》を落とした。ハリソンが、ロープで両手をしばられながら、ぶつぶつつぶやいているのがきこえた。「ベル……ベル……ベル……ベル」

「背中で腕を交差させろ」男がきびしい声でオーディー・リーにいった。

白人のいうことをきいて、オーディー・リー。きいて、きいてったら――ぼくは心のなかで必死に呼びかけた。

「腕を交差させろ、といったんだ」

オーディー・リーの顔をなぐる音がきこえた。オーディー・リーは波止場の厚板《あついた》の上にくずおれ、両手を背中でしばられるときにロープがぴしりと音をたてた。

「横になれ」男たちがぼくとハリソンにいった。「そのままじっとしてろ」男たちは、ぼくたちの足を一本のロープでしばった。まるで、薪《まき》の束をしばるみたいに。

「まさか、逃げようなんて思ってなかったよな」ひとりの男がぼくたちの上にかがんで、にやりとした。茶色い帽子《ぼうし》を目深《まぶか》にかぶり、噛《か》みタバコを吐《は》きだしたときの唾液《だえき》であごが黄色くなっている。

もうひとりの男は、細い寄り目で、ぼくたちを見つめていた。ものすごく冷たいまなざしだ。その男がいった。「このあたりに治安官がいないか、さがしてくる。この黒い連中が自由証明書をもってなければ、どこかから逃げてきたってことだ。逃げてきた場所がわかるまで留置場に預ける」男がブーツのつま先で、オーディー・リーの脚《あし》をつついた。「クレイン、見はってろ。こいつは、金になるぞ」

白い鳥が頭上で鳴きかわし、船が波止場できしみをあげてため息をついた。人々は、ぼくたちの横をゆっくりと歩いていった。見世物でも見るように。まわりじゅうから話し声がきこえてきた。不思議なことに、そのなかには、気の毒そうな声もあった。「かわいそうに」ときこえたように思った。「ほんとうにかわいそうに」

ぼくは、波止場に横たわったまま、頭の上を旋回《せんかい》するカモメたちを見つめていた。リリーと、リリーがこれまで見てきたありとあらゆるやっかいごとのことを考えた。それから、逃げだしてつかまったハリソンが鞭《むち》で打たれたことや、ハリソンの奥《おく》さんのベルが旦那様《だんなさま》のトランプゲームのせいで二度ともどってこなかったことを考えた。赤《あか》ん坊《ぼう》のころにつかまり、ぼくが生まれたあとに売られて、連れていかれた母さんのことも……。

黒人という黒人が長い長い列になっているところが頭にうかんだ。黒人たちは、自分たちと同じようにぼくがやっかいなことに巻きこまれるのを待っているのだ。〈おれたちのつらい日々は終わりかけてる〉とみんながささやく。〈だが、おまえのつらい日々はこれからはじまるんだ〉といっているような気がする。

ぼくたちをつかまえた男が行ったりきたりしながら、まわりの人々にいっている。「さっさと行って、自分の仕事をしろ。つったって見てるよりほかにすることはないのか？」男ががみがみいう。「仕事をつづけろ」

ぼくは目を閉じて、思いうかべた——ぼくとハリソンは空の白い鳥に姿をかえて、自由の地へと飛んでいく。波止場の人々が集まってきて、ぼくたちが白い紙で折った鳥のように波止場から飛びたち、カナデイへと飛んでいくところを見つめる……。

そのとき、晴れわたった青空から、ある小さな考えが降ってきた。

ぼくはぱっと目をひらいて、首をめぐらし、オーディー・リーを見た。オーディー・リーは、ぼくの隣《となり》に横たわり、顔をゆがめ、涙《なみだ》を流して泣いていた。「オーディー・リー」ぼくは小声で呼びかけた。

のろのろ歩くブーツの音は、遠くのほうでしている。ぼくの声には気づかずに、なにかを見ているようだ。

「オーディー・リー!」ぼくは押《お》しころした声を強めた。

けれど、オーディー・リーは答えようとしない。

〈逃げだす方法を考えろ〉と川の男はいった。〈あわてたら、一巻の終わりだ〉

靴音《くつおと》が大きく響《ひび》いて、近づいてきた。冷たい目の男が治安官を連れてきたのだ。治安官は、黒《くろ》髪《かみ》をした大柄《おおがら》な男で、もみあげがあごにとどきそうなほど長い。ぼくたちのほうへ身をのりだしたとき、玉ねぎのにおいがした。

「三人を起こそう」治安官はかがみこみながら、ぼくたちに向かって顔をしかめた。「この連中は、羊じゃないんだ」ぼくは治安官の目を見つめた。手足をしばられて横たわるぼくとハリソンとオーディー・リーを見つめるまなざしに、なにかがあった――たぶん。

「自分で起きあがれるさ」クレインと呼ばれた男が笑いながら唾を吐いた。

「わしは動かん」ハリソンが小声でいって、顔をそむけた。「ここでわしを撃《う》てばいい」

「三人ともだれかの奴隷《どれい》だ」冷たい目の男が大声でいった。「奴隷を見れば、奴隷だとわかる。たぶん、そこに千ドルがすわってるってことだ」

卑劣《ひれつ》なやつを見れば、卑劣なやつだとわかる。ぼくたちをつかまえたふたりの男は、卑劣な連中だ――ぼくは頭のなかでいった。

治安官はため息をつくと、ゆるんだ厚板をブーツでたたいた。人々がぼくたちのまわりを取りかこんでいるのがわかった。みんながだまって、じっとしている。まるで、空気まで息をつめて、成りゆきを見守っているような気がした。

「まちがいないのか？　証明書をどこかにしまいこんでやしないか？」治安官はゆっくりといい、咳《せき》ばらいをした。「この連中にきいてみたか？」

「黒い肌《はだ》以外なにももっちゃいない」クレインが鼻を鳴らした。「そして、黒い肌は自由証明書にはならん。ちょいと見りゃ、だれだってわかる」

治安官がまたため息をつき、顔をしかめながらぼくたちを見おろした。「それじゃあ」治安官がいう。「ううむ、それじゃあ」ぼくは、少しまえに見たのと同じものを治安官の目のなかに見た。なにかがちらりとゆれた。

〈弱点をさがすんだ。それから、逃げだす方法を考えろ〉と川の男はいった。

ぼくは、思いついたことをためしてみようと考えた。思いきって、空に投げあげてみようと思った。どうなるか見てみるために。「ぼくたち、自由証明書をもってます」ぼくはいってみた。「ほんとうは、もう、一年以上まえから自由なんです」

ぼくたちをつかまえたふたりの男が大きな笑い声をあげた。唾を吐いて、笑う。「あのガキのいうことをきけよ。話のつづきをきこうじゃないか」まわりに立っていた人々が、小声でひそひそ話しはじめた。ハチのうなりみたいな話し声だ。巣いっぱいのハチみたいだ。

治安官が、ますます顔をしかめて、いった。

「わかった。三人のロープをほどいて、少年がいっている書類をわたしに見せろ」

「書類なんかない」冷たい目の男がぴしゃりといった。

「三人のロープをほどけ」

男たちが、ぼくたちの足のロープをぐずぐずほどき、ぼくたちを引きずりあげて、すわらせた。とても意地の悪いやり方で。ぼくは、隣でうずくまっているオーディー・リーに目をやった。オーディー・リーは目を閉じている。乾《かわ》いた血と涙の跡《あと》が頬《ほお》に幾筋《いくすじ》もついている。

「この人の上着のなかです」ぼくは治安官にいった。「ぼくたちの証明書をたたんで、上着に入れてます」

治安官はかがむと、自分でオーディー・リーの古い上着のなかをさぐった。タバコの葉、りんごの芯《しん》、汽車でともしたロウソクの燃えさし、そして、四角い紙が出てきた。

「これか？」

治安官は、オーディー・リーの大切な紙をかかげた。オーディー・リーが首をめぐらして、意地悪な目でぼくをにらみつけた。一瞬《いっしゅん》でぼくの息の根を止めてしまえるほど凶暴《きょうぼう》な目だった。ぼくは、ますますやっかいなことを引きおこしてしまったらしい、と思った。

「そいつは、なんでもない」オーディー・リーがとても低い声でいった。「なんでもないんだ」

グリーン・マードクのことが頭にうかんだ。あのとき、グリーン・マードクは、柳模様《やなぎもよう》のしゃれた鉢《はち》をかかげ、どうやって老婦人に買わせたかをぼくたちに話してきかせた。上等な燻《くん》製《せい》ハムと、ほんとうは新しくなかった〈新しいシャツ〉のことを思い出した。

ぼくは治安官をまっすぐ見つめて、グリーン・マードクと同じくらいすらすらとうそをついた。「それです」ぼくは大きな声でいった。「それがぼくたちの自由証明書です」

ハリソンがこちらに顔を向けて、小声でいった。「だまれ、サミュエル」

「坊主《ぼうず》、おまえ、黒人にしちゃ、なかなか賢《かしこ》いじゃないか」冷たい目の男が怒《いか》りのこもった声でいった。「自分がだれに向かって話してるのか知ってるといいんだが」男を見あげたとき、ハックラー旦那様のことを思い出した。ぼくは、のどをヘビにしめつけられるような気がした。

治安官がいらいらしながらぎこちない手つきでひらくものだから、紙が破れた。

「いっそ、ずたずたにしたらいい」男たちのひとりが笑った。「だれにもいわないから」

巻き毛の房《ふさ》が三つ、紙のあいだからすべりおち、風にのって飛んでいったことに気づいたものは、オーディー・リーとぼくとハリソンのほかにはいなかっただろう。ナンシーとアイザイアとモーゼス。体に震《ふる》えが走った。オーディー・リーが、その三人のために白人を殺そうとしたことにだれかが気づいたら、ぼくたちは三人とも殺される。

治安官が紙をひらいた。オーディー・リーが、本か手紙から破りとった、ただの古い紙きれだ。治安官は紙をちらっと見てから、ぼくを見た。その目のなかで、なにかがちらりとゆれた。波止場の人々が近づいてきて、待っている。頭のなかに整列していた黒人たち全員が静かに立っている。

「なんて書いてある？」冷たい目の男がせかす。「こいつらは、自由なのか、ちがうのか？」

治安官は注意しながら紙を四角くたたむと、ぼくに返してよこした。「どっちだと思う？」

治安官は下を向いたまま男に答えると、つづけた。

「自由だ」

第三十二章

太陽から目を離《はな》すな

ぼくたちが解放されて、小麦粉の樽《たる》を〈カワウソ号〉へころがしていた朝、母さんはカナダのチャタムの、自分のうちの台所で小さなテーブルの前にすわっていた。あとで、母さんがこう話してくれた。「目をあげると、台所の窓からおまえの姿が見えたの。通りで、男の子が三人、笑い声をあげながら走りまわって、遊んでた。そのなかのひとりがおまえだった。思わずひとり言をいったわ。『あたしのサミュエルは、今、あんな姿をしてるにちがいない』って。そのとき、はっきりとわかったの。おまえがこっちに向かってるってね。頭のなかで、はっきりとわかった」

けれど、そのとき、ぼくたちはそんなことをまるで知らなかった。

波止場でぼくたちがゆっくり立ちあがると、治安官がぼくたちの手のロープをほどいて、いった。「自分たちの仕事をせっせとしろ。でないと、もっとつらいことをさせるぞ」それで、ハリソンは、小麦粉の樽にかけたぼくの手の横に自分の両手をおいた。ハリソンの十本の指が木の葉のように震《ふる》えていた。オーディー・リーも、ごつい手を小麦粉の樽の上においた。そして、ぼくたちは、樽をころがして波止場を進んでいった。

みんながぼくたちに目を向けて、見つめているようだった。ぼくたちが進んでいくと、人々がうしろにさがって、通してくれた。「紅海《こうかい》みたいにふたつに分かれた」と、リリーならいうだろう。エジプトを脱出《だっしゅつ》するモーセが杖《つえ》をかかげると、紅海がふたつに割れて、歩くことができたという奇跡《きせき》の話だ。ぼくたちのまわりできこえるのは、静かにころがる樽の音と頭上で鳴きかわす白い鳥の声だけだった。

〈当然の権利があって歩いてるように歩くこと。おまえは奴隷《どれい》か、それとも自由なのか？〉

自由だ。

〈それなら、自由黒人らしく歩くんだ。歩け〉

ぼくは、少し胸をはった。頭をあげ、まわりのあらゆるものを横目でちらっと見た。波止場に沿って、大きな帆船《はんせん》が一艘《いっそう》また一艘と何艘も並んでいた。人々が仕事の手を休めて、ぼくたちを見つめている。船と船のあいだに、リリーがいっていたように、青緑色の水が空までずっとつづいていた。

「小麦粉は、あそこの〈カワウソ号〉の積み荷だ」だれかがぼくたちに声をかけた。ぼくたちは、樽をころがして、波止場から船にかけた長い厚板をあがっていった。まるで家みたいに大きな船だった。たぶん、二軒分《けんぶん》くらいの大きさだ。

「おれたちは自由なのか？」オーディー・リーが小声でいった。「おれたちは自由になったってことか？」

まわりじゅうで、男たちが、巻いてあるロープやひもを引っぱっている。ぼくたちの足の下で、〈カワウソ号〉がゆれた。ぼくたちのまわりのなにもかもが自由になろうとしているような感じがした。

ぼくとハリソンとオーディー・リーは、だまったまま、その場につったっていた。甲板《かんぱん》にただ立って、見あげていた。目と口が動かなくなったとでもいうように。

頭上で、〈カワウソ号〉のキャンバス地の帆《ほ》が、暖かな夏の雲のように広がった。母さんが頭のなかで未来を見たように、大きな帆を見あげたぼくたちにもこれから広がる未来が見えていたら、自由になったぼくたちのそれぞれにどんなことが起こるのかわかっただろう……。

オーディー・リーが鍛冶屋《かじや》に――チャタム一の鍛冶屋に――なることがわかっただろう。オーディー・リーが、ふたりの息子《むすこ》にちなんで〈アイザイア・モーゼス〉と名のることも。オーディー・リーは二度と家族に会えないが、たびたびぼくたちに食べ物やお金を――なんと、ほんものの馬まで――もってきてくれる。そして、こういうのだ。「サミュエルがしてくれたことを考えたら、どれだけ礼をしても足りねえ」と。

カナダに着いたハリソンは、チャタムのまわりの森や野原に、種のように点々と池があるのを目にするだろう。そして、自分の池をひとつ選んで、毎日毎日魚を釣《つ》る。やがてぼくたちはみんな、ハリソンが夕食用にと、ひもにつるした魚をもって帰るたびに、魚はもうごめんだと逃《に》げだすようになるだろう（チャタム周辺でたずねたら、今でもみんなが、あれがハリソンの池だと指さすことができるし、いつも池は底まで魚でいっぱいだ）。

そして、チャタムに着いたぼくは、台所のテーブルの前にすわってぼくたちを待っている母さんを見つけるだろう。テーブルには、余分の席が用意されている。〈今日か明日か、いつか……〉ぼくたちがくるとわかっているからだ。ぼくたちが、母さんの家の玄関《げんかん》に入ったとき、ぼくたちも、町じゅうも――いや、カナデイじゅうが――はっきりと知ることになる。ハリソンが、母さんの父さんだということを。ぼくが、母さんの息子、長いあいだ離《はな》ればなれになっていた息子だということを。

自由になったときに、ひとりだけ足りないのはリリーだ。リリーは、ハックラー旦那様《だんなさま》の土地を離れない。黒人用の小さな墓地で眠《ねむ》る子どもたちのそばにいたいからだ。「リリーはあそこを離れやしない。家族がいる場所だからな」とハリソンはいう。毎年、クリスマスに、リリーはぼくに一ドルを送ってくれる。自分の聖書の一ページを破りとった紙にくるんで。ぼくは、リリーからもらった包みを大切にしまっている――全部で六つになった包みを大切に。

けれど、実のところ、あの朝、〈カワウソ号〉の甲板に立っていたとき、こうした未来が待っていることをぼくたちは知らなかった――オーディー・リーのことも、ハリソンのことも、母さんのことも、リリーのことも、自由になったときにどんなことが起こるのかも、まったく知らなかった。豊かにふりそそぐ朝日のなかで、白い帆がそびえるように広がっているのをただじっと見つめていた。

「サミュエル」ハリソンがにやりとした。「ついに、やったな」

ハリソンは腕《うで》を振《ふ》りながら、風のなかでくるくるまわった。

「ヒャッホー」ハリソンが歓声《かんせい》をあげ、腕を振った。

「サミュエル、見あげろ。この美しい自由な空を見てみろ」

サミュエルとハリソンの旅 1859年

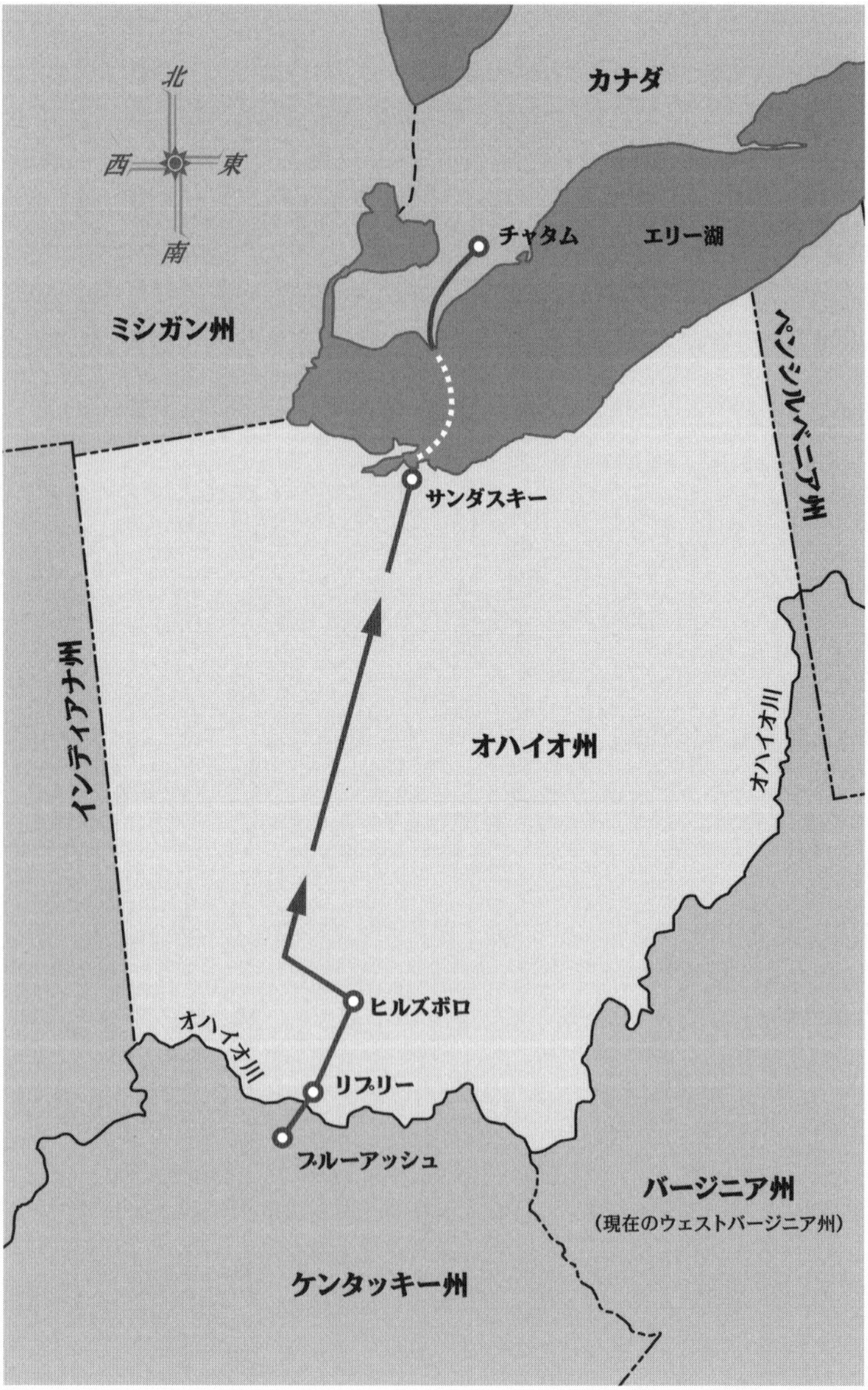

作者あとがき　TROUBLE DON'T LAST

〈地下鉄道〉にまつわる話は、アメリカではよく知られています。こうした話には、秘密の部屋や、奴隷制《どれいせい》度廃止論者《どはいしろんしゃ》の勇敢《ゆうかん》な行動や、深夜の逃避行《とうひこう》といった劇的なことがらがたくさん出てきます。けれど、ほんとうの主人公――逃亡者《とうぼうしゃ》本人――については、あまり語られていません。自由を手に入れようとした逃亡者たちは、なにを考え、なにを感じていたのでしょう？　どんな旅をしたのでしょう？　どんな人々を信用し、どんな人々をおそれたのでしょう？　この作品は、こうした疑問から生まれました。

わたしの調査では、逃亡者を南部から北部へと導く〈地下鉄道〉は、はっきりと形づくられたひとつの組織ではなかったようです。実際、〈地下鉄道〉という言葉は、逃亡者たちが使った安全な道筋や隠《かく》れ場所を表しています――ですから、何百もの、何千もの〈地下鉄道〉があったということになります。

ほとんどの逃亡者は、サミュエルやハリソンと同じ方法で旅をしました――どんな場所であれ、どんな方法であれ、自分たちが見つけた一時的な隠れ場所や移動手段を利用したのです。一八五〇年代、アメリカでは、実際の鉄道線路の数が増えていました。そのため、逃亡者のなかには、貨車のなかに隠れて別の場所へ移動する者もいました。逃亡者たちは、こうした方法を〈汽車に乗る〉とか〈速い方法でいく〉といっていました。

調査をしていて、ほかにもわかったことがあります。〈地下鉄道〉の物語のなかで、逃亡者たちが〈無力だった〉とか〈準備不足だった〉と描《えが》かれることがありますが、実は、そうではなかったということです。

歴史的文献《ぶんけん》によると、多くの奴隷たちが注意深く旅の計画をたて、食料や着がえをもっていました。移動や案内人に支払《しはら》いが必要な場合もありましたから、逃亡のためにお金をためている者もいました。一方、サミュエルやハリソンのように、旅の途中《とちゅう》で出会った人たちからお金をもらう者もいました。

白人の奴隷制度廃止論者や、奴隷に同情する宗教団体――たとえば、キリスト教のクエーカー派――は、〈地下鉄道〉で多くの逃亡者の手助けをしました。けれど、アフリカ系アメリカ人（いわゆる黒人）の自由民もまた、同じように重要な役割を果たしました。こうした自由黒人は自分たちの家や集落に逃亡者をかくまい、案内人や馬車の御者《ぎょしゃ》として手助けをしました。なかには、逃亡者のためにおとりになる者までいました。

実は、この作品に登場する〈川の男〉は、ジョン・P・パーカーという実在する人物をモデルにしたものです。パーカーは、〈地下鉄道〉の黒人案内人でした。〈川の男〉と同じように、奴隷だった若いころにひどくなぐられたため、どこへ行くときにもポケットにピストルを入れ、ベルトから短剣《たんけん》をさげていました。十五年のあいだに、四百人以上もの逃亡者を渡し舟《わたしぶね》でオハイオ川のむこう岸に送りとどけ、自身に千ドルの賞金がかけられたこともありました。南北戦争のあと、パーカーは、オハイオ州リプリーで実業家として成功し、いくつかの発明で特許をとりました。

この作品のほかの部分も事実にもとづくものですか、とよくきかれます。合図の灰色の毛糸は？　教会の床下《ゆかした》に埋葬《まいそう》された赤ちゃんは？　肺炎《はいえん》は？　案内人の〈ハム〉と〈卵〉は？

どれも事実です。この作品に登場するできごとや名前のほとんどは、実際にあったものです。ただ、こうした事実は、わたしがさまざまな資料や記録からばらばらに得たものです。わたしは、〈オーディー・リー〉、〈ハム〉、〈卵〉といった名前を古い手紙や〈地下鉄道〉の記録のなかで見つけました。また、〈ヘティー・スコット〉という登場人物は、ジョン・パーカーの自伝に書かれていたことをもとにして作りました。オーディー・リーが家族の髪《かみ》の毛《け》をもっていたという胸が痛むエピソードは、奴隷が実際に語った話のなかにありました。けれど、わたしは、こうしたさまざまな記録をサミュエルとハリソンの物語にあうようにとりいれました――ですから、多くの場合、時と場所は実際とはちがっています。

この作品を書いているあいだにさまざまな経験をしましたが、もっとも忘れられないできごとのひとつは、夏の終わりにケンタッキー州北部とオハイオ州南部へ旅したことです。トウモロコシ畑低地とオハイオ川を描くために、わたしは、夜遅《おそ》く、川まで歩いていきました。暗闇《くらやみ》のなかで、どんなふうに見えるか、どんな音がきこえるか、知りたかったからです。サミュエルの母親のことを書くために、ケンタッキー州旧ワシントン地区の街角にも立ちました。かつて、奴隷たちが競売にかけられた場所です。さらに、〈地下鉄道〉があったころの家々に泊《と》まることもしました。

わたしが、ケンタッキー州北部とオハイオ州南部をこの作品の舞台《ぶたい》に選んだのは、〈地下鉄道〉の活動がこの地域でもっともさかんだったからです。一八五九年という年を選んだのは、一八五〇年に議会が〈逃亡奴隷法〉という国内法を成立させたからです。この法律は、〈地下鉄道〉にかかわるすべての人に影響《えいきょう》を及《およ》ぼすものでした。一八五〇年からあと、アメリカ合衆国全土で、逃亡奴隷を手助けしたりかくまったりした者はすべて――白人であろうと黒人であろうと――重い罰金《ばっきん》を科せられたり、刑務所《けいむしょ》に入れられたりすることになりました。

この法律はまた、逃亡奴隷を所有者に返すことを義務づけていました。たとえ、逃亡奴隷がオハイオ州のような自由州で暮らしていたとしても、つかまれば、所有者に返されました。自由を証明する書類をもっていたオーガストとベルのようなアフリカ系アメリカ人がつかまることはありませんでしたが、その土地や州の〈黒人法〉によって暮らしが制限されることはありました。逃亡奴隷が安全に暮らすためには、アメリカを離《はな》れてカナダやメキシコのような国へ行くしかありませんでした。ですから、サミュエルとハリソンは、一八五九年に、はるばるカナダまで旅をしなければならなかったのです。

現在、カナダに行ったら、〈ハリソンの池〉と呼ばれる平和な場所が見つかるでしょうか？ また、ケンタッキー州のどこかに、奴隷のための古い墓地がある荒《あ》れはてた農場と農場主の家があるでしょうか？〈ハリソンの池〉と〈ケンタッキー州ブルーアッシュ〉は、わたしの空想のなかにある場所です。けれど、現実の世界のなかにも、身のひきしまる思いで訪ね、忘れずに心に留めておくべき場所が、たくさんあります。みなさんもぜひ、そうした場所を訪《おとず》れ、心にとめることを願っています。

謝辞

この作品を書きはじめる際に時間と援助《えんじょ》を提供してくださったオハイオ芸術協議会の協力に感謝を。初期の草稿《そうこう》の校閲《こうえつ》をしてくださったジャン・リッジウェイとジャッキー・フィンクに感謝を。そして、最後に、執筆中《しっぴつちゅう》にコメントを寄せてくださった若き読者たち――ジョナサン・ハートマンと、ウィットニー・バトラーと、アレグザンドラ・ゼラスキと、マーク・レヴィンと、パトリックとマイケル・ヴァーノンと、メガン・イーゲルに、感謝を。

シェリー・ピアソル

【参考文献】

- Coffin, Levi. *Reminiscences of Levi Coffin*. New York: Arno Press, 1968.
- Lester, Julius. *To Be a Slave*. New York: Scholastic, Inc., 1968.
『奴隷とは』ジュリアス・レスター／著　木島 始　黄 寅秀／訳　岩波新書　1970
- McCline, John. *Slavery in the Clover Bottoms: John McCline's Narrative of His Life During Slavery and the Civil War*. Edited by Jan Furman. Knoxville, Tenn.: University of Tennessee Press, 1998.
- Parker, John P. *His Promised Land: The Autobiography of John P. Parker, Former Slave and Conductor on the Underground Railroad*. New York: W. W. Norton & Co.,1996.
- Siebert, William H. *Mysteries of Ohio's Underground Railroad*. Columbus, Ohio: Long's College Book Company, 1951.
- Still, William. *The Underground Railroad*. New York: Arno Press, 1968.

訳者あとがき

　この作品は、百六十年ほどまえのアメリカを舞台《ぶたい》にした、十一歳の少年奴隷《どれい》サミュエルと七十歳《さい》くらいの老人奴隷ハリソンの物語です。気むずかしくてがんこなハリソン、なぜかいっしょに連れていかれることになったサミュエル。ふたりは旦那様《だんなさま》の農場から逃《に》げだして、カナダをめざします。見つかれば命を失うことになるかもしれない、とても危険な旅です。何度も「もうだめだ……」と思いながら逃げていくふたりの物語に、最後まではらはらどきどきさせられます。

　ハリソンやサミュエルは奴隷として生まれ、暮らしていました。奴隷とはどんな人たちだったのでしょう。

　十七世紀、アメリカがまだイギリスの植民地だったころに、アフリカから連れてこられて働かされた黒人の人々が、アメリカの奴隷のはじまりです。こうして奴隷となった人々は、物のように売り買いされ、家畜《かちく》のような扱《あつか》いを受けました。十八世紀になり、奴隷制度に反対する人々が現れるようになりました。一七八七年には北西部領地条例が制定され、オハイオ川の北の州では奴隷制度が禁止されました。奴隷制度が禁止された北の州は自由州と呼ばれ、奴隷制度が残っている南の州は奴隷州と呼ばれるようになりました。ハリソンとサミュエルのいた農場は、奴隷州とよばれるケンタッキー州にありました。ふたりがまずオハイオ川をめざしたのは、川の北側にある自由州――オハイオ州――に入るためでした。けれど、オハイオ州に入っても、安心することはできませんでした。一七九三年にできて、一八五〇年にさらに強化された逃亡《とうぼう》奴隷法があったからです。この法律では、とらえられた逃亡奴隷はもとの所有者にもどされると決められていました。奴隷制度を廃止《はいし》している北部の州まで逃げのびたとしても、追ってきた人たちにつかまれば、連れもどされてしまうという法律です。ですから、ハリソンとサミュエルも、つかまることをおそれていました。連れもどされれば、ひどい目にあうことがわかっていたからです。ひどい目にあうどころか殺されてしまうこともありました。また、逃亡を手助けした人々もこの法律によって罰《ばっ》せられました。ハリソンやサミュエルを助けてくれた人たちも、大変な危険をおかしていたことになります。

十九世紀に綿花の生産が盛んになると、働き手がますます必要になり、奴隷の数はふえていきました。綿花の農場は南部にありましたから、南部の州は奴隷制度をやめようとしなかったばかりか、奴隷をふやそうとしました。

一方、自由黒人とよばれる人々もいました。だれかに所有される奴隷ではなく、自分のために働いてくらすことのできた人々です。この物語のなかにも、ベルとオーガストという自由黒人が出てきます。自由黒人とは、所有者から「自由にする」といわれて自由になった者、こつこつとためたお金で所有者から解放してもらった者、逃げだして自由になった者、自由黒人から生まれた者などでした。この物語のなかで、ベルは、自由黒人の親から生まれたといっています。「あたしは、生まれたときから自由民だったの……この世でいちばん運がいいといってもいいと思うわ」と。たしかに、自由黒人は奴隷よりずっと幸運だったでしょう。けれど、南部の奴隷州のなかには、自由黒人を追いだす法律を作った州もありました。また、北部の自由州でも、白人たちは自由黒人が自分たちと同じ職業につくのをいやがりました。ですから、自由黒人は、奴隷より自由であっても、白人と同じように自由ではなかったのです。

こうした自由黒人は、裁判所で、自由民であることを証明する書類を発行してもらいました。自分の身を守るためです。証明書がないと、逃亡奴隷とまちがえられたり、奴隷商人につかまって売られたりしたからです。証明書には、「この者は自由である」という言葉とともに、肌《はだ》の色《いろ》、髪質《かみしつ》、身長などの特徴《とくちょう》が簡単に書かれていました。自由黒人のなかには、奴隷を買って、解放する人もいたそうです。同じ黒人である仲間を救うためにしたことでした。

一八六五年、奴隷制度を廃止する法律が成立しました。これにより、奴隷制度はなくなりましたが、差別はなくなりませんでした。奴隷を所有していた南部の人々は、奴隷制度が廃止されたあとも黒人を自分たちより低い地位においておきたかったのです。そのため南部の州では、〈黒人差別法〉と呼ばれる黒人を差別する法律をつくりました。たとえば、黒人は白人と同じ学校で学ぶことができませんでした。黒人専用の学校に通わなくてはならなかったのです。学校だけではありません。バスに乗っても、うしろにある黒人専用の席にすわらなくてはなりませんでした。レストランや公衆トイレも黒人専用です。このようなたくさんの差別が残ったままだったのです。南部ではじまった差別は、黒人差別法のない地域へも広がり、やがて全米に広がりました。こうした差別をなくすための法律〈公民権法〉がようやく成立したのは、奴隷制度が廃止されてから百年近くたった一九六四年のことです。

残念なことに、公民権法が成立したあとも差別は残っています。

二〇二〇年五月二十五日、アメリカのミネソタ州で、黒人男性が白人警官の暴行により亡くなりました。これをきっかけに、全米で激しい抗議《こうぎ》活動が起こり、現在も続いています。これまでにも、白人による暴行で多くの黒人が命を落としましたし、このあとも同様の事件が起こっています。また、現在、世界に、新型コロナウィルスの感染が広がり、多くの感染者が出ていますが、アメリカでは感染によって亡くなった黒人の数は白人の二倍をこえるといわれています。人種差別によって、また差別からくる貧困と格差によって、適切な医療《いりょう》がうけられなかったり、感染の危険の高い環境《かんきょう》におかれたりしている人が多いからだといわれています。こうした人種差別にたいする積もりに積もった怒《いか》りから今回の抗議《こうぎ》活動が起こったといえます。この活動には黒人だけでなくさまざまな人種の人々が加わり、差別をなくそうと声をあげています。そのなかには、多くの白人もいます。また、アメリカだけでなく、ほかの国々でも抗議のデモがおこなわれています。日本でも抗議デモがおこなわれました。今、差別をなくそうという動きが世界に広がっています。

残念ながら、日本にも差別があります。差別を禁じ、平等な権利を保障する法律があっても、わたしたちの実際の暮らしのなかにはさまざまな差別があります。人種や肌《はだ》の色や国籍《こくせき》による差別、性別による差別、障がいによる差別、貧富による差別、職業による差別、学歴による差別……。病気にかかったことで差別されることすらあります。日本にも世界にも、差別によって、不当な扱いを受けたり、正当な権利を与えられなかったり、苦しい暮らしを強いられたりしている人が大勢います。

わたしは、この物語をはらはらどきどきしながら一気に読みました。読みながら、サミュエルとハリソンが自由を手に入れられますようにと願いました。人間らしい暮らしができますように、と。

今、この世界のすべての差別がなくなることを心から願っています。ハリソンが思いえがいたような自由な暮らしがわたしたちみんなに訪れますように。

斎藤倫子

二〇二〇年九月

作者

シェリー・ピアソル

中等学校の教師、オハイオ州の体験型野外歴史博物館の学芸員を経て、現在はオハイオ州の自宅で文筆業に専念。独立戦争時代の難破船調査、バージニア州の野外博物館で18世紀の遊びの再現、歴史的建造物でのサマーキャンプの監督、五大湖の鉱石運搬船にまつわる伝説の語りなど、歴史にかかわるユニークな仕事をしてきた。処女作である本書『Trouble Don't Last』で歴史小説に贈られる「スコット・オデール賞」を受賞。作品に『Crooked River』『All Shook Up』『Jump into the Sky』がある。

訳者

斎藤倫子
（さいとうみちこ）

主な訳書に、『メイおばちゃんの庭』（あかね書房）、『シカゴよりこわい町』（東京創元社）、『サースキの笛がきこえる』（偕成社）、『ダーウィンと出会った夏』（ほるぷ出版）、『わすれんぼうのねこモグ』（あすなろ書房）、『空飛ぶリスとひねくれ屋のフローラ』（徳間書店）などがある。

装丁　杉浦慎哉

彼方の光

2020年12月　初版1刷

著　者　シェリー・ピアソル
訳　者　斎藤倫子

発行者　今村正樹
発行所　偕成社
〒162-8450 東京都新宿区市谷砂土原町3-5
TEL.03-3260-3221（販売部）03-3260-3229（編集部）
http://www.kaiseisha.co.jp/

印　刷　三美印刷株式会社
製　本　株式会社　常川製本

NDC933　302p.　20cm　ISBN978-4-03-744790-8

Published by KAISEI-SHA. Printed in Japan.